일제강점기 일본어 시가 자료 번역집 2

國民詩歌

一九四一年 十月號

엄인경·정병호 역

식민지
일본어문학
문화 시리즈

26

역락

▌머리말

  문학잡지 『국민시가(國民詩歌)』 번역 시리즈는 1941년 9월부터 1942년 11월에 이르기까지 일제강점기 말기 한반도에서 간행된 '일본어 시가(詩歌)' 전문 잡지 『국민시가』(국민시가발행소, 경성)의 현존본 여섯 호를 완역(完譯)하고, 그 원문도 영인하여 번역문과 함께 엮은 것이다.

  일제강점기를 통틀어 우리에게 가장 많이 알려지고 연구된 문학 전문 잡지는 최재서가 주간으로 간행한 『국민문학(國民文學)』(1941년 11월 창간)이라 할 수 있다. 중일전쟁 이후 일본이 수행하는 전쟁이 격화되고 그 지역도 확장되면서 전쟁수행 물자의 부족, 즉 용지의 부족이라는 실질적 문제에 봉착하여 1940년 하반기부터 조선총독부 당국에서는 잡지의 통폐합에 관한 협의가 이루어지고, 이듬해 1941년 6월 발간 중이던 문예 잡지들은 일제히 폐간되었다. 물론 이러한 정책은 일제의 언론 통제와 더불어 문예방면에 있어서 당시 정책 이데올로기를 보다 효과적으로 장악하기 위한 방책이기도 하였는데, 문학에서는 '국민문학' 담론이라는 형태로 나타났다고 볼 수 있다. 『국민시가』는 시(詩)와 가(歌), 즉 한국 연구자들에게 다소 낯선 단카(短歌)가 장르적으로 통합을 이루면서도, 『국민문학』보다 두 달이나 앞선 1941년 9월 창간된 시가 전문 잡지이다.

  사실, 2000년대는 한국과 일본에서 '이중언어 문학' 연구나 '식민지 일본어 문학' 연구가 상당히 광범위하게 이루어진 시기였다. 그럼에도 불구하고 『국민시가』는 오랫동안 그 존재가 알려지거나 연구의 대상이 되지 못하였다. 한반도의 일본어 문학사에서 이처럼 중요한 문학사적 의의를 갖는 자료임에도 불구하고 『국민시가』에 관한 접근과 연구가 늦어진 가장 큰 이유는, 재조일본인들이 중심이 된 한반도의 일본어 시 문단과 단카 문단에 대한 인식 부족 때문이라 할 것이다. 재조일본인 시인과 가인(歌人)들은 1900년대 초부터 나름의 문단 의식을 가지고 창작활동을 수행하였고 1920년대부터는 본격적으로 전문 잡지를 간행하여 약 20년 이상 문학적 성과를 축적해 왔으며, 특히 단카 분야에서는 전국적인 문학결사까지 갖추고 일본의 '중앙' 문단과도 네트워크를 가지고 있었다. 그 과정에서 그들은 조선의 전통문예나 문화에 대해 깊은 관심을 보이고 조선인 문학자 및 문인들과도 문학적 교류를 하였다.

『국민시가』는 2013년 3월 본 번역시리즈의 번역자이기도 한 정병호와 엄인경이 간행한 자료집 『한반도・중국 만주 지역 간행 일본 전통시가 자료집』(전45권, 도서출판 이회)을 통해서 처음으로 그 존재가 알려졌다. 『국민시가』는 1940년대 전반기 한반도에서 간행된 유일한 시가 문학 전문 잡지이며, 이곳에는 재조일본인 단카 작가, 시인들뿐만 아니라, 지금까지 널리 알려지지 않은 이광수, 김용제, 조우식, 윤두헌, 주영섭 등 조선인 시인들의 일본어 시 작품과 평론도 다수 수록되어 있다.

앞서 말했듯이, 2000년대는 한국이나 일본의 학계 모두 '식민지 일본어 문학'에 관한 다양한 학문적 접근이 광범위하게 이루어져, 이들 문학에 관한 연구가 일본문학이나 한국문학 연구분야에서 새로운 시민권을 획득했을 뿐만 아니라 새로운 자료의 발굴도 폭넓게 이루어졌다. 이런 의미에서도 한국에서 『국민시가』 현존본 모두가 처음으로 완역되어 원문과 더불어 간행되게 되었다는 사실은 매우 고무적인 일이라고 생각한다. 1943년 '조선문인보국회'가 건설되기 이전 1940년대 초 식민지 조선에서 '국민문학'에 관한 논의가 어떻게 이루어지고 있었는지, 나아가 재조일본인 작가와 조선인 작가는 어떤 식으로 공통의 문학장(場)을 형성하고 있었는지, 나아가 1900년대 초기부터 존재하던 재조일본인 문단은 중일전쟁 이후 어떻게 변모하였는지를 이해하는 좋은 자료가 될 것이라 확신한다.

2015년 올해는 한일국교정상화 50주년과 더불어 광복 70주년을 맞이하는 해이다. 이렇게 인간의 나이로 치면 고희(古稀)의 시간이 흘렀음에도 불구하고 한국과 일본의 관계를 비롯하여 동아시아의 외교적 관계는 과거 역사인식과 기억의 문제로 여전히 긴장관계가 유지되고 있으며, 이러한 문제가 언론에서 연일 대서특필될 때마다 국민감정도 악화일로를 걷고 있다. 이런 때일수록 이 당시 일본어와 한국어로 기록된 객관적 자료들을 계속 발굴하여 이에 대한 치밀하고 분석적인 연구를 통해 역사에 대한 정확한 규명과 그 실체를 탐구하는 작업은 그 무엇보다 중요한 일이라 할 것이다.

이러한 의의에 공감한 일곱 명의 일본문학 전문 연구자들이『국민시가』 현존본 여섯 호를 1년에 걸쳐 완역하기에 이르렀다. 창간호인 1941년 9월 호부터 10월호, 12월호는 고려대학교 일어일문학과 정병호 교수와 동대학 일본연구센터 엄인경이 공역하였으며, 1942년 3월 특집호로 기획된『국민시가집』은 고전문학을 전공한 이윤지 박사가 번역하였다. 1942년 8월호는 고려대학교 일본연구센터 김효순 교수와 동대학 일어일문학과 유재진 교수가 공역하였고, 1942년 11월호는 고려대학교 일어일문학과 가나즈 히데미 교수와 동대학 중일어문학과에서 일제강점기 일본 전통시가를 전공하고 있는 김보현 박사과정생이 공역하였다.

역자들은 모두 일본문학, 일본역사 전공자로서 가능하면 원문에 충실하게 번역하고자 하였으며, 문학잡지 완역이라는 취지에 맞게 광고문이나 판권에 관한 문장까지도 모두 번역하였다. 특히 고문투의 단카 작품을 어떻게 번역할 것인지 고심하였는데, 단카 한 수 한 수가 어떤 의미인지 파악하고 이를 단카가 표방하는 5·7·5·7·7이라는 정형 음수율이 가지는 정형시의 특징을 가능한 한 살려 같은 음절수로 번역하였다. 일본어 고문투는 단카뿐 아니라 시 작품과 평론에서도 적지 않게 등장하였는데, 이는 일제강점기 일본어 문헌을 함께 연구한 경험을 공유하며 해결하였다. 또한 번역문이 한국문학 연구자들에게도 최대한 도움이 되도록 충실한 각주로 정보를 제공하고, 권마다 담당 번역자에 의한 해당 호의 해제를 부기하여 이해를 돕고자 노력하였다.

이번 완역 작업이 일제 말기 한반도에서 간행된 마지막 시가 전문 잡지인 『국민시가』와 한반도의 일본어 시가 문학 연구, 나아가서는 일제강점기 '일본어 문학'의 전모를 규명하는 데에 기여할 수 있기를 기대하며, 번역 상의 오류나 미진한 부분이 있다면 연구자들의 아낌없는 질정을 바라는 바이다.

끝으로 『국민시가』 번역의 가치를 인정하여 완역 시리즈 간행에 적극 찬동하여 주신 역락출판사 이대현 사장님, 원문 보정과 번역 원고 편집에 세심한 노력을 기울여 보기 좋은 책으로 만들어 주신 편집진께도 감사의 마음을 전하는 바이다.

2015년 4월
역자들을 대표하여
엄인경 씀

와카모토 위장영양

직장의 결핵

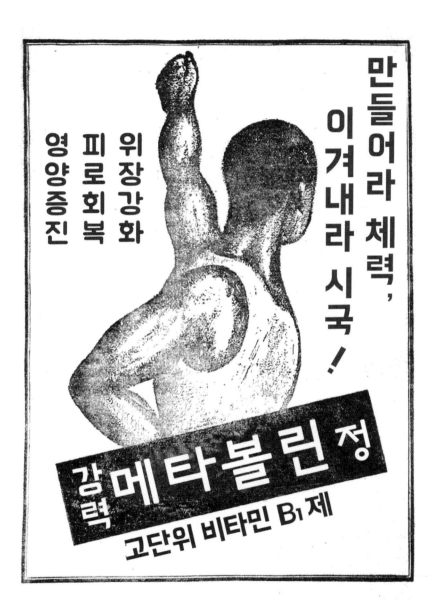

▌차례

단카 작품 • 76

와타나베 다모쓰(渡部保)　　데라다 미쓰하루(寺田光春)　　이와쓰보 이와오(岩坪巖)
마에카와 사다오(前川勘夫)　　야마시타 사토시(山下智)　　후지와라 마사요시(藤原正義)
이토 다즈(伊藤田鶴)　　호리 아키라(堀全)　　이마부 류이치(今府劉一)
아마쿠 다쿠오(天久卓夫)　　히다카 가즈오(日高一雄)　　쓰네오카 가즈유키(常岡一幸)
스에다 아키라(末田晃)

시 작품 • 82

단카 작품 · 108

노노무라 미쓰코(野々村美津子)　다카하시 하쓰에(高橋初惠)　요네야마 시즈에(米山靜枝)

간바라 마사코(神原政子)　히노 마키(火野まき)　고다마 다미코(兒玉民子)

모리 노부오(森信夫)　이와타 샤쿠슈(岩田錫周)　구로키 고가라오(黑木小柄男)

아라키 준(新樹純)　나카무라 기요조(中村喜代三)　고이데 도시코(小出利子)

지스즈(千鈴)　후쿠하라 조쇼(普久原朝松)　기쿠치 하루노(菊池春野)

사이간지 후미코(西願寺文子)　안도 기요코(安藤淸子)　도미타 도라오(富田寅雄)

시라코 다케오(白子武夫)

시 작품 • 158

국민문학 서론

다나카 하쓰오(田中初夫)

국민문학에 대해 논해진 적은 많이 있었다. 그러나 결론에 이르지 못한 채 저널리스트들이 다음 문제를 서둘렀기 때문에 국민문학이라는 명칭은 벌써 잊어버린 느낌도 없지 않다. 여기에서 이를 재차 반복하는 것은『국민시가』가 국민이라는 말을 사용하고 국민시가 건설을 목적으로 하고 있다는 점에 그 인연이 있는 것이다.

국민이라는 의식이 왕성해진 것은 극히 최근이다. 물론 일본국민이라는 의미에서 종래 익숙하게 사용하고는 있지만, 국민이라는 최근의 의식은 세계주의적 사상에 반발하는 발흥이기도 하고 지나(支那)사변[1]의 영속적 수행에 의해 자각된 국가의식의 반영이기도 하다. 극히 최근까지 문학상에서 세계주의는 우리나라의 주동적(主動的)인 조류를 이루고 있었다. 메이지(明治) 이후 오랫동안 구미문학 숭배의 영향이 혁신적인 국가의 진전에 뒤쳐져 세계주의를 구가하고 있었을 때, 문학 외부로부터 국가의 필연적인 요청으로서 국민적인 것이 일반의 승인 속에 등장한 것이다.

일본인이 일본인으로서 문학 활동을 한다는 것은 당연한 일이다. 그렇지만 이 당연함에 대해 여러 가지 설명이 필요하다. 우리들이 국민적이라고 할 경우에는 말할 필요도 없이 일본적인 것이다. 세계주의적 문학이 궁극의 목적으로 하는 바는 국민적인 구별을 뛰어넘어 전 인류에 공통된

---

1) 지나는 제2차 세계대전 때까지 중국을 일컫는 호칭으로 사용된 말. 지나사변은 1937년부터 시작된 일본과 중국 간의 전쟁으로 현재는 중일전쟁으로 일컬어짐.

커다란 것이 국민적인 기초 위에 비로소 구축된다는 점을 많은 논자들이 논하였다. 그것도 그럴 수 있다. 어제까지 세계의 정치정세는 그 이론을 현실적으로 정치적으로 지지하였다. 그런데 지나사변 이후 그 정세는 완전히 일변하였다. 바야흐로 세계는 몇몇의 지도자를 중심으로 하는 블록 국가군으로 분할되고 있다. 그래서 문화의 내용이 이 정세를 반영하여 완전히 변모하고 있는 것이다. 일본은 극동에서 동아공영권의 지도자로서 하나의 문화 블록을 구성하고 있다. 이 상태 속에서 세계주의 문학의 전락(顚落)은 당연한 일이다. 전쟁은 문화의 성질을 결정하고 있다. 이렇게 하여 국민문학은 문학자뿐만 아니라 국민일반의 관심사가 되었다.

국민문학은 우리들에게 있어서 일본국민으로서의 문학이다. 이는 일본이라는 국가를 전제로 한다. 일본 민족을 전제로 하는 것은 아니다. 일본의 민족문학이라는 것은 일본의 국민문학보다 협의로 이해해야 할 것이다. 국민문학이라는 목소리가 생겨나고 민족문학이라는 목소리가 생기지 않은 것은 그 양자의 내용적 차이에 대한 시국적인 관련 때문이다. 그것은 일본국민으로서, 동아공영권(東亞共榮圈) 블록의 지도자라는 입장에서 다른 블록과 대립하는 관념으로서의 문학이지 않으면 안 된다. 그것은 대체로 일본의 민족문학과 서로 중첩되는 영역을 가질 것이다. 메이지 이전의 국민문학은 그대로 민족문학일 수 있지만 오늘날 일본의 판도는 구래(舊來)의 일본민족이라는 범위를 뛰어넘어 훨씬 널리 확장되어 양자가 합치하는 단순한 상태를 뛰어넘었다. 이렇게 하여 국민문학은 우리나라에서는 단순한 민족문학이 아니게 된 것이다.

일본국민으로서의 문학은 민족으로서의 문학을 뛰어넘은 것이지만 그것은 민족문학을 부정하지는 않는다. 일본민족의 문학은 일본국민 문학의 중추인 점에 있어서 여전히 일본문학의 중심이다. 그렇다면 일본의 국민문학이란 어떠한 개념으로 규정되어야만 할 것인가?

두말할 필요도 없이 국민이란 국가의 보호 하에 생활하는 인민이다. 따라서 국민문학이 국가의 의지를 반영해야 한다는 것에도 재론의 여지가 없을 것이다. 국가가 목적으로 하는 바와 국민문학이 문학으로서 실천하는 목적이란 궁극적으로 동일하지 않으면 안 될 터이다. 국가는 하나의 의지를 가지고 있지만 국민은 그 의지를 실현해 가는 자들이다. 그 실현은 국민의 국민적 생활로서 표현된다. 문학도 이러한 생활의 한 표현이다. 이렇게 하여 국민생활이 문학의 기저가 된다. 이 점은 문학이 국민생활에 의해 규정되는 면을 의미하며 그런 의미에서 국민문학의 성립을 나타내는 것이다. 국민생활은 그 국민의 모든 생활의 통일을 요구한다. 정치적으로 경제적으로 예술적으로 각각의 면에서 활동하는 인간 활동의 전일(全一)적인 종합이 단적으로 말하자면 우리 생활이다. 이 통일성 있는 생활이, 국가적인 관점에서 행해지는 통일이야말로 국민문학이 성립하는 중심점이어야 한다.

국민의 생활은 풍토의 제약을 받을 것이다. 문명의 발달 정도에 따른 제약도 받을 것이다. 이들 제약 속에 쌓아올리는 하나의 전통이 우리들 국민생활의 기조가 된다. 이러한 의미에서 메이지 이후에 민족의 생활과 국민의 생활은 일치하고 국민생활의 통일점은 민족의 전통 위에 놓여 있었다. 그런데 메이지 이후의 제국 판도의 증대로 인해 국민생활의 내포(內包)는, 본래의 민족 전통만이 아니라 새로 따르게 된 민족의 생활에 의해 풍부해졌다. 그리고 이 새로운 부가물은 본래의 일본민족 전통 이외에 그 민족의 생활 전통을 포함하고 있다. 따라서 여기에 국민생활은 민족생활과 괴리(乖離)하여, 국민생활 그 자체의 관점으로 하는 통일이 명료해졌다. 그러나 이것은 부가된 민족의 새로운 전통을 본래의 일본민족 전통과 대등하게 병립시켜 국민생활의 내포를 증대하는 것은 아니다. 부가된 새로운 전통은 우리들 국민생활의 내포를 풍부하게 한다는 점에서, 국민적 통일의 규범 내에서 그 위치를 찾아내는 것이다. 국민생활의 주체는 여전히 본래의 일본국민 생활이라는 전통의 기조 위에 있다. 이러한 가락에 화성 (和聲)하는 자만이, 새롭게 참가하는 자의 의의를 찾아낼 수 있다.

본래의 일본국민 전통은 문학에서 이른바 국문학이다. 국문학의 전통이야말로 국민문학의 기조이다. 일본문학의 고전 속에 국민문학의 성격이 현현(顯現)하고 있는 것이다. 이 고전의 정신을 벗어난 국민문학은 존재하지 않는다. 물론, 시대의 변천에 따라서 역사적인 변이(變異)가 전통 위에 부가된다. 그러나 그 변모를 일관하여 그러한 현상의 배후에 존재를 주장하는 노에마(Noema)2)적 존재로서 국문학의 전통은 엄연히 존재한다. 서구적인 문학 정신이 메이지 이후에 일본문학에 커다란 영향을 준 것은 사실이다. 그러나 우리들은 그 서구적 영향 하의 일본문학 안에서 역시 태고부터 맥맥이 흐르는 일본문학의 근본정신이 존재함을 부정할 수 없다. 그것은 국민생활의 뿌리 깊은 전통이 우리들을 지배하고 문학 속에도 기능하고 있는 것이다. 이 강력한 문학적 전통 정신이 국민문학 성립의 기조이다.

우리들은 메이지 이후의 문학사에서 다음과 같은 사실을 배우고 있다. 메이지의 창작가들의 다수는 서구적 문학의 이식을 서두른 나머지 우리 생활 위에 성립된 고전을 돌아보지 않고, 어떤 자는 오히려 일부러 이것으로부터 이탈하려고 하여 고전을 놓치고 있던 것이다. 이것은 문학을 일단, 세계적 시야 속에 두고 생각한다는 점에서는 도움이 된 듯이 보였다. 그러나 대부분은 여전히 일본적인 것의 울타리 밖으로 나오지 않았다. 일본적인 세계관, 인세(人世)관 속에 문학은 조립되어 갔다. 그러면서 문학 정신은, 의식하든 의식하지 못하든 고전 정신에 복귀하고 있다. 지나사변

---

2) 독일어의 철학 용어로 의식의 대상이 되는 측면, 사유(思惟)되는 것의 의미.

에 의해 그것이 한층 촉진된 것 또한 사실이다. 근래 팽배한 고전 재인식 운동은 세계문학을 겨냥하고 있었던 메이지 이후의 일본문학이 국민문학으로서의 자각을 가지고 국민으로서의 문학 창조에 매진하려고 하는, 이른바 일종의 르네상스라는 생각이 든다.

이상의 의미에서 조선에서도 우리 반도 재주(在住) 작가들은 일본 국민문학 수립의 기운에 부응하여 일본 국민의 일원으로서 국민문학 수립을 위해 노력해야 한다. 우리들의 생활은 일본국민으로서의 생활에서 그 이념을 찾아내고 있으며, 반도의 전통적 생활이 그대로 일본의 국민생활로는 될 수 없는 것이다. 반도의 민족적 전통생활을 일단 탈피하여 황국신민 생활에 들어감으로써 비로소 국민문학 수립에 참가한다고 할 수 있다. 그런데 문학은 언어에 의한 생활표현의 실천이기 때문에 반도의 국민문학은 우선 언어문제를 해결하지 않으면 안 된다. 그러나 이 문제의 해답은 간단하다. 국어의 사용이다. 반도의 국민문학은 국어로 쓰지 않으면 안 된다. 국어로 쓰이지 않은 국민문학은 존재하지 않는다. 언문(諺文)으로 쓰인 국민문학 따위란 존재하지 않는다. 조선어로 쓰인 경우, 그것은 조선의 민족문학의 성격은 가지고 있지만 일본 국민문학으로서의 성격은 가지고 있지 않다. 나와 같은 내지인의 경우는 단순하지만 조선인의 경우는 이 점에 대해, 가령 국어의 습숙(習熟)에 익숙하지 않은 점은 있더라도 근본의 이념이 정해져 있는 이상, 적극적으로 국어에 의해 집필해야 할 것이다. 어감 어법의 문제, 어휘의 문제 등에서 어려운 점도 많으리라 생각하지만 그것은 지금의 작가에게 과도기가 지운 운명이라고 체관(諦觀)해야 할 것이다. 그래서 이 대, 삼 대의 자손 중에 계승하여 대성할 것을 예상해야 할 것이다.

이를 위해서는 반도에 재주하는 내지인들이 적극적으로 협력해야 한다. 일본적인 국민생활의 침윤(浸潤)에, 국어사용의 습숙에, 가능한 한 협력을 해야 한다. 반도 측도 협력을 구하고 협동해야 한다. 그래서 반도의 풍토와 오랜 전통에서 국민문학 수립에 도움이 될 수 있는 것을 발견하여 이것을 채택해 가야 한다. 만약 가능하다면 전통의 민족문학이 일본문학의 한 요소이게 만드는 변모(變貌)를 보이기 위해 노력해야 한다.

— 필자는 국민총력 조선연맹문화부 참사(参事)

단카의 역사주의와 전통

-2-

스에다 아키라(末田晃)

  단카의 예술성을 운위하는 데에 있어 우리들은 『고킨슈(古今集)』³⁾와 『만요슈(万葉集)』⁴⁾의 비교로 그 농도성(濃度性)에 관해 종종 듣게 된다. 『고킨슈』의 표면적 기교 — 말이 짜내는 무늬에 의한 것 — 가 시적 표현력을 나타내는 것이라는, 현저한 오류 위에 서 있는 것이다. 이른바 그 말의 표현이란 파악한 바의 내용이라든가 의미에 의한 것이 아니고, 공상적(空想的) 감각을 표현할 뿐인 외적인 수법일 수밖에 없는 유희인데 예술성 풍부한 작품이라고 하는 것은 완전히 가소로운 일이다.

  예술적 작품이란 진정한 소재적 감동에 의해 표현되는 것이며, 그 표현력의 근본적인 현실에 철저히 입각함으로써 우리들에게 강력하게 다가오는 것은 『만요슈』임을 재차 주장해 두고 싶다. 이것은 하나의 문학적 세력으로 대립해야 할 성질이 아니라 필연적인 본래의 사명으로서, 위대한 국민문학의 한 성원으로 포함되어야 한다는 중요한 발전을 가지고 있기 때문이다. 이 점을 깊이 주의하고 싶다.

  진정한 국민문학의 탄생이라는 점이 현재 다양하게 논의되고 있는 듯

---

3) 일본 최초로 905년 천황의 명에 의해 편찬된 칙찬와카집(勅撰和歌集). 20권에 1100수의 노래 수록. 가나(仮名)와 한문에 의한 서문이 첨부되었고 우미하고 섬세하며 이지적인 풍으로 평가받음.
4) 일본에서 가장 오래된 가집(歌集). 4500여 수의 노래를 싣고 있으며 8세기, 나라(奈良) 시대 말 성립.

한데, 단카에 있어서는 이미 『만요슈』의 존재가 아득한 시대에 그것을 드러낸 것이며, 그런 의미에서도 『만요슈』의 소재적인 측면이 얼마나 우리들에게 있어서 항상 생기를 띠는지 알 것이다. 그래서 이 생기 있고 건강한 내용이 국민시가로서도 커다란 요소를 형성하고 있으며, 한없이 현실의 올바른 표현으로부터 생겨나는 감동이어야 한다. 그렇다면 『만요슈』의 소재적인 감정표현이란 어떠한 것일까? 이것은 내가 새삼스럽게 고생하여 인용 사례를 찾을 필요도 없이 이미 선배들의 친절한 가르침을 순수하게 받아들이는 쪽이 좋을 것이다.

- 하얗게 빛난 달도 추운 가을밤 바람 냉랭해 누구의 옷 빌리는 사람[기러기 우는] 목소리인가.(데이카)
- 아침에 일찍 날아가는 기러기 울음 나처럼 시름 때문이런가 소리 구슬프구나.(만요)
- 때를 딱 맞춰 구름 어느 곳으로 들어가는 달 하늘조차 아쉬운 동녘 해가 뜨는 길.(데이카)
- 동쪽 들판에 여명의 아지랑이 오르듯 보여 뒤쪽을 돌아보니 달이 저물고 있네.(만요)
- 절 깊은 곳의 단풍에 들은 빛깔 이제 끊기고 짙은 다홍색 불어 날린 초겨울 바람.(데이카)
- 초겨울 비여 계속 내리지 말라 붉은 색 물든 산의 단풍이 져서 너무도 아쉽구나.(만요)
- 무심한 이슬 풀잎에 꿰인 구슬 이제는 참지 못해 처음 내리는 초겨울 비로구나.(데이카)
- 쓸쓸한 정이 마음을 채우누나 하늘로부터 초겨울비가 계속 내리는 것을 보니.(만요)
  —「만요 단카 성조론(万葉短歌聲調論)」사이토 모키치(齋藤茂吉)[5]

데이카는 후지와라노 데이카(藤原定家)6)를 가리키는데, 이렇게 만요슈의 노래와 나란히 보면 그 각각의 성조(聲調) 상태가 매우 확연하게 나눠져 있다. 또한 사이토 모키치 씨의 말에 따르면 이『만요슈』라는 느낌을 받는 데에는 수련이 필요하다고 말하였다. 그리고 이것은 직각(直覺)적인 느낌이라고도 한다. 이른바『만요슈』의 특질이라는 것을, 음운학적으로 또는 실험심리학적으로 상세하게 분석하여 백분율 등을 가지고 결론을 짓는다. 그 결론이 도출하는 '만요조(万葉調)'의 특색이라고 하기보다 직각적으로 오는 느낌이 매우 확실하며 또한 신속하다는 것은 일견 아주 비과학적이지만 우리들은 이 점에 마음을 가라앉히고 생각해야만 할 것이다.

후지와라노 데이카의 노래는 곧장 우리들의 심금에 와 닿는 것이 아니고, 만요의 노래 표현은 소박하며 실로 간명한 보통의 말임은 명료하다. 그렇지만 뒤에 남는 인상이 동적인 음영을 만드는 것은 자연히 현실 감정에 투철한 것이라 할 수밖에 없다. 여기에 작자의 사상이 무엇인가라는 점은 생각할 수 없다. 즉, 직관적으로 느껴지는 것은 작자의 절실한 체온이다. 어디까지나 진지한 현실의 표현일 것이다. 게다가 뛰어난『만요슈』의 작품에 대해 말하자면 현실의 올바른 파악(把握)적 묘사표현 뿐만 아니라 현실의 밑바닥에, 그리고 저편으로 — 우리들 감정의 잔물결이 흔들리는 상징적인 곳으로 유혹해 준다는 점이다. 이 현실 표현의 비밀이라고도 일컬어지는 작가(作歌) 심경은 단지 언어유희로 일관하고 있는 쪽에서 보

---

5) 사이토 모키치(齋藤茂吉, 1882～1953년). 의사, 가인. 야마가타현(山形縣) 출신으로 도쿄대학 의학부 졸업. 마사오카 시키(正岡子規)에 경도되고 이토 사치오(伊藤左千夫)에게 사사함. 『아라라기(アララギ)』의 중심인물로『적광(赤光)』,『아라타마(あらたま)』등의 가집, 가론, 평론 등 다수의 저작.
6) 후지와라노 데이카(藤原定家, 1162～1241년). 귀족으로 가인(歌人)이자 가학자(歌學者).『신코킨와카슈(新古今和歌集)』의 주요 편자로 화려하고 요염한 가풍의 와카(和歌)로 시대를 대표함. 다수의 가론(歌論)과 일기『명월기(明月記)』와 고주석 등의 저술은 후대에 매우 존중됨.

자면 아마 매우 따분한 것일지도 모른다. ― 이와 마찬가지로 따분해 하는 자는 문학을 찾는 독자뿐일 것이다.

우리들이 무슨 무슨 주의라고 하는 예술상의 유파, 주장에 대해 부여된 명칭 아래에서 논의를 되풀이한다는 것, 그 자체가 이미 필요가 없는 시대이며, 또한 그러한 주장에 대해서는 얼마든지 시대적 변천에 의해 해소되는 하나의 경향이라 해도 좋을 것이다. 그것보다 현실에 대해 지치지 않는 관심, 그 속에 있는 인간생활에 대한 희망을 잃지 않는 관심을 추구하는 것이 가장 중요한 예술적 태도라고 해야 할 것이다. 그렇기 때문에 예술상의 무슨 무슨 주의 등의 우열론과 같은 것은 전술했듯이 그 자체로서 커다란 의의는 없으며, 중요한 점은 그것이 정말로 리얼리티한가이다. 그렇다고 해서 우리의 민족적 호흡을 잊어버린 세계적 환경이어서는 물론 소용이 없다.

모두 우리들 민족 자신으로부터 나온 사고를 더욱 잘 세워가야 하며, 진실한 모습을 잃지 않는 태도이어야만 한다. 이것은 이윽고 인생의 현실을 제쳐두고 무엇을 처음 출발점으로 하고 무엇을 목적으로 하여 꿋꿋하게 살아갈 것인가라는 삶의 양태로서 말해도 틀림없는 이야기이다. 그것들이 발전하여 현실을 초월하는 방향을 취할 수도 있지만, 귀결되는 바는 역시 현실 밖에는 없다는 점은 『만요슈』의 뛰어난 작품에 대해 하나의 상징적인 움직임을 보이는 것에 다름 아니다.

단카의 전통이란 실로 이러한 태도를 말하는 것이다. 그렇다고 해서 우리들은 전통이라는 것에 대해 조금도 과장된 몸짓을 취할 필요는 없다. 전통에 관한 보통의 해석에 의하면, 우리들 민족 또는 가족처럼 공통의 혈연에 의해 과거로부터 현재에 연결되어 있는 자들이, (작품에 있어서도 마찬가지다) 시대를 사이에 두고 동일한 사회적 환경에 살아가는 자들에게서 형성되고 전승되면서도, 더구나 항상 그것들이 활동하는 권내에 생활하는 사람들에 대해 혼의 고향이 되고 인간적인 성장의 양식이 되어, 어떻게 살 것인지를 가르치는 데 도움이 됨과 더불어 미래에 대해서도 당연히 전해야 할 것, 아니 반드시 전하지 않으면 안 되는 것을 말한다. 그렇기 때문에 전통이라는 것은 결코 추상적인 관념이 아니다. 그리고 생활로부터 멀리 떨어진 특이한 것도 아니다. 그렇다고 해서 그것은 모든 사회적 습속을 의미하지 않으며 게다가 선인에 의해 남겨진 모든 것이 아니다.

전통 ─ 그렇다면 전통에 대해 특별히 이것은 학문과 예술이 봉사해야 하는 것이라는 것은 아니다. 진실로 말하자면 예술이든 학문, 모든 것은 현실의 자기표현이라는 사실이다. 현실이란 그러한 표현을 거치지 않고 이른바 무매개적으로 파악할 수 있는 것이 아니다. 그래서 위대한 작품이란 항상 우리들의 현실에 대한 노력을 매개해 주는 전통의 힘을 가지고 있는 것이다. 우리들이 얼마나 총명하며 강력하게 현실을 파악했는지를 생각해 보더라도 아직 눈에 보이지 않은 것이야말로 한층 더 실재적이라는 것을 알지 못한다. 그런 만큼 현실은 점점 깊어지고 있다. 필경, 현실의 자기표현이라는 의미도, 단순한 역사적인 것에 압도되어 버리는 일이 많다. 아니 우리들을 응시하면 이미 거기에 역사적 현실에 에워싸인 것만을 아는 데에 불과하다.

대체 우리들은 무엇을 응시하고 있는 것일까? 무엇을 파악하려고 하는 것일까?

"한 사람 한 사람의 인간은 자기를 응시하고 그 생활, 체험, 연애, 추억, 야심, 미신, 주의, 그 작은 가정과 좁은 교유에 괴로워하는 희로애락을 가지고 모든 것 중의 모든 것인 양 생각하고 있다. 그는 일단 역사가와 기록 담당자의 눈을 통해 자기가 속한 사회를 바라볼 때, 이른바 타인의 테이블 위에 진열된 접시 숫자를 세고 기뻐한다. 크고 작은 사건의 약간, 대표적 인물의 실루엣, 유명한 도시, 민족이동과 전쟁의 Piece de resistance,[7] 산업제도와 정권 따위라고 하는 검은 빵, 미술품과 서적 등의 디저트를 멍하게 나열한 메뉴, 그것을 목격한 것만으로 충분히 만족해 버리는 것이. 사이토 쇼(齋藤晌)[8]" 이러한 현상을 바라보고 그럴듯하게 현실을 운위(云爲)하고 있었다면 전혀 사려분별이 없는 것이다.

이래서는 뛰어난 예술작품 따위가 탄생할 리 없다. 눈에 보이는 것만을 믿고 있어서는 현실이라는 것은 무시될 뿐이다. 그래서 현실을 파악하는 태도에 있어서 중요한 점은 생(生)이라는 현상 하나하나의 표현이 아니며, 그것들 속에서 이것이 중핵을 이루어 지도를 행하는 데 직면하는 것이 필요함은 명백해진다. 그렇게 현실의 분잡과 불합리가 정돈되어 감에 따라서 파악하려고 하는 모습이 드러난다.

실제로 현실이든 전통이든 과학적으로 그려지는 것은 아니다. 그것이 그리는 것처럼 보이는 직선과 곡선은 궤적의 가상(假象)과 같은 것이다. 그리고 파악된 세계란 일견 비현실적으로 생각될지도 모르지만, 이러한 경지란 따라서 끝없이 단층적으로 현실에 연계되어 실제로 종종 상징적 풍모를 띤다. 이것이 진실한 예술작품이라고 할 수 있다. 전통과 같은 것도 이 넓고 한없는 느낌 아래에 직각(直覺)적으로 오는 하나의 핵심적인 것이라 할 수 있을지도 모른다.

그렇기 때문에 전통이라는 모습도 육체적인 것과 같은데 자기의 몸을 거울에 비추고는 바로 이것이다 라고 용이하게 파악할 수 있을 것인가? 아무리 뛰어난 위대한 작품이 나타났다고 하더라도 그것에 직면한 감동이 없다면 모두 거짓임에 틀림이 없다. 또한 전통이 정지하고 있다고 생각한

---

7) 프랑스어 표현으로 식사의 주요리 혹은 연속되는 것의 주요 사건이나 기사 등을 의미.
8) 사이토 쇼(齋藤晌, 1898~1989년). 철학연구자. 도쿄제국대학 철학과를 졸업하고 교편을 잡은 이후 일본출판회 상무이사 등을 역임. 전후, 논설 등이 전쟁 협력적이라는 이유로 공직 추방. 도요(東洋)대학·메이지(明治)대학 명예교수.

다면 커다란 착각이다. 그렇지만 이 경우에 영원성이라는 문제와 혼동해서는 안 된다. 전통은 자각되었을 때 비로소 기능으로서 진정한 의의를 가진다는 점은— 전통은 각 개인이 스스로 발견해야 한다는 것이다.

역사주의와 전통은 여기에서 분명해진다. 그것은 매우 미묘한 연결이기는 하지만. —『만요슈』가 단순한 단카 집록(集錄)은 아니다. 뛰어난 예술작품이기는 하지만 예술성을 뛰어넘어 깊고 커다란 것을 가지고 있어야만 한다. 그것은 무엇을 의미하는가 하면, 영원성의 상징적 생명의 원천이며 전통성의 모태적 존재일 것이다. 역사적 관조만으로는 이러한 생명적인 핏줄의 유대가 될 수 없을 것이다. 그러면 우리들은 이러한 전통의 힘을 어떻게 살려야 할 것인가? 이것이 현재의 사회에서 커다란 명제이다. 왜냐하면 급격한 역사전환 위에 선 현재, 일체의 창조 및 파괴가 갑자기 도래하는 현상을 생각할 때 경솔하게 행동으로 드러낼 수는 없기 때문이다. 그렇지만 우리들은 단 한 가지에 대해서만은 이야기할 수 있다. 이 창조 파괴에 의해 우리 민족의 전통적인 것을 한층 신선하고 한층 심오하게 분주(奔注)하도록 하는 일이며, 다른 한편으로 전통적인 것을 혼란 전멸시켜 이를 제거하는 일이다. 그것은 "일체의 사회적 변화는 전통적인 것의 변화인 한, 말의 올바른 의미에 있어서 진보적이다. 이에 반해 단지 전통적인 것 그 자체의 제거 내지 혼란인 한 퇴보적, 반동적"이기 때문에.——왜냐하면 전통, 즉 이른바 사회적 생명은 역사적 사회가 살아 있음을 증명한다. 전통의 실질적 내용을 부단하게 재구성함으로써 역사적 사회가 지속하는 것이며, 가장 건전한 역사적 사회는 점차 새롭게 소생하는 것이어야 한다.

과거를 과거로서 각각 의미를 인정하고, 역사는 그 자체가 자기 목적이라고 보는 듯한 이른바 역사주의의 위기는 진정으로 커다란 전통의 힘에 의해 타파되어야 한다. 생각에 따라서는 역사주의와 전통은 매우 미묘한 사이인 듯하지만, 과거의 것은 모두가 각각에 의미가 있는 것, 가치가 있는 것이었다고 하는 점은 전통이라는 것과 완전히 이반(離反)적 태도이다. 우리들의 역사적 관조라는 것은 이러한 역사주의여서는 안 된다. 역사주의와 전통이 약간의 미묘한 연관을 가진다는 점은 역사라는 것이 하나의 생명적 연속이며 사회 존재의 생명적 연속이 역사라는 생명관적 역사의 입장을 생각하고 있는 결과에 다름 아니다.

단카의 역사주의도 마찬가지이다. 우리들은 무엇을 위해 단카를 만들고 있는가? 무슨 목적으로 단카의 길을 걷고 있는 것인가? 서른한 글자라는 형식 속에서 더욱 이 험한 시대에 굳이 단카를 만들고 있는 것은 어떠한 이유인가?

그것은 하나의 오락이라고 사람들은 말한다. 좋다. 그것은 오락이어도 좋을 것이다. 그렇지만 오락이 오락으로서 그치는 것이라면 정말 허전하다고 느껴지지 않는가? 이 허전함을 느끼지 않는다면, 자기의 생명에 직접 연결되어 있다는 작가(作歌)의 길을 깨닫지 못하는 것이며, 어떻게 하여 자신은 살아 있는가라는 의미를 알지 못하는 것이다. 그건 취미라는 것을 예술분야에까지 가지고 들어오는 자의 언동임에 틀림없다. 즉, 우리들이 인생적인 깊은 의욕에 토대하여 단카를 짓는 것이 아니라면 오락을 위해 밥을 먹고 있다고 말하는 것과 조금도 다를 바 없다. 그러면 우리들이 더욱 나아가 단카 창작의 길에 애를 쓸 때 — 단카 발전의 모습을 역사 위에 포착하려고 하고, 그래서 단카 작품의 발전 계열을 생각하고 각 작품의 발전단계의 한 장면 한 장면으로서 각각에 의미를 인정하고 그 역할을 분명히 하려고 하는 사고법을 기조로 하는 연구가 있다. 그리고 또한 각각의 작품이 가지는 이와 같은 한 장면으로서의 의미를 역사적 가치라 부르고, 보편타당한 이른바 예술적 가치라는 것이 있을 리가 없으며, 그것은 결국 역사적 가치에 다름 아니라고 본다. 예술은 이전의 것과 이후의 것이 긴밀하게 결부되며 이후의 것은 반드시 이전의 것에 힘입게 마련이지만, 그러나 동시에 각 시대의 역사적 가치는 제각각 역할을 완수하고 있다는 점에 의해 각기 완결된 것이며 서로 가치 비교가 불가능한 평등한 것이라 생각한다. 과거에 번성했다는 사실은 그것이 장래 또는 현재의 학문에 주는 영향과는 관계없이 그것만으로 독립의 가치가 있다고 생각하지만, 그렇게 되면 상대주의의 무한한 심연 속으로 떨어져 버린다고 하는 게 타당할 것이다.

실제 우리들은 진정한 전통 없이 역사를 생각할 수는 없다. 역사라고 하는 것은 단순한 보존의 학(學)이 아니라 미래를 향한 실천의 학(學)이라고 말하고 싶다. 역사는 그 자체가 자기목적이 아니고 미래에 작용하기 위해서만 가치가 있다고 여겨진다. 종래 단카의 이른바 역사주의라는 것이 유물사관에 기초하고 있었던 점은 근본적인 오류라는 점을 말하고 싶다. 마르크시즘의 사고방식은 역사의 필연성을 바탕으로 하는 점에 전형적으로 나타나는 것이기 때문이다. 더구나 이것은 국가주의적인 사고방식에도, 종래의 자유주의적인 이른바 과학적 머리에도, 그러한 것에 이르는 뿌리는 이미 구비되어 있는 것이다.

이에 대해 재미있는 삽화적인 예를 말하면, 나카무라 기치지(中村吉治)[9] 씨는 다음과 같은 뜻을 서술하였다.

종이가 부족하다. 목면을 입을 수 없다. 그리고 쌀도 절약해야만 하는 일상생활 상에 비상시를 직면하게 되면, 새삼스럽게 종이나 목면의 고마움이 사무치게 느껴지고 생활필수품의 생산과 수급관계 등을 생각해 본 적도 없는 사람들에게도 크건 작건 반성을 촉구하는 듯하다. 그리고 그러

---

9) 나카무라 기치지(中村吉治, 1905~1986년). 경제사학자. 도쿄제국대학 사료편찬소를 거쳐 1941년 도호쿠(東北)제국대학 교수, 1968년 고쿠가쿠인(國學院)대학 교수. 촌락공동체 연구로 독자적 경제사회사의 체계를 만든 것으로 평가.

한 하나의 경우로서 역사적 반성 또는 회고가 계속 행해지는 것 같다. 물론 올바른 역사적 반성은 언제든 필요한 것이고 특히 지금과 같은 경우에는 그렇게 말할 수 있지만 동시에 절박한 감정으로 단순히 회고적 감개가 튀어나오기도 쉽다. 그것이 깊이 있게 진척되면 좋겠지만 그렇게 자리 잡히지도 않기 때문에 엉뚱하게 끝나는 일도 많다. 엉뚱한 역사적 회고와 감개 등은 개인적으로 그치면 몰라도, 때로는 개인의 지위에 따라서 현실 정책과 결부되거나 하여 쉽사리 해결되지 않는 경우도 있다. 옛날은 이랬다고 하는 노래 속 노인의 넋두리야 괜찮지만, 그것이 구체적인 정책으로 들어오는 일도 없지는 않다. 쌀 절약 문제 때에도 그런 문제가 다소 보였다. 쌀이라는 가장 중대한 문제였기 때문에 다행히 그 결정은 신중하였으며, 영양자(榮養者) 측에서의 연구와 절약은 어느 정도 가능할 것이라는 근거도 계산되어 칠분도(七分搗)[10]의 원칙이 성립된 것 같다. 우리들로서도 안심하고 그것을 따르고 있지만 그 결정에 이르기까지 나타난 의견 중에는 때때로 기묘한 것들이 있다. 옛날 일본인은 현미와 반도미(半搗米)를 먹었기 때문에 — 지금 그것으로 돌아가는 것은 당연하다는 의견 — 이러한 의견은 이제 야유와 흡사한 것이 되었다. 옛날 시대는 그러한 일이 의심 없는 사실이었다고 하더라도 동시에 그러한 시대에는 쌀을 짓는 방식도 다르며 부식물 상태도 매우 달랐다는 문제도 있으며 노동 성질이 달라서 1일 2식이 일반적이었다는 점도 있다. 그러한 모든 점이 문제가 되면서 옛날의 식사 및 그 식사 결과로 인한 체질, 영양상태 일반까지 규명된 뒤에 그것이 현재에 어떻게 적용될 수 있는가 하는 것이 아니라면 복잡하게 결합되어 있는 생활현상 중에서 이 하나만의 현상을 취하여 옛날은 이랬다고 하는 것은 결과적으로 야유 이상은 될 수 없다. 쌀 문제에 관해서야

---

10) 현미를 찧어서 원 무게의 7할을 깎아 내는 일, 또는 그렇게 깎아 낸 쌀을 말함.

당사자 사이에 그러한 의견이 나오거나 그것에 의해 문제 해결이 좌우되거나 하는 일까지야 없었지만 이와 비슷한 일은 세상에 얼마든 나타날 것이다.

이는 일상생활의 친숙함에 기대는 역사적 감정이기는 하다. 이러한 친숙한 감각 사이에서 배양되어 온 생생한 생활에 의해, 우리들은 체온적인 사물을 느끼는 것이며 이론도 아무것도 아닌 셈이다. 하물며 역사에 교훈을 구하려는 태도에서는 역사의 위와 같은 결함을 충분히 생각했으면 한다. 그렇기 때문에 역사는 하나의 생명적 연속이며 사회존재의 생명적 연속이 역사이지 않으면 안 된다. 인간 성능(性能)과 정조(情操)를 무시한 기계적 관념으로는 도저히 시대적 현상이라는 것을 파악하기는 어렵다. 여기에 우리 민족 전통의 강력함이 있다. 역사주의라는 것이 단지 쓸데없이 이론적이며 암기적인 이상, 역사에 대해 저절로 친숙함을 가질 수 없음은 당연하다.

그렇지만 여기서 깊이 생각해 두었으면 하는 점은, 『만요슈』와 같은 것은, 어떤 의미에서 고전적 존재라고 할 수 있는 시기에 직면하면 고전적 문학이 역사적 입장에서 받아들여지는 일도 당연할 것이다. 그렇지만 그것도 이른바 단순한 역사주의로 해석해도 충분하다고 여겨질 경우이다. 나는 단지 시대적인 의미가치를 인정하는 일이 곧 뛰어난 예술작품을 대우하는 일이 되는 것은 아니라고 말하고 싶은 것이다.

고전이라는 것이 시대적으로 분리되어서는 의미가 없다고 말하는 자가 있는데, 물론 그 배경을 구성하는 시대적 의의라는 것은 극히 중요하지만 시대를 뛰어넘은 곳에 생명을 가진 작품이 있다는 점을 생각해야 한다. 『만요슈』와 같은 것이 가장 좋은 예이다. 몇 번이나 말해서 오히려 번거로울 정도지만 『만요슈』는 만요시대에 있어서 그야말로 커다란 의의가 있다. 현대는 그 시대성도 크게 다르며 따라서 관조도 이에 수반하는 것이라 보는 사람들의 말이다. 이는 『만요슈』가 우리나라의 문학에서 특이성을 가지고 또한 그 원류를 이룬다는 점을 알지 못하는 사람들이 하는 말인 것이 당연하지만 더 큰 문제는 고전 전체에 영향을 미친다는 것이다. 즉 고전의 현대적 의의이다.

『만요슈』의 존재가 시대를 뛰어넘은 영구적 생명을 가지고 있음은 곧 『만요슈』가 현대에도 커다란 광채를 띤다는 것이므로 여기에 고전의 커다란 현대적 의의가 있는 셈이다. 이는 결코 역사주의가 아니다. 전통이라고 말하고 싶다. 그렇다면 고전이란 어떠한 의의를 가지는가라고 할 때, "……우선 가장 본래적인 의미는 고대의 전형적인 서적이라는 점이다. 그리고 거기에서 추측하여 그런 종류와 어깨를 나란히 할 만한 것을 후세 또는 현대에 요구해갈 수 있지만, 그럴 경우 일면 전형적이라고 보며 동시에 이제는 현재의 활동을 떠나 있다는 연상을 수반하는 것을 피할 수 없다. 이것이 고전에 대해 일부 사람들이 흥미를 느끼지 못하는 이유이지만, 더불어 또한 그 때문에 도리어 현재와 멀어지기 십상인 사람들의 마음을 끄는 까닭이 될 수도 있다. 그러나 이는 어느 것이나 선입관을 끼고 현전의 사상(事象)을 대한 결과이며 고전의 가치는 이와 같은 일시적 감정에 의해 흔들리지 않는 곳에 존재해야 한다. 그것은 무엇인가? 즉 그것이 항상 제작(諸作)의 전형이 되며 연원이 될 수 있는 것이다. 따라서 많은 경우 전대(前代)에 있어서 최고의 문학에 속하게 되는 것이다. 구와키 겐요쿠(桑木嚴翼)[11]=" 여기에서 구와키 박사는 고전에서 '고대'와 '전형'이라는 두 의의를 인정하고 있다. 그리고 더불어 '영구한 생명'이라는 속성을 구비한 것으로 보고 있다.

---

11) 구와키 겐요쿠(桑木嚴翼, 1874~1946년). 철학자. 도쿄제국대학 출신으로 교토(京都)제국대학과 도쿄제국대학 교수를 역임. 문화주의를 주창하며 다이쇼(大正)데모크라시 운동에 참가. 신(新)칸트 철학파 소개에 진력하였고, 니시다 기타로(西田幾多郎)와 함께 일본 철학계의 지도적 역할을 한 인물.

이것이 속성이지만 본질적인 것인가는 큰 문제이다. 그렇지만 어느 작품이 어느 시대에서 최고의 영역에 도달한 문학일 뿐만 아니라 그 시대에서 활약하고 더욱이 길게 후세에 영향을 끼칠 불후의 생명을 가진 점에 고전의 현대적 의의가 있다. 이것이 타당한 해석일 것이다. 그렇기 때문에 고전의 생명이라는 것이 오로지 고대에만 존재하는 것이 아니라고 한다면 그 의의는 또한 그 시대와 더불어 다소 변천하는 바가 생기는 것이 당연하다. 실제 어느 한 시대의 해석을 가지고 영구적 의의가 있는 것이라 보는 것은 위험하다는 점은 구와키 박사도 역설하고 있는 바이며, 또한『만요슈』와 같은 위대한 고전에서는 특히 이 점이 현저하다고 할 수밖에 없다. 위와 같은 고전적 해석에서도 영구적인 존재를 운위하는 일은 가능하지만 문제는 더욱 근본적인 곳에 존재하는 게 아닐까?

단카에서는 특히 이런 느낌이 깊다. 왜냐하면 단카는 서정성에 강하게 뿌리를 두고 있기 때문이다. 서정이라고 하면 왕왕 속세간에 관계를 맺는 일을 피하고 싶어 하는 것이라 여겨지는 듯하지만 이것은 잘못이다. 이 서정문학이 정치의 쇠퇴에도 불구하고 발전해 온 것은 이러한 경향에 따른 것이라는 견해가 있지만 물론 이것은 문학의 비사회적인 일면만을 과장한 것이며 결코 전면을 본 것은 아니다. 그렇지만 단카 창작에 있어서는 이 서정의 순수성이 특히 중요시된다.

『만요슈』의 작품이 언제나 상층계급의 것이 아니었다는 사실은 매우 주목해야 한다. 여기에는 항상 순수성을 가지고 있는 작품이 널리 집록(集錄)되어 있다. 그래서 민간의 외침이 대다수이다.

영구적 생명이란 고전의 시대적 해석 여부가 아니고 실로 이 순수한 서정의 샘이어야 한다. 특히 이 현하(現下)의 비상시국에서는 민심을 저하시키지 않는 것이 절대 필요함은 두말할 여지도 없다. 이것은 이른바 '여유'를 부여하는 것으로, 과학물질이라는 방면에만 중대성을 강조하여 물자가 부족한 현재 석탄이 없다, 쌀이 없다는 식의 과장의 말이 너무 지나치게 되면, 완전히 '물질의 노예'가 될 위험성이 있는 것은 지당하지 않겠는가? 이것에 대해서는 2천 6백년의 봉축회(奉祝會)에서 배포된 역대 천황들이 직접 지은 단카를 모은 『렛세이타마모(列聖珠藻)』[12]라는 책에 실려 있다. 메이지(明治) 천황의 직접 지으신,

　　어떠한 일이 일어난다 하여도 이 현실 세상 사람들 마음이여 풍요로
　　울지어다.

라는 단카를 들어, 기쿠치(菊地), 미야케 오카타로(三宅岡太郎) 씨가 문학의 올바른 서정을 설명하고 있는 것에 완전히 동감이다. 또한 다카하시 히로에(高橋廣江)[13] 씨는 말한다.

　　에라스무스[14]의 『광기예찬』[15]이라는 저술이 있다. 성 바오로가 저러한 성자가 된 것은 그가 이전 신분에서 불우한 운명의 소유자로서 수많은 우행을 경험했기 때문이다. '광기'란 로맨틱한 표현에 지나지 않는다. 양식(良識)이 구도자의 모습이 아님은 명백하다.

　　또한 폴 발레리[16]는 말하고 있다. "인구 감소의 원인은 명백하다. 그것

---

12) 사사키 노부쓰나(佐々木信綱)가 기원 2600년 봉축회를 기념하여 1940년 11월에 간행한 편서.
13) 다카하시 히로에(高橋廣江, 1896~1952년). 프랑스 문학자. 게이오(慶応)대학 예과에서 교편을 잡은 뒤 인도차이나로 갔고, 전후에는 기후(岐阜)대학 교수 역임. 프랑스문학 소개와 번역에 진력함.
14) 에라스무스(Desiderius Erasmus, 1466?~1536년). 네덜란드의 인문학자이자 가톨릭 사제. 르네상스 시기의 가장 중요한 학자 중 한 사람으로 세계주의자이자 근대자유주의의 선구자.
15) 1511년 간행된 풍자문으로 원제는 Encomium Moriae. 한국에서는 『우신예찬』, 『광우예찬』 등으로 번역됨.
16) 폴 발레리 (Paul Valery, 1871~1945년). 프랑스의 시인, 비평가, 사상가. 상징시의 정점을 이룬 시인이자 20세기 최대 산문가로 꼽힘.

은 명민한 이지(理智)이다. 다수의 장래를 예견하는 배우자는 미래에 대해 관심이 없는 주민이 된다. 우리들은 이지를 잃든가 또는 민족을 잃든가 한다"라고.

이 허공을 향해 기쁨을 듣고 있는 이성은 두렵다. 이것은 지성이라고 불리는 것이지 양식(良識)이 아니다. 양식이 대타적, 대인적 성질의 것인 데에 비해 지성은 독자적 길을 걸은 사람들이 마침내 도달한 과거 문화의 십자가이다. 20세기의 프랑스문학에서 양식과 지성, 그것이 프랑스인들 스스로를 문화의 수인(囚人)으로 만들고 그들 생명의 힘을 사그라지게 했다. 이와 같은 문화를 초극하여 가려고 하는 곳에 새로운 창조의 전도가 우리들 앞에 열린다. 창조는 항상 투쟁이다. 그리고 우리들의 창조는 외적인 모든 장애를 극복하고, 게다가 진행이 저지되지 않는다. 덧붙여 순응하면서 자신을 잃지 않는 서정(抒情)이 그 발전 방향에 없어서는 안 된다고 나는 생각한다.——서정이야말로 생명의 원동력이기 때문이다.

서정적 생명이야말로 하나의 정신의 고양을 표현한 것이 아니면 안 된다. 우리들 일본인의 감정이 이렇게 고양되어 있음을 표출하는 것이 『만요슈』에 있음을 확실히 깨달아야 할 것이다. 이것이야말로 영구적 생명이라 일컬어진다. 결코 시대적 해석에 따라서 좌우되지 않음을 아는 것이며 만요슈의 서정이 유치하다는 말 따위는 곤란하다.

우리들이 일본민족의 문화전통 속에서 스스로 탐구하고 창조해야 할 근본이 되는 것이 몇 가지 있고, 또 몇 가지 있을 것이 틀림없다. 그리고 가장 중요한 것은 감정의 순수함이었다. 진실의 미를 위해 꿋꿋하게 살아가는 용기이며, 이제까지 그 외의 것에 자기의 용기를 잃지 않았다는 순수함이어야 한다. 그리고 순수한 미를 위해 그 외에 자기가 살아갈 길이 없다는 비장한 결의이다. 실천이다.

이러한 태도가 매우 명확하게 표현된 것이 실로 단카의 길이다. 『만요

『슈』가 일종의 침통한 울림을 가지고 있음은 만요 시대에 혁신을 위한 싸움의 영향을 깊이 받고 있기 때문이다. 더구나 이러한 정치적인 비극 속에서 순수성을 끝까지 잃지 않았음은 무엇을 의미하는 것일까?

천황이 고모노(蒲生野)[17]에 유렵(遊獵)하셨을 때 누카타노 오키미(額田王)[18]가 만든 노래.

20 꼭두서니 빛 자초(紫草) 들판에 가서 황실 들 갈 때 파수꾼은 못 봤나 님의 흔들린 소매.

황태자가 대답하신 노래, 아스카(明日香)[19]의 궁에 천하를 알리신 천황, 시호를 덴무(天武) 천황[20]이라고 부른다.

21 자초와 같이 아름다운 그대가 미웠더라면 남의 아내인데도 내가 그리워할까.

매우 아름다운 정적(情的) 정신이 읊어져 있다. 여기에 다이카개신(大化改新)[21] 속으로 흘러가는 일본 시정신의 울림을 드높이 드러내고 있다. 더구나 정치적 표현은 조금도 보이지 않는다. 커다란 인간적 고뇌와 혁신적 정치 속에서, 조용히 생각해 보면 이 시적 표현은 우리들 단카 작가들에게 커다란 시사를 주는 것이다. 이 작품 등은 너무나 유명하며 해석도 필요로 하지 않을 정도이지만 자기의 예술로서 더 음미해 보는 게 긴요할

---

17) 교토후(京都府) 중부에 있는 교탄바초(京丹波町) 남부에 펼쳐져 있는 홍적층의 대지. 메이지시대 전까지 오랫동안 들판으로 방치되어 있었다.

18) 7세기 후반의 만요가인. 황족인 오키미(鏡王)의 딸로 덴무(天武) 천황의 총애를 받아 도치노히메미코(十市皇女)를 낳았다. 만요슈에 10여 수의 와카를 남겼다.

19) 현재의 나라현(奈良縣) 중부 다카이치(高市)에 있었던, 아스카(飛鳥)시대에서 694년 후지와라쿄(藤原京) 천도까지 여러 번에 걸쳐 황거(皇居)가 놓인 곳이다. 이 지역은 고대 일본사의 무대였을 뿐만 아니라 수많은 만요의 와카가 읊어진 곳이기도 하다.

20) 덴무 천황(天武天皇, ?~686년). 제40대 천황으로 재위 기간은 673~686년. 재위 중 국사찬수(撰修)에 착수하고 율령체제를 추진함.

21) 7세기 중반에 있던 국정개혁을 일컫는데, 주로 다이카(大化, 645~650년) 연간에 시도된 중앙집권적 개혁을 말함.

것이다. 다만 위의 어작(御作)에서는 침통한 울림이 표면에는 나타나 있지 않지만 내면적으로 깊게 감도는 점이 있음을 자연히 느낄 수 있다. 그리고 나는 『만요슈』에 있는 우리들의 현재에 가까운 감동을 가지고 만들어진 몇 개의 작품을 이어서 환영하고자 한다. 이것에 의해 단카 창작의 길이 단순한 장식, 유희에 지나지 않는 것이라면 그러한 것을 꿋꿋이 살아감으로써 인간적으로 고양되기에 이른다고는 생각할 수 없음이 명백해졌다고 믿는다. 예술의 세계라는 것은 종속적이지 않기 때문에.——

문학의 영원

아마쿠 다쿠오(天久卓夫)

　어느 시대라도 이상을 가지지 않는 사람은 그 사람 스스로 자신의 생활을 헛되게 하는 것이지만, 생존의 가치를 주장하는 것이 이상하지 않은 것은 모든 사람들의 생활을 향락적으로 물적으로 인식하고 있기 때문이다. 그와 같은 사람들은 오늘날과 같은 긴박한 시대에 살며, 그리고 국민으로서 살아가야 할 방향을 지시(指示)받으면서도, 오히려 그로 인해 기력을 잃고 해야 할 일에 모두 당연히 방황하게 된다. 국민으로서 살아가야 할 방향을 지시해야 하는 지위를 부여받고 있는 자들 중에도 이 방황하는 양이 없는 것도 아니다. 일본이 나아가려는 방향조차 보이지 않을 만큼 문맹(文盲)이 되어 있는 셈이다. 일본이 나아가려는 방향을 높이 내세우면 내세울수록 그와 같은 사람들의 호흡은 일본이 호흡하는 바와 어긋날지도 모른다. 일본은 지금, 광고(曠古)한 대이상으로 매진하고 있다. 왜 내가 이와 같은 것을 새삼 말해야 하는가 하면 오늘날의 문학이, 문학이라는 것이 국민의 심정을 나타내는 것으로 본다면 아직 그것을 자각한 모습을 갖추고 있지 않기 때문이다. 특히 시가 분야에서는 현실적, 또는 자연주의라고 칭해야 할 물적(物的) 노래가 견고하여 사라지지 않고, 다른 한편 초현실주의 풍의 퇴폐시를 따라가는 자도 또한 적지 않다. 그러나 내 눈이 너무나도 편견에 치우친 것일지도 모른다. 그렇지만 이와 같은 때인 만큼 내 자신이, 보다 깊이 일본의 이상을 규명하고 그리하여 일본의 일국민으로서의 자각을 고양해 보려는 노력을 가져야 할 것이라고 생각한다.

이상이란 무엇인가라는 점에 대해 나는 다음과 같이 생각한다. 이상이
란 자기를 기만하지 않는 자기비판―― 엄중한 반성으로 자기의 현상을
그곳에서 최상의 상태로 향상시키려고 하는 정신이다. 어떻게 하여 그와
같은 정신이 사람들에게 부여되는 것인가? 그것은 사람이 진정으로 사람
을 사랑함으로써 모든 부정한 것을 타파하고 최상의 상태일 수 있기 때문
이다. 사람은 이와 같은 이상에 의해 진화하고 가치를 가졌다고 생각한다.
이상은 진정으로 사람을 사랑하는 사람에게 부여되어 있지만 그와 같은
사람이 사람들 사이에서 어떻게 살아 있는가라는 점은 가장 중요한 것이
다. 이것은 지금까지 기술한 모든 말 속에서 이야기되고 있을 것이다. 나
는 이상이란 자기비판 ― 반성에 의한 것이라고 하였지만, 그것은 과학이
라는 것 또는 현실이라는 것이 상실될 것을 두려워하기 때문일 뿐만 아니
라 그것들 속에 이미 사람들 사이에 의거하는 태도를 제시하고 있다. 사
람들은 공간에만 살고 있는 것이 아니라, 아니 오히려 깊게 성찰하면 사
람들은 반드시 시간 속에 살지 않으면 안 된다. 즉 진정으로 사람을 사랑
한다는 것은 시간을 사는 사람에 대해 말하는 것이다. 따라서 이상도 또
한 운명처럼 시간 속에 성립하고 살아 있는 것이다. 자기가 그 상태를 최
상의 상태로 향상시키려고 하는 것은 미래를 그렇게 살고자 하는 노력이
다. 그 노력이 사람이 향해야 하는 진리를 내포한다면 그 노력은 사람들
의 꿈을 흔들어 깨우는 여론이 되며 지도자까지 될 수 있을 것이다. 따라
서 그 노력은 이미 미래에 영생하고 공간을 뛰어넘는다. 몸은 가령 무사
시노(武藏野)[22]의 이슬로 사라져 가더라도[23] 그 염원하는 바를 영겁에 남

---

22) 지금의 도쿄 중서부에서 사이타마현(埼玉縣) 남부에 걸치는 지역을 일컫는 옛날 지명. 잡
   목립이 무성한 들판으로 노래의 명소로서 유명함.
23) 에도(江戶)막부 제14대장군 도쿠카와 이에시게(德川家茂)의 아내이자 메이지(明治) 천황의
   고모에 해당하는 가즈노 미야(和宮) 지카코(親子) 공주(1846~1877년)의 노래 '아깝지 않
   네 주군과 백성들을 위해서라면 이 몸 무사시노의 이슬로 사라져도(惜しまじな君と民と

기려고 한다. 사람은 사람들 사이에서 공간을 뛰어넘는 희생적 생활을 함으로써 그 이상을 실현하고 있다.

일본의 이상은 일본의 내각 총리대신의 선언 속에도 남양(南洋)의 섬들에서 태어나 그곳에 사는 사람들 생활 속에도 있어야 한다. 더구나 그 이상은 단 하나이다. 인류는 사랑으로 축복받아야 하기 때문이다. 동아공영권의 확립이라는 것도 여기에 기초가 놓여 있다고 생각한다. 일본의 이상에 대해서는 결국 위의 극히 단순하면서도 유치한 몇 줄로밖에 나는 이야기할 수 없다. 물론 행정적, 군사적, 경제적인 정책으로 나온 현상이란 무수할 정도이지만, 전반적으로 말해서 그것은 기술적이나 그 현상을 쫓는다면 그 시간을 찾아내기 위해 고생을 해야 할 정도이다. 즉 결국은 그 현상에 쫓기게 되는 것이다. 그러나 그 현상이란 뿔뿔이 흩어진 이론과 정신에 토대한 것이 아니라고 생각한다. 만약 그렇다고 한다면 우리들은 끊임없이 우리들 정신활동의 형식을 그에 즉응시켜 변화시켜야 하며, 생활태도도 그 질(質)이 항상 변하게 된다. 일본의 이상이란 그런 것이 아니라고 생각한다. 성전(聖戰)의 목적은 결단코 부동(不動)한 것이다. 문학 분야에서도 그것과 대칭하는 문화적 정책에서 나온 현상이 일어나야 하며, 이미 일어나고 있지만 그 현상의 기초를 이루는 이론과 정신, 그리고 국민문화의 영원한 이상이 일치해 있어야 한다는 의미에서 일본의 이상은 상술한 바와 같이 일본 총리대신의 선언 속에도 남양의 섬들에 태어나 그곳에 사는 사람들의 생활 속에도 있어야 한다고 생각할 수밖에 없다.

문학에는 문학 그 자체의 정신이며 이상이 있다고 보는 이론이 있지만 그것에 대해 나는 끊임없이 저항감을 느낀다. 그러한 이론은 기술로부터 고안된 형식주의이므로 그러한 것에 문학의 영원성은 포섭되지 않는다.

の爲ならば身は武蔵野の露と消ゆとも)'에서 따온 표현.

문학에 생활이 없으면 안 된다는 나의 지론에서 본다면, 문학은 늘 국민 문학이 된다. 그렇기 때문에 일본의 문학은 그것이 어떠한 풍모를 하고 있더라도, 내포하는 바에는 일본인의 생활과 그 심정이 있어야 한다. 이 문장의 첫머리에서 오늘날 문학이 국민적 심정을 표현하는 데 아직 자각적인 모습을 띠고 있지 않다고 말했는데, 자각적인 모습이 되어야 한다는 사실이 매우 중요하다. 이를 위해서는 누구도 문학에는 문학 그 자신의 정신과 이상이 있다고 하는 미망(迷妄)을 타파해야 하며 직접 국민으로서의 생활을 표현해 가야 한다고 생각한다. 그곳에서는 일본의 이상 또는 운명이라는 것이 고조되지 않을 수 없다. 문학과 생활이 따로따로 분리되어 있지 않은 곳에 문학의 영원함이 있다고 생각한다.

안전(眼前)의 가체(歌體)에 대해

—중세의 사생주의—

구보타 요시오(久保田義夫)

1. 신고(新古)

새로운 것과 낡은 것의 상극은 어느 시대에도 있는 법인데, 새로운 것이 주는 생명의 자각은 어쨌든 사람들에게는 기쁜 것이다. 마찬가지로 문예에서도 새로운 양식이 낡은 양식을 극복한다. 예술 양식 중에서 가장 보편적인 것은 낭만주의와 고전주의 양식이다. 양식에 대해서는 미학 등에서도 다양하게 논해지고 있지만, 모두 잠정적인 것을 잃지 않을 뿐만 아니라, 각 양식의 특질 개념을 늘어놓을 경우에는 무한히 헛된 나열에 그치는 경향이 있다. 그렇지만 대체로 전자는 창조적인 것이 갈대의 새싹처럼 올라오는 원시적 혼돈이며 후자는 전자의 정리 통합이다. 고전주의는 낭만주의 뒤에 와서 자연 그대로의 소산(所産)을 합리적인 개념에 준하여 변혁한다. 폴 발레리는 이것을 "자기 안에 비평가 한 명을 끌어안고, 이를 자기의 노작에 새롭게 관여시키는 작가가 고전파이다"라는 식으로 규정하고 있다. 이 비평가를 끌어안는다는 점에서 이성적인 형식 존중과 기교주의를 낳고, 제작상의 약정(約定)을 낳는다. 시어(詩語)와 와카에 있어서 금제(禁制)의 말은 가장 극명한 것이지만 비평가 한 명은 그에게 규범과 법칙을 지시하는 점에서 규범과 법칙을 지지하는 전통을 지킨다. 그래서 전통에 있어서 상고(尙古)주의라는 것을 생각해 보면 새로움에 가치가 있다고 생각하는 것에 대한 배반인데, 낡은 것에 가치가 있다는 식으로 생각하는 것도 또한 일종의 인간성인 셈이다. 새로운 것이 참신한 생의 자각을 주는 것과 마찬가지로 권위 있는 가치가 원만하고 안정적인 조화를 준다. 예술가의 사명이 새로운 양식의 창조에 있다고 해도 고전주의적인 세계와 마찬가지로 우리들의 상고성은 때때로 신기한 것을 부정하려고 한다. 시대에 선행하는 천재가 때로 당대의 인간들로부터 냉소적으로 받아들여지는 것도 또한 까닭이 없지는 않다.

이러한 전통과 창조의 문제는 역시 가학(歌學)에서도 중요한 관심사였다. 조메이(長明)24)의 『무묘쇼(無名抄)』25) 중 「근대 가체(歌體)에 관한 조(條)」에 따르면 슌제이(俊成)26) 이래 유현조(幽玄27)調)가 대두하기 시작한 때조차 이런저런 비난이 있었던 것 같다. 즉 "중세 사람들의 가체에 집착하는 사람들은 현시대의 노래를 쓸데없는 말처럼 생각하고 다소 달마종(達磨宗)28) 따위의 이명(異名)을 붙여 비방한다." 또한 이런 것을 좋아하는 사람은 중세의 가체를 "속(俗)에 가깝다, 볼만한 게 없다고 싫어"하고 그 논쟁은 종

---

24) 가모노 조메이(鴨長明, 1155?~1216년) 가인(歌人), 수필 작자, 가학자, 승려. 수필 『호조키(方丈記)』, 가론 『무묘쇼(無名抄)』, 설화집 『發心集』 등의 저자이며 와카의 명수로 이름남.
25) 두 권으로 된 가론서(歌論書). 1212년 성립한 것으로 보이며 와카나 가인에 관한 일화를 서술.
26) 후지와라노 슌제이(藤原俊成, 1114~1204년). 귀족 가인이자 가학자. 고전주의적 입장에서 유현(幽玄) 이념 수립. 중세 와카의 출발점을 이루었다고 평가 받음. 후지와라노 데이카(藤原定家)의 아버지.
27) 유현이란 깊은 여정을 의미함. 특히 일본 중세문학에서 미적 이념으로 사용되면서 여정을 수반하는 감동을 뜻하며, 슌제이의 경우 정숙하고 깊으며 신미적인 감동이나 정취를 내포한 와카의 풍을 말함.
28) 원래 달마종은 선종(禪宗)의 다른 이름인데, 일본 중세의 후지와라 데이카와 같은 당시 와카의 새로운 가풍을 비꼬아서 한 말.

론(宗論)의 종류와 다르지 않은 모습이었다. 이러한 문제에 관하여 조메이는 대략 다음과 같은 입장에서 유현 가체를 옹호하고 있다.

1. 와카의 유형성(類型性). 노래는 옛날부터 오랫동안 그 모습이 하나였기 때문에 풍정(風情)도 말도 다하여 떨어져 버리고, 꽃을 눈에, 달을 어름에 단풍을 비단으로 얼버무리는 취향은 오래되어 필연적으로 새로운 취향을 찾을 수밖에 없었다는 점.
2. 예술의 보편성. 중고(中古)의 흐름을 따르는 사람들의 노래든 현대풍의 노래든 좋은 노래는 좋고 나쁜 노래는 나쁘다는 점.
3. 새로운 것도 전통을 담지할 것.
   (1) 새롭다고 해서 나쁠 리가 없다. 옛날과 다르지 말자고 하는 것은 어리석은 소국인(小國人)의 근성이다.
   (2) 『고킨슈(古今集)』[29] 노래라 하더라도 다양한 가체가 있어서 어떠한 가체도 그 범위를 나올 수 없다. 중고의 모습이 『고킨슈』에서 생긴 것처럼 유현의 가체도 『고킨슈』로부터 나왔다.

조메이의 말에서 명백하듯이 새로운 가치의 자기형성은 반항적 자태를 취하면서도 여전히 기상의 가치를 지반으로 하고 있다. 더구나 원래 가치에는 새로운 가치나 낡은 가치가 있는 것은 아니다. 단지 우리들이 고대적인 것이나 신기한 것에 가치가 있다고 생각하는 경향을 가지고 있을 뿐이다. 낡은 것이 영원히 새롭게 살아가는 곳에 고전적 작품의 가치가 있는 셈이다.

---

29) 각주 3) 참조.

2. 창조적 중세 가인의 계열

이상의 개념으로 중세 가인을 바라보면 중세 가인의 특수한 자태가 떠오른다. 와카의 역사는 늘 전통적, 고전적이며 어느 작가는 항상 비평가 한 명을 준비하고 있다.

그렇지만 이러한 전통적 중세 가인들 계열의 틈으로부터 벗어나 그 시인적 재능을 자질로 하여 창조적인 자기형성으로 향했던 당대 시인이 없었던 것은 아니다. 이러한 현저한 개인 양식의 형성은『고킨슈』등처럼 시대적 양식은 현저하면서도 개인적 양식에는 희박했던 것과 달리 완전히 개성적 자각에 다름 아니었다. 지금 시험 삼아서 이러한 경향을 가지는 가인의 이름을 들어 이에 다소의 설명을 첨언하기로 한다.

1. 소네 요시타다(曾根好忠)[30] : 통칭 소탄(曾丹). 간와(寬和) 원년(=985년) 2월 13일 엔유인(圓融院)의 정월 자일(子日) 행사[31]가 후나오카(船岡)에서 열렸을 때, 부르지도 않았는데 어슬렁어슬렁 나타나 자신은 여기에 모여 있는 가인들보다 결코 떨어지지 않는다고 방언(放言)하며 떠나지 않아, 결국 옷의 목덜미를 잡혀 끌려나간 이야기는 유명하다. 후지와라노 나가요시(藤原長能)[32]에게 '광혹(狂惑)한 녀석'이라고 매도(罵倒)하였다. 가풍=실감적, 자유분방, 부조화.『슈이와카슈(拾遺和歌集)』[33] 9수,『고슈이와카슈(後拾遺和歌集)』[34] 9수,『긴요와카슈(金葉和歌集)』[35] 6수,『시카와카슈(詞花和歌集)』[36]

---

30) 생몰년은 미상. 헤이안(平安) 시대 중기의 가인. 가인으로서는 뛰어났지만 성격적으로 특이하여 불우한 생애를 보낸 것으로 알려짐.

31) 자일의 놀이(子の日の遊び)를 일컫는 말로, 옛날 정월 첫 자일(子日)에 들에 나가서 작은 소나무를 끌고 다니며, 봄나물을 캐어 장수(長壽)를 축원하던 행사.

32) 후지와라노 나가요시(藤原長能, 949?~?). 귀족 가인. 중고시대 36가선(歌仙)의 한 명으로 일컬어짐.

33) 세 번째 칙찬(勅撰) 와카집으로 20권. 1006년 전후에 성립된 것으로 보이며 가수는 약 1350수.

17수, 『신코킨와카슈(新古今和歌集)』16수, 이하 38수, 계 89수.

2. 미나모토노 도시요리(源俊賴)[37] : 『긴요와카슈』의 찬자(撰者). 후지와라노 모토토시(藤原基俊)[38]의 고전주의에 대해 자유주의(가풍) 노래를 두 가지로 읊었다. 명랑하고 아름다운 모습도 각별히 많이 보인다. 또한 보통이라면 사람들이 읊지 못할 모습도 있다(『고토바인 구전(後鳥羽院口傳)』[39]). 모토토시는 도시요리를 시시한 사람이라고 하여 그렇게 말하지만(『무묘쇼』). 『긴요와카슈』35수, 『시카와카슈』11수, 『센자이와카슈(千載和歌集)』[40] 52수, 『신코킨와카슈(新古今和歌集)』[41] 11수, 십삼대집(十三代集)[42] 92수, 계 201수.

『긴요와카집』＝다른 칙찬(勅撰)집이 20권인 것에 비해 10권, 노래 숫자가 적으며 이단적, 서정성 없고 말을 중심으로 하는 감각적인 객관주의. 『긴요와카슈』는 또한 일부러 우스꽝스럽게 하기 위해 가벼운 노래가 많다(『무묘쇼』).

『시카와카슈』＝10권, 『긴요슈』와 동질(同質)적. 『시카와카슈』는……익살

---

34) 네 번째 칙찬 와카집으로 역시 20권. 1086년 성립하고 이듬해 개정됨. 가수는 약 1120수.

35) 다섯 번째 칙찬 와카집으로 10권. 1127년 경 성립한 것으로 보이며 가수는 약 700수.

36) 여섯 번째 칙찬 와카집으로 10권. 1151년 경 성립. 가수는 약 410수.

37) 미나모토노 도시요리(源俊賴, 1055~1129년). 『긴요와카슈』를 편찬하고 신기한 표현과 제재를 적극 개척하여 가단에 새로운 바람을 일으킨 가인. 가론서 『도시요리즈이노(俊賴髓腦)』도 유명.

38) 후지와라노 모토토시(藤原基俊, 1060~1142년). 헤이안(平安) 시대 후기의 가인이자 가학자로 미나모토노 도시요리와 나란히 일컬어짐.

39) 가마쿠라(鎌倉) 전기의 한 권짜리 가론서. 고토바(後鳥羽) 천황이 저술하여 1225~1227년 경 서립한 것으로 보임. 와카의 초심자를 위한 마음가짐이나 지식을 서술하고 당대 가인들을 비평함.

40) 일곱 번째의 칙찬 와카집. 20권으로 고시라카와(後白河) 법황의 명령으로 후지와라노 슌제이가 편찬. 1188년 성립되었으며 가수는 약 1290수.

41) 여덟 번째의 칙찬 와카집. 20권. 고토바(後鳥羽) 상황의 명령으로 데이카를 비롯한 다섯 명의 가인들이 편찬. 1205년 성립되고 이후 첨삭이 이루어진 것으로 보임. 가수는 약 1980수. 후대의 영향이 큼.

42) 『신코키와카슈』까지를 8대집이라고 하는데, 그 이후 『신초쿠센(新勅撰)와카슈』이하 가마쿠라 시대부터 무로마치(室町) 시대에 걸쳐 나온 칙찬 와카집 13권을 일컬음.

스러운 와카가 많다(『고라이후테이쇼(古來風体抄)』43)). 후지와라노 아키스케(藤原顯輔)44) 칙찬(勅撰).

3. 슌제이(俊成)45) : 데이카의 아버지. 『센자이와카슈』의 찬자(撰者). 유현조(幽玄調)의 창시자. 『센자이와카슈』가 『고킨와카슈』와 같은 20권으로 되돌아 간 점은 중대한 의미가 있다. 즉 슌제이는 『고킨와카슈』 부흥의 가인이었다. 『긴요와카슈』, 『시카와카슈』에 익살스런 와카가 있었으며, 객관적, 감각적인 서경가가 있었음은 결국 『고킨와카슈』적인 서정성의 상실을 의미한다. 슌제이의 『고킨와카슈』 부흥은 결국 와카 서정성의 부흥이었다. 『긴요와카슈』, 『시카와카슈』의 객관성과 『고킨와카슈』적인 서정성이 지양되어 여기에 서정적 유현이 성립한다고 여겨져 왔는데 그 상세한 내용에 대해서는 후술하기로 한다. 슌제이는 모토토시(基俊)의 제자이면서도 스승의 적수인 미나모토노 도시요리(源俊賴)의 노래를 52수나 『센자이와카슈』에 채록하고 있다. 모토토시의 27수에 비하면 짐작이 가는 바가 있을 것이다. 『무묘쇼』에 따르면 슌제이는 도시요리를 평가하여 "도시요리는 생각이 미치지 않는 구석이 없고 여간 아니게 잘 하여 힘도 미치지 못한다"고 말했다. 『시카와카슈』 1수, 『센자이와카슈』 36수, 『신코킨와카슈』 73수, 『신초쿠센와카슈(新勅撰和歌集)』 34수, 그 외 훈풍(訓風) 400수.

4. 사이교(西行) : 타고난 가인이라 생각한다. 이는 보통 사람이 흉내 따위 낼 수 있는 노래가 아니다. 말로 표현할 수 없는 능숙한 자이다(『고토바인 구전』). 헤이카이테이(平懷体)46)는 이 스님의 풍골(風骨)이다(『에이가타이가

---

43) 두 권자리 가론서로 후지와라노 슌제이(藤原俊成)의 저술. 1197년에 초찬, 1201년에 재찬이 성립된 것으로 보임. 시키시(式子) 공주의 의뢰로 가체(歌体)를 역사적으로 비평한 내용.
44) 후지와라노 아키스케(藤原顯輔, 1090~1155년). 귀족 가인. 와카 중의 로쿠조케(六條家)라는 가풍을 확립하였으며 스토쿠인(崇德院) 명령으로 『시카와카슈(詞花和歌集)』 편찬.
45) 각주 26) 참조.
46) 렌가(連歌)・하이카이(俳諧)에서 풍물이나 인사(人事)에 취향이 없는, 비속하고 평범한 작품.

이쇼(詠歌大槪抄)』[47]). 가깝게는 사이교의 자취를 배워야 할 것이다. 그와 같은 것은 특별한 일이 아니다. 그저 말을 꾸미지 않고 진정으로 말하는 것이 듣기가 좋다. 단 이것들은 이 방식이 능숙하여 뛰어난 것인데, 지금의 세상 사람은 나쁜 것인 양 취급하여 틀림없이 평범하다고 평가한 딱한 일도 있었을 것이다(『구히쇼(愚秘抄)』[48]). 『센자이와카슈』18수, 『신코킨와카슈』94수, 십삼대집 142수 (그 중 『교쿠요와카슈』 55수)

5. 사네토모(實朝)[49] : 가키노모토노 히토마로(柿本人麻呂)[50] 이래의 가인 (마사오카 시키(正岡子規)[51]). 만요(万葉)적. 『쇼쿠고센와카슈(續後撰和歌集)』 13수, 『신초쿠센와카슈』 25수, 『쇼쿠슈이와카슈(續拾遺和歌集)』 5수, 『쇼쿠코킨와카슈(續古今和歌集)』 8수, 『신고센와카슈(新後撰和歌集)』 6수, 『쇼쿠센자이와카슈(續千載和歌集)』 3수, 『쇼쿠고슈이와카슈(續後拾遺和歌集)』 4수, 『후가와카슈(風雅和歌集)』 7수, 『신쇼쿠코킨와카슈(新續古今和歌集)』 4수, 『신고슈이와카슈(新後拾遺和歌集)』 2수, 『신센자이와카슈(新千載和歌集)』 3수, 『신슈이와카슈(新拾遺和歌集)』 2수, 『교쿠요와카슈(玉葉和歌集)』[52] 11수, 계 93수.

『쇼쿠고센와카슈』는 후지와라노 다메이에(藤原爲家)[53] 칙찬, 가조(歌調)

---

47) 1586년에 성립된 6권 2책의 와카에 관한 주석서(注釋書)로 호사카와 유사이(細川幽齋)가 저술함.
48) 가마쿠라(鎌倉) 시대 후기에 후지와라노 데이카(藤原定家)에게 가탁하여 쓰인 가론서.
49) 미나모토노 사네토모(源實朝, 1192~1219년). 가마쿠라 막부 3대 쇼군(將軍)이자 가인. 쓰루가오카하치만구(鶴岡八幡宮) 앞에서 조카 구교(公曉)에게 암살당함. 만요풍의 와카를 잘 지었음.
50) 가키노모토노 히토마로(柿本人麻呂, ?~708?년) 『만요슈』의 대표적 가인.
51) 마사오카 시키(正岡子規, 1867~1902년). 근대 초기의 유명 하이진(俳人)이자 가인. 사생(寫生)에 의한 새로운 하이쿠를 지도하였고, 단카에서는 만요 풍을 중시하였으며, 문장혁신을 시도함.
52) 이상의 『신초쿠센와카슈(新勅撰)・쇼쿠고센와카슈(續後撰)・쇼쿠코킨와카슈(續古今)・쇼쿠슈이와카슈(續拾遺)・신고센와카슈(新後撰)・교쿠요와카슈(玉葉)・쇼쿠센자이와카슈(續千載)・쇼쿠고슈이와카슈(續後拾遺)・후가와카슈(風雅)・신센자이와카슈(新千載)・신슈이와카슈(新拾遺)・신고슈이와카슈(新後拾遺)・신쇼쿠코킨와카슈(新續古今)를 십삼대집이라고 일컬음.
53) 후지와라노 다메이에(藤原爲家, 1198~1275년). 후지와라노 데이카의 아들로 가마쿠라

평명.

『신초쿠센와카슈』는 데이카 칙찬.

『교쿠요와카슈』는 다메카네(爲兼)[54].

6. 다메카네(爲兼). 『긴요와카슈』 찬자(撰者). "다메카네 경의 가풍은 매우 색다른 데가 있고 그 가락이 풍족하게 만들어지는 데까지 이르지 못하고 특이하게 만들어 져서 영리한 빛을 띠어 훌륭한 상태이지만 거기에 천박한 모양이 있어 그 무렵에도 이러쿵저러쿵 비난 받았다(『역대와카칙찬고(歷代和歌勅撰考)』[55]). 다메카네는 일생 동안 끝내 발도 딛지 못한 노래를 좋아하였다.(『세이간차와(淸巖茶話)』[56]). 후술.

7. 이마가와 료슌(今川了俊)[57] : 영가(詠歌)의 모습, 이러한 마음의 동향을 보니, 도시요리의 노래를 근본으로 배웠다(『료슌벤요쇼(了俊弁要抄)』[58]).

이상 요시타다, 도시요리, 슌제이, 사이교, 사네토모, 다메카네, 료슌의 계열에서 요시타다, 사이교, 사네토모는 가단에서는 유리(遊離)적이며, 이점은 슌제이 등과는 반대이다. 요시타다는 비극적, 사이교는 초월적인 측면에서 오히려 가단을 지도하였으며, 사네토모는 한 구석에 핀 꽃과 같았다. 중세 가론서를 보아도 사네토모는 당대 가인으로부터 충분히 인정받았다고는 하기 어렵다. 그렇지만 요시타다는 도시요리에 의해 살아나고, 도시요리는 슌제이·료슌에 의해 살아났는데, 그래서 모두가 다메카네를

전기의 가인.
54) 교고쿠 다메카네(京極爲兼, 1254~1332년). 가마쿠라 후기의 가인. 평명한 니조파(二條派)의 가풍과 대립하여 『만요슈(万葉集)』에 의거한 청신한 가풍을 주장.
55) 6권짜리 와카 연구서로 1844년의 서문이 달린 요시다 노리요(吉田令世)의 저술.
56) 일명 『쇼테쓰모노가타리(正徹物語)』로 일컬어지는 15세기 중엽의 가론서. 특히 『쇼테쓰모노가타리』 하권의 별칭.
57) 이마가와 료슌(今川了俊, 1326~1420 ? 년). 무로마치(室町) 전기의 무장이자 가인, 가학자(歌學者). 레이제이파(冷泉派)의 와카를 이었으며 렌가(連歌)도 잘 했던 것으로 알려짐.
58) 무로마치 중기에 료슌이 저술한 와카에 관련된 교훈서.

조소했다. 그 관계는 『교쿠요와카슈』 편찬에 뽑힌 노래의 수로도 알 수 있지만, 또한 슌제이, 사이교에 대해서는 "마음을 우선으로 하여 말을 하고 싶은 대로 할 때, 동시대 표현도 읊고, 선학들이 읊지 않은 말도 꺼리는 일 없이 사용한 일은 슌제이, 데이카, 사이교, 지친 화상(慈鎭和尙)[59] 등 아주 많다(『다메카네 경 와카쇼(爲兼卿和歌抄)』[60])"라는 말에 자기 양식에 대한 계열적 의식이 보인다.(미완)

참고서

1. 『바리에테 Ⅱ Variété』, 폴 발레리, 아즈치 마사오(安土正夫), 데라다 도루(寺田透) 공역.
2. 『역사적 세계(歷史的世界)』, 고사카 마사아키(高坂正顯)
3. 『구상력의 논리(構想力の論理)』, 미키 기요시(三木淸)
4. 『무묘쇼(無名抄)』, 가모노 조메이(鴨長明)

---

59) 지엔(慈円, 1155~1225년)을 이르는 별칭. 헤이안(平安)시대 말기에서 가마쿠라(鎌倉)시대 초기에 걸친 천태종(天台宗) 승려로서 역사서인 『구칸쇼(愚管抄)』를 기술하고, 다수의 와카를 남김.
60) 교고쿠 다메카네가 쓴 한 권짜리 가론서. 13세기 후반에 성립된 것으로 보이며 와카의 본질이나 훈련, 마음가짐과 표현, 와카를 짓는 태도 등에 관해 이야기함.

대륙 단카 비망록

후지와라 마사요시(藤原正義)

　"사회적으로 커다란 사건에 조우하여 생긴 발작적 증상으로서는, 최근 1938년에 나타난 오카야마 이와오(岡山巖)[61] 씨의 「단카혁신론(短歌革新論)」[62]이 현저(顯著)할 것이다"라고 와타나베 준조(渡邊順三)[63] 씨는 말하고 있다(요시다 세이이치(吉田精一) 편 『전망・현대일본문학(展望・現代日本文學)』에 들어 있는 논문 「현대단카(現代短歌)」). 사회적으로 커다란 사건이란 두말할 필요도 없이 만주사변을 발단으로 하여 지나사변을 거쳐 그 위에 오늘날에도 영향을 미치고 또한 장래에도 영향을 미치려 하는, 비상시국 하의 일본의 역사적인 격동과 변모를 의미한다.

　그런데 오카야마 씨의 소론에 대한 와타나베 씨의 견해 내지 비평은 발작적 증상이라는 말로도 추측되듯이 나쁘게 말하면 조소적・야유적이며 좋게 말하더라도 매우 부정적이다. 물론 와타나베 씨도 오카야마 씨의 공적을 인정하고 그 소론이 현대 단카 및 현대 가인에 대해 끼친 강한 영향을 인정하지 않는 것은 아니다. 「가단의 구파화를 구하라(歌壇の旧派化を救へ)」(1938년 6월)라는 글 이래로 오카야마 씨가 이른바 폭탄처럼 던져 온

---

61) 오카야마 이와오(岡山巖, 1894~1969년). 가인이자 의사. 도쿄제국대학 졸업. 『미즈가메(水瓶)』의 동인이었다가 1931년 『노래와 관조(歌と觀照)』를 창간하여 주재하고 단카 혁신론을 전개함.
62) 가단에 큰 반향을 일으킨 1938년의 「단카 혁신의 설(短歌革新の說)」을 이르는 것으로 보임.
63) 와타나베 준조(渡邊順三, 1894~1972년). 가인. 1928년 신흥가인연맹 결성에 가담. 프롤레타리아 단가 운동을 추진하고 전후에는 신일본가인협회를 지도함.

단카혁신론을 간단히 설명한 후, 와타나베 씨는 다음과 같이 말한다.

　　——단카의 제재, 용어를 확대하여 종래의 단카 세계에 포착되지 않았던 새로운 현실면을 노래해야 한다고 주장하면서, 한편으로는 단카의 정형(定型)은 '일본적 성격'으로서 '때려도 차도 깨지지 않는 것이다'라며 단카의 전통적 형식을 굳게 지키며 불멸의 것으로 보는 데에 오카야마 씨 혁신론의 성격이 보인다.
　　——내가 믿는 바로는 오카야마 씨가 '일본적 성격'으로서 불멸의 생명을 가진다고 믿는 단카 형식은 두말할 필요도 없이 전통적인 단카적 내용=고아(古雅), 우완(優婉) 등과 불가분의 관계에 있는 것이다. 적어도 그러한 전통적인 세계를 가장 조화시킨 형식으로서 존재하고 있음은 사실일 것이다. 따라서 이 전통적인 단카 내용을 부정하는 일은, 동시에 전통적인 단카 형식도 부정하지 않을 수 없는 것이 당연하리라 생각한다.

그리고 씨는 마지막으로 심경(心境), 영탄을 생명으로 하는 단카의, 단카다운 서정성을 단카의 중심 생명이라고 주장하며, 단카야말로 가장 순수한 예술이라고 강조하는 기성 가인들은 실로 그렇기 때문에 "때때로 커다란 사회적 변동에 조우하여 매우 거친 현실에 직면했을 때, 도저히 약소한 서른한 글자의 단카로는 이 현실에 맞설 수 없기 때문에, 경련을 일으키듯 '단카혁신'을 외치고 단카의 운율을 무시한 '산문적' 단카를 만드는 것이다"고 말하며, "나는 진정한 단카 혁신은 한마디로 말해서 현대 대다수의 국민 대중으로부터 사랑 받는 방향으로, 즉 바꿔 말하면 단카를 가단의 단카로부터 국민적 단카로 해방해야만 기대할 수 있다고 믿는다"고 결론 맺고 있다.

이상 요컨대 와타나베 씨의 주장하는 바에는 단카 혁신에 대한 대표적인 견해가 포함되어 있으며 우리들은 오카야마 씨와 더불어 이들 견해가 상당히 뿌리 깊고 또한 광범위하며 실로 용기와 인내를 갖지 못한 곳에서 발하는 것임을 인정해야 한다. 즉 사람들은 우선 정형(定型)의 부정을 주장하고 두 번째로 산문적 단카라고 야유하며, 세 번째로 '전통적인 단카의 우완(優婉)한 매력'에 이끌려 후퇴한다고 비평하는 것이다. 이 중에서 두 번째의 산문적 단카란 주로 기술적인 능력의 부족과 구상의 불충분함에 기인하는 것이어서 말할 필요도 없으며, 세 번째의 비평은 이미 오카야마 씨도 시도하는 바로 새로운 창조에 즈음하여 일어날 수 있는 곤란과 고통에 견딜 수 없는 자들도 이미 우리는 논외로 한다.

그런데 첫 번째 정형 부정의 경향은 여전히 유력한 듯하다. 이 부정의 근거는 이미 와타나베 씨가 말하고 있는 관점, 즉 유추의 합리성에 있는 것과 좀 더 기술적인 조작에 관한 것이 있는 듯하다. 대체로 와타나베 씨의 주장과 같은, 바꿔 말하면 단카 내용과 형식은 상즉(相卽)적 불가분 관계에 있으며 형식 A에 대해 내용은 항상 B이며, B에 대해 A는 이른바 역사적으로 절대적인 것이었다. 그렇기 때문에 이러한 관계는 금후도 절대 침범할 수 없는 철칙이다. 따라서 지금 만약에 B가 변용하여 D가 된다면 자연적으로 그리고 필연적으로 A는 C가 되어야만 하며, 또한 A가 C로 되어야 비로소 B는 완전하게 D로 될 수 있다는 관점은 매우 상식적이며 소박한 것이라 할 수 있다. 과거라는 것이 단순한 과거가 아니고 역사를 형성하는 과거인 한, 과거는 역사적 필연성이라고 해야 할 힘을 가지고 현재뿐만 아니라 미래에도 작용하는 것이다. 그렇지만 이것의 역(逆) 또한 가능하며 실제 오늘날의 세계는 바로 이러한 사실을 증명하고도 남는다. 따라서 단지 일방적으로 역사적 필연성, 전통의 힘만을 강조하고 그것을 마치 절대적인 것처럼 역설하는 일은 주관적 편견이라는 비난을 면할 수 없다. 내가 믿는 바로는 이 인간세계에서 A : B=C : D라는 비례식은 좀처럼 성립할 수 없다.

뿐만 아니라 이 정형부정론이 저 산문적 단카 작품과도 관련을 가지고 기술적 능력과도 관계되며 또한 일본적 초조와도 관련을 가지고 있음은 주의해 둘 필요가 있다. 정형부정론이 공격의 대상으로 삼은 것은 단카혁신론과 더불어 (시험 삼아) 만들어진 또는 만들어지고 있는 작품들이었다. 이들 작품의 다수를 사람들은 산문적 단카라 이름 짓고 단카혁신론과 그 실천의 괴리 내지 서투름을 공격하기 시작했다. 그들은 이른바 새롭게 막 태어난 갓난아기의 모습으로서의 현재뿐만 아니라 장래마저 평가 결정해 버린 것이다. 그리고 지금도 평가 결정하고 있다. 갓난아기라도 삼 년이 지나면 그 특유의 소질을 드러내기 시작한다. 그러나 아직 아이이며 미성년 중의 미성년이다. 어른들은 이들을 돌보며 성장시켜 후일의 성숙을 기해야 한다.

비유를 너무 많이 들었다. 그러나 어쨌든 새로운 단카관(觀)에 입각한 새로운 단카가 생성되고 있다고 주장할 수밖에 없다. 우리들이 단카사(史) 위에서 완수해야 할 책임은 진실로 이 단카의 생성을 보육(補育)하고 강건하게 하며 성인으로 만드는 데에 있다. 이를 위해서 우선 우리들은 일본적 초조를, 성급한 성공을 바라는 마음을 버려야만 한다. 새로운 창조의 성과는 오로지 인내와 부단한 노력 뒤에 획득할 수 있을 것이다.

그리고 두 번째로 우리들은 기술상의 여러 곤란을 극복하고 초극하며 특히 말과 형식을 진정으로 우리들의 소유로 해야 한다. 말의 혼란과 불통일, 표현의 자의성, 이것은 특별히 단카만의 문제는 아니다. 그러나 무엇보다도 단카는 이 난관을 딛고 넘어설 필요성이 시급하다. 그리고 이 초극이 이윽고 새로운 단카의 탄생이며 수립이다. 이른바 산문적 단카가 단카 예술작품으로서 불만족스러웠다는 점은 단카혁신론이 관념적이고 추상적이며 그렇기 때문에 단카의 역사와 전통을 무시한 것이라고는 할 수 없다. 이런 견해 속에는 역사는 이제 움직일 수 없는 것이라는 숙명관과 필연성만 외치는 주장이 내재되어 있지만 이것은 단적으로 말하면 와타나베 씨도 말하고 있는 것처럼 어제까지의 단카관을 고집하고 그것을 이제 어떻게도 할 수 없는 절대적인 것으로 보는 것에 다름 아니다. 따라서 단카혁신론의 급선봉을 '역사의 고정과 숙명'관에 의해서만 방해하려고 한다. 그러나 그것이 가지는 약체성도 이제는 분명하다. '약소(弱小)한 서른한 글자 단카'라는 말은 그 스스로 편견과 자의성을 표명하고 있는 듯하다.

내가 믿는 바에 따르면 이 서른한 글자야말로 단카를 여타의 문예로부터 구별하고 그 독자적인 존재감을 부각하는 징표이다. 이른바 '신단카'와 '자유율 하이쿠'를 사람들은 어떠한 점에서 색별(色別)하고 또한 그것들과 자유시를 어떤 점에서 변별할 것인가? 시험 삼아 '신단카'를 보라. 거기에는 도리어 말의 방탕함과 자의성, 그리고 산문성이 있지 않은가? 단카의 내용이든 하이쿠의 정신이든, 이것 자체가 이미 추상적 산물이며 또한 역사적 소산이며 여기에 우리들은 도리어 이른바 신단카, 자유율 하이쿠의 한계를 본다. 일찍이 와카의 선험성을 역설한 오카야마 씨는 지금 다시 『현대단카(現代短歌)』(가와데서방(河出書房) 간행)에서 이것을 강조하고 단카가 가지는 5·7·5·7·7이라는 구조와 그 구조가 가지는 성격, 그것과 일본인의 호흡 생리, 나아가 흙과 피의 전통, 이들의 관계를 역설하며 정형 부정론에 답하고 있다. 그러나 이 부분에서 오카야마 씨의 서술은 변명 같아 보이지는 않지만 다소 낭만적이고 정서적이다. 그만큼 설득력이라는 것은 상대적인데 우리들은 5·7·5·7·7의 정형을 단지 그것이 천수백 년 이래 그렇게 있었다는 이유만으로 고집하고 있는 것은 아니다. 우리들은 처음에 이른바 전통적인 단카의 정신, 내용, 단카관에 협소성과 건강하지 못함을 지적하고 우선 단카관 그 자체를 혁신하여 단카인(人)의 창작의

식을 고양하며 단카 세계를 확대하고 새롭게 개척하려고 하는 것이다. 새로운 시대의 단카를 만들려고 한다. 형식이 이를 견딜 수 있을지 없을지, 단카인은 이 형식에 새로운 생명을 불어넣을 수 있을지 없을지, 그러한 문제는 장래에 올바르게 비판될 것이다. 우리들은 이른바 사석(捨石)이며 시금석이다.

그리고 세상에는 여전히 이 5・7・5・7・7이라는 형식을 가지고 단카를 제약하고 말을 강압하며 단카의 내용, 정신에 있어서 완전히 무용(無用)한, 따라서 낡은 것에 대한 소박한 애착심마저 이성적(理性的)으로 벗어난다면 쉽게 무용해질 것이라 생각하고 주장하고 있는 사람이 적지 않다. 달리 말하면 이 형식을 하나의 질곡이자 쇠사슬처럼 생각하고 있다. 그러나 이러한 생각이 단순한 망상에 지나지 않는다는 점은 이들 생각 저변에 단카 제작의 기술, 일반적으로 예술제작의 기술에 대한 천박한 사려 없음이 깔려있다는 것을 통찰한다면 곧 명백해질 것이다. 제약이라고 하면 프리드리히 실러[64]의 말을 비교해 볼 필요도 없이 표현을 떠맡는 '말' 그 자체가 이미 제작에 임하는 커다란 고민을 품고 있는 것이다. 그렇지만 예술가의 고심이라는 것은 그러한 제약과 질곡을 초월하여 도리어 그것을 자기의 자유세계에 끌어들여 이른바 전화위복으로 삼는 데에 있다. '입신의 경지에 들어서' 비로소 진정한 예술이 탄생한다. 우리들은 단카론사, 단카비평사를 더듬어 갈 때, 이전의 가론자, 비평가의 눈이 실로 이 '입신의 경지에 들어서'는 기술을 향해 움직이고 있음을 지각하게 되는데, 그들에게 있어서 주어진 형식은 단순히 질곡이 아니라 실로 초극되어야 할 그 것이며 형식에 소재를 끼워 넣는 일이 중심점이 아니라, 실로 형식과의

---

64) 프리드리히 실러(Johann Christoph Friedrich von Schiller, 1759~1805년). 독일의 시인, 극작가. 독일적인 개성 해방의 문학운동인 '슈투름 운트 드랑'의 대표작가이자 독일의 국민시인으로서 괴테와 더불어 독일 고전주의문학의 2대 거성으로 추앙됨.

조화통일에 있어서 표현되어야 할 구현형체(求現形体)⁶⁵⁾를 표현형체로 가져오는 기술에 중점이 요구된다.⁶⁶⁾

그렇지만 실로 오랫동안 단카는 오로지 고정과 숙면의 길을 걸어왔다. 그 길이 너무나 길고 게다가 외줄기였기 때문에 사람들은 단카를 그 길 위에서만 이해하고 승인하며 그 길과 다른 길 위에 서려고도, 또한 그 길에 서서 단카를 보려고도 하지 않는다. 그렇지만 이 또 다른 길이야말로 단카를 새로운 시대의 새로운 단카이게 만드는 유일한, 적어도 가장 순정한 길이다. 이 경우, 형식에 대한 반역은 이제 제2의(義), 제3의(義)의 일이다. 그리고 우리들은 단카 내용의 고정과 숙명을 주로 일본의 이른바 풍토적 성격으로 돌릴 수 있을 것이다. 그러나 매일, 아니 시시각각 변해가는 시대, 개화되어 가는 세계 — 소우주적 일본이 대우주적 일본으로 전개해 갈 때, 일본 단카가 대륙 단카로, 나아가 세계 단카로 신장해 갈 때, 우리들은 지금 새로운 단카의 출발을 기념하고 기초를 잡으려 하고 있다.

대륙 단카, 여기에 우리들은 이 시대의 단카를 구가할 수 있도록 일어서지 않으면 안 된다.

부기(附記) '새로운 단카'라는 것을 그저 시사(時事) 단카라고만 해석하는 사람은 불행하다.

— 강덕(康德) 8(=1941)년 4월 23일 고(稿)

---

65) [필자주] 긴바라 세이고(金原省吾)씨 『동양상징론(東洋象徵論)』(河出書房刊, 예술론 제1권 소수)에 따른다.
66) [필자주] 상설(詳說)은 다른 기회로 미룬다.

지도성(指導性) 시가에 대해

히다카 가즈오(日高一雄)

문예작품이 가지는 내용에 대해 말하자면 이것만으로도 상당한 분량이 되기 때문에 전반적인 것은 잠시 제쳐두고, 시가의 경우에 대해서만 생각해 보면 그 내용은 자기의 의욕으로 발표되는 경우가 가장 많고 따라서 그것이 다른 곳에 미치는 영향에 대해서는 그다지 생각하지 않는 듯하다. 시가가 사람들에게 미치는 영향, 즉 타인에 의해 감상되고 또는 비평되는 점을 고려하여 시가를 쓰는 것은 자기의식의 발표를 무디게 만드는 측면이 있어서 그렇게 되어서는 안 된다. 그렇지만 이 자기만족과 일반인들이 받는 사상의 영향 모두가 뛰어난 작품이, 즉 뛰어난 것이라고 일컬어지고 작품으로서 완전하다면 시든 노래든 확실한 사상 하에서 써서 자기를 표현함과 더불어 다른 사람에게 주는 영향도 좋은 방향이어야 한다. 각자가 시를 짓고 단카를 짓는 태도는 여러 가지가 있기 때문에 하나로 인솔할 수 없지만 일본의 노래, 일본의 시가 가지는 전통에 시대성을 가미하면서 그 진보를 구하는 것이 정도(正道)라고 생각한다. 자기본위이지 않으면 안 되는, 주관을 강조하는 사고방식은 자칫하면 그 문학성을 잃을 위험이 있다. 시대를 벗어나서 시와 단카의 전통으로부터 고립되어서는(진정한 고립은 있을 수 없는 일이지만), 시와 단카를 짓는 작가의 길은 존재하지 않는다. 그래서 우리들은 우리들 조상으로부터 계승한 일본적 사상 아래에 뜻을 두지 않으면 안 된다. 오늘날의 시 또는 단카 문학은 지나사변을 하나의 계기로 하여 종래의 저조함에서 일변하여 사상적으로 크게 비약하였다.

즉 일본정신의 고취, 대동아공영권의 확립이라는 대업 앞에서 대륙과 대양을 우리들의 사상 속에 넣어야만 했다. 여기에서 나온 시작(詩作) 사상은 종래의 작품을 떨쳐버리게 만들기에 충분함과 동시에 종래의 작풍에 만족하지 않는 사상까지 주입한 것이 사실이다.

○

일본정신, 즉 동아의 맹주 일본인으로서의 사상과 생활을 선도하는 일은 모든 문화시설과 문화인이 가지는 사상과 그 실행에 기대하는 바가 많다. 그렇지만 문인은 다행히 그 작품을 비교적 자유롭게 발표하여 세상에 호소할 수 있기 때문에 여기에 우리들은 종래의 또는 과거의 문화인과 다른 점, 즉 적극적으로 문화인이 나아가야 할 길을 생각하지 않으면 안 된다. 시와 단카가 가지는 사상은 각인각색이며 우수한 작품만을 희구하는 것은 곤란하지만 적어도 상당한 경력을 가지는 자는 사상적으로 매우 확실한 작품을 발표해야 한다고 생각한다. 자기만족을 위해서만 문예를 즐기는 시대는 지났다. 가인은 단카를 통해 시인은 그 시를 통해 사상적으로 지도성 있는 작품을 발표해야 할 때라고 절실히 생각한다.

○

조선에서 문화방면의 일익으로서 문예가 담당하는 역할은 점차 그 중대성이 더해지고 있으며 올 봄 이래로 이 방면의 대승적 통합이 이루어진 점은 참으로 기쁜 일이다. 반도에서 문인이 나아가야 할 방면은 이미 결정되어 있다. 본지『국민시가』가 가지는 사명도 반도 2천 4백만 명의 마음의 양식으로서 반도 땅에서 싹튼 시를, 단카를 높이 노래하고 일반인의 사상 선도와 열렬한 애국심의 열정으로 사기를 고취하며 발랄한 생기를 불어넣어야 하는 것이며, 그 노력과 애정 속에 피어나는 문예작품이야말

로 우리들이 희구해 마지않는 것이다. 『국민시가』 창간호에 실린 작품에
대해 위와 같은 견지에서 그 감상을 해 보면, 우선 시에서,

가야마 미쓰로(香山光郎) 씨의

「아침(朝)」

자, 아침 기도
늙으신 아버지와 어린 아이들
나란히 서는 삼나무 앞
두 번 절하고 두 번 박수
작은 손은 울린다

해 뜨는 곳은
천황이 계시는 궁궐
허리 굽히고
아버지와 아이들 절한다
"천황폐하의 번영"이라며

장소는 고려
신라 백제의 후예
아침마다 이러하다 지금은

이 시가 가지는 높은 기상, 청순, 조선의 대표적 시인인 가야마 미쓰로
씨(옛 이름 이광수 씨)의 이 작품을 접하고 나는 뭐라고 할 수 없는 감명을
받았다. 여기에 우리들의 사상 방면이 있고 반도인의 정신생활의 방향이

제시되어 있다. 여명에 절을 올리는 아침의 기도, 이 시가 가지는 내용은 실로 커다랗고, 넓으며 그리고 깊숙이 꽐꽐 따르지 않는 향기를 가지고 있다. 조선에서 이러한 일본적 청순, 고아한 시를 쉽게 만드는 자는 씨를 제외하고 없을 것이라고 생각한다. 조선이 가지는 시인으로서 자랑할 수 있는 존재라고 할 수 있다.

우에다 다다오(上田忠男) 씨의

「신도(臣道)」

방향은 정해졌다. 자, 이 두터운 가슴과 굵은 정강이를 사용해 다오. 그렇다. 지금 빛나는 역사의 큰길을 만나 나의 갈빗대를 감싸는 스프67) 속옷은 펄럭펄럭 휘날리는 깃발이 되고 끝없이 하늘에 교차하는 풍맥이 되는 것이다.

그 바람의 흐름들은 팽배하게 한 점에 숨이 막히고 멈추기 어려운 방면으로 뚫고 나아가려 한다.
그 정신의 흐름들은 조용히 동양을 넘어 위도를 넘어 한 후예의 영광을 노래하려 한다.
예를 들면 태초부터 가을겨울을 장맛비처럼 내리는 아스팔트처럼.
예를 들면 대륙에 깊이 궤적을 새기는 철몸뚱이처럼.

오늘처럼 내일도 또 있어야 하네.
몰래 걸리는 감격을 신의 길이라 의지하고 바싹 뒤쫓아 오는 거대한 동력을 등에 없고 나는 외치네. 참아라, 참아라, 일본의 스프처럼.

---

67) staple fiber, 짧은 섬유

예전 이 천에 얼굴을 붉힌 국민의 서정 노래 소리에 더럽혀진 길을 지금 엄중한 국가의 의지가 간다.

더구나 새로운 분노의 방위로 땅껍데기가 만드는 기복에 따라 충성을 이어받는 자의 격정의 노래는 간다.

넘어가야만 하는 시대의 흙벽을 잡고 오르며 천성적으로 덤벼드는 격한 목숨과 닮아 내 속옷은 표표히 바람을 감고 있는 것이다.

그렇다. 너는 이러한 신화를 들은 적이 있느냐. 아아, 일장기조차도 스프로 만들어지는 오늘이 있었다는 것을.

이 시도 역시 뛰어나며 가야마씨의 「아침」과 더불어 훌륭한 지도성을 가지고 있는 가작이다.

이마가와 다쿠조(今川卓三) 씨의 「여행 감개(旅の感慨)」, 아마가사키 유타카(尼ヶ崎豊) 씨의 「역두보(驛頭譜)」 등도 뛰어난 작품이다. 이들은 반도 시단의 방향을 선도하고 일반 민중에게 주는 감화도 크다고 생각한다.

○

한편 단카에서는 미치히사 료(道久良) 씨의 「적토창생(赤土蒼生)」 16수, 오늘날 조선의 지위를 생각하고 일본과 반도의 역사에 생각이 미쳐 『만요슈』의 누카타노오오키미(額田王)의 작품을 보면서 불러진 것이다. 이 노래는 현대인을 회고의 정으로 이끌면서 자각을 주며 그러한 방향을 제시한 것으로서 빛나고 있다. 아마 이 작품이 내지 가인의 각성을 촉구하게 될 거라 기대함과 동시에 우리들도 이 노래의 아래에 흐르고 있는 것을 포착하여 대륙문화의 발전에 기여해야 한다고 생각한다. 그 몇 수를 들기로 한다.

미치히사 료(道久良) 씨

적토창생(赤土蒼生)
- 대륙 경영을 친히 하시기 위해 귀하신 목숨 변두리의 땅에서 잃고 승천하셨네.
- 백제의 멸망 대륙 경영의 꿈은 좌절되었고 그 후로 천삼백 년 시간은 흘렀구나.
- 황홀하게도 나는 보고 있노라 천 년 전 옛날 아버지 할아버지 보고 계시던 것을.
- 이 아이들이 자라나갈 미래다 창망하게도 젊은 생명들은 적토를 덮으리라.

스에다 아키라(末田晃) 씨

부여신궁(扶餘神宮) 조영
- 싸울 수 있는 시대 속에 살면서 적막하기만 한 이 산에서 땀을 흘린 근로봉사대.
- 이윽고 발로 밟을 수 없게 되는 신의 영역인 이 산 속에서 깨진 기와류 몇 번 줍네.

와타나베 요헤이(渡邊陽平) 씨

- 능선 너머로 사라져 가는 병사 대열 새벽녘 꿈속으로 다 빠져들지도 못해.
- 소금 땀 나서 군복은 새하얗게 되어버렸던 일 남에게 얘기하니 더욱 생각이 난다.

쓰네오카 가즈유키(常岡一幸) 씨

- 가고는 이제 돌이킬 방법 없는 나라의 운명 짊어진 대신(大臣)에게
  신념은 꼭 있기를.

이상의 작품은 본지의 대표적인 단카라 해도 좋다. 이러한 작품은 어느
것이든 시대적으로 흔들리지 않는 신념 아래에 읊어진 것이며 초심자가
본받아도 좋을, 뛰어난 것이다. 시사영(時事詠) 외에 눈이 띄는 것을 열거해
보면,

미시마 리우(美島梨雨) 씨

- 비 개고 아침 고요히 시작되는 산의 숲속 나무들 바스락거리지도
  않고 숨 쉬는 것 같다.

이마부 류이치(今府劉一) 씨

- 항구를 큰 길 나아가듯이 주저 없이 연락선 거대한 몸체가 들어오
  는구나.(부산에서)

가이인 사부로(海印三郎) 씨

경주 여름날
- 길가 가까운 콩밭에 누워있는 큰 돌 무리는 가람(伽藍)의 장엄함이
  지극한 절터였나.

이와쓰보 이와오(岩坪巖) 씨

　● 넘어서 왔던 낮은 산들 이어진 끝에 저 멀리 헷갈리게 보이는 바
　　다빛을 그린다.

등일 것이다.

○

　내가 말하려고 하는 단카의 지도성에 대해 다시 하나 더 부가해 보고
싶다.『단카연구(短歌研究)』8월호를 넘기며 위와 같은 생각 아래 우선 그
시사영에 대해 눈에 띈 두세 명에 대해 감상을 써 보자면,

후쿠다 에이이치(福田榮一)[68] 씨

　비극
　● 독소전쟁의 행방이 뚜렷하지 않은 가운데 나폴레옹의 가도(街道)
　　라는 말이 있구나.
　● 나폴레옹이 남겨놓은 것들을 생각한다면 그 비극의 가도와 나폴레
　　옹의 법전
　● 히틀러에게 비극이 아직도 없는 까닭에 연극 따위를 보는 재미라
　　는 게 없다.
　● 히틀러식의 기계화 전쟁에는 예를 들어서 나니와부시(浪花節)[69]

---

68) 후쿠다 에이이치(福田榮一, 1909~1975). 가인. 도쿄 출신으로 도요대학(東洋大學) 중퇴.
　　고이즈미 도조(小泉苳三)에게 사사하고『포토나무(ポトナム)』에 가담. 1946년『고금(古
　　今)』을 창간함.
69) 이야기 예능의 일종으로 에도(江戶) 시대 말기 기존 곡절들의 영향을 받아 오사카에서
　　성립. 샤미센 반주로 독연하며 내용의 소재는 군담, 강석, 이야기 등 의리와 인정을 테
　　마로 한 것이 많음.

취미 따위 없을 것이다.
- 세상 영웅을 찬미하는 마음의 몇 퍼센트는 영웅을 가졌다는 비극 때문인 건가.

독일·소련전의 돌발에 의해 그 순간 전 세계인이 느꼈을 놀라움, 그리고 이 전쟁이 진행되는 바, 그 결과를 떠오르게 한다. 이런 종류의 노래는 매우 많으며 이 작자를 여기에서 열거하는 것은 본의가 아니지만 작자는 그 결과를 생각하면서 여기에 비극을 노래하고 있다. 그렇지만 이 작품으로부터 받는 느낌은 무엇일까? 나에게는 딱 떨어지지 않는 느낌이라 견딜 수 없다. 작품의 의도는 알 수 있지만 노래의 내용, 표현에서 왠지 이해할 수 없는 점이 많다. 이 작품으로부터 과연 그렇구나 하고 독자를 매혹시키는 점이 있는가? 이러한 노래는 일반인들도 잘 이해할 수 있는 것이어야 한다고 생각한다. 분산된 듯한 느낌이 들어 견딜 수 없다. 작자의 자기만족에 그치고 있는 것은 아닐까?

미치히사 료(道久良) 씨

사변 제5년
- 동아의 질서 남쪽으로 뻗어갈 필연이런가 태평양의 파도는 드세어 매우 높다.
- 넓은 태평양 파도를 뛰어넘어 남쪽을 향해 뻗어가야만 하는 우리들의 신질서.
- 어제까지는 대중들의 주의를 끌지 못했던 우크라이나 쪽에 지금 전화(戰火) 번진다.
- 어떤 책에든 곡창(穀倉)이라는 글자 기재돼 있는 구로(歐露)의 곡창들은 밀을 생산한다.

- 까치 새들이 우리의 채소밭에 놀고 있구나 이 새들을 놀래는 것은 하나도 없고.

이 작품들은 무조건 잘 이해가 된다. 그리고 이 작품의 저변을 흐르고 있는 사상이 확실하다. 『국민시가』의 작품과 더불어 누구라도 잘 알 수 있어서 독자들을 충분히 이해시키며 평명(平明)함 속에서도 하나의 힘이 있는 지표를 가지고 있다. 후쿠다 씨의 작품과 비교해 확실히 지도성을 가지고 있다고 생각된다.

마쓰모토 고로(松本五郎) 씨

- 두 번째 날에 소련군 육만여 명 항복과 함께 소설 『우미인초(虞美人草)』[70]가 극영화 되는 소식.
- 블라디보스톡 항에 소련 원조 물자가 들어온다는 소문이 강 건너 편 대륙에서 들려와.

이 두 수에 대해서도 후쿠다 씨에게 희망한 점과 같은 내용을 말할 수 있지 않을까 생각한다. 시사영에 나타난 표현은 거의 비슷한 형태가 많으며 사변을 취급한 것으로는 뉴스에서 들은 것, 뉴스영화에 의한 것 등 상당히 있지만 실제로 보지 않은 우리들은 보다 깊고 보다 진실에 가까운 것을 요구해야 한다. 한편으로 그것은 매우 곤란한 일이기는 하지만 그렇다고 해도 그 취급방식에 따라서는 뛰어난 것이 탄생하기도 하므로 이미 그 수는 엄청난데, 어떤 경우든 자기의 관찰과 이념에 의한 작품에 비판적인 감상을 시도하고 더구나 이 시대 일본인 사상의 방향을 분명히 해야

---

70) 나쓰메 소세키(夏目漱石)가 1907년 발표한 소설. 자아가 강하고 오만한 여주인공을 그림.

한다고 생각한다. 그리고 보다 크고 보다 깊게 응시한 곳으로부터 생겨난 노래였으면 한다.

미네무라 구니이치(峰村國一)[71] 씨

- 이 위대한 시대의 움직임을 생각해야만 한다 청명하거라 우리 소
  녀들이여

도쓰카 미치하루(戶塚道治) 씨

- 바람과 같이 스쳐 지나갔을 때 자동차창에 왕징웨이(汪精衛)[72]의
  뺨이 하얗게 비치었다.

등은 솔직하고 더구나 인상에 남는 좋은 것이라 할 수 있다. 우리가 지금과 같은 시대에 시사적인 것만 받아들이는 것을 목표로 하는 바는 아니지만 지금 시대를 떠나 생겨난 문예는 없기 때문에 이런 점은 늘 확실하게 생각하지 않으면 안 된다.

『단카연구』는 전국적이며 종합적인 잡지로 각 결사의 가인들 작품이 상당수 게재되어 있지만 나는 언제나 그다지 좋은 느낌을 받지 못하는 단카를 가끔 본다. 내가 속이 좁은 것일지도 모르고 또한 그들이 한발 높은 곳에 가 있는 것일지도 모르지만, 상당한 지위에 있으며 가장 지도적으로 단카를 창작해야 할 자들이 담담하게 자기의 의욕 그대로 만든 것을 발표

---

71) 미네무라 구니이치(峰村國一, 1888~1977). 가인. 나가노현(長野縣) 출신. 오타 미즈호(太田水穗)의 『동인(同人)』과 『해조음(潮音)』, 와카야마 보쿠스이(若山牧水)의 『창작(創作)』에 참가.
72) 왕조명(汪兆銘, 1883~1944년)을 일컫는 중화권의 호칭. 중화민국(타이완)의 정치가로 일본에서 유학하였으며 장제스(蔣介石)와 대립, 일본과 제휴한 인물.

하여 후진들을 그르칠만한 일이 있어서는 안 된다고 생각한다.

　(이것은 지도성이 없는 단카 결사에서 자주 보이는 일이다.)

　가인은 어떻게 나아가야 할 것인가? 시인은 어떻게 나아가야 할 것인가? 그 사상의 확립을 이루기 위해 진정으로 좋은 지도성 있는 시가를 희구하는 것이 나만은 아닐 거라고 생각한다. 이에 전부터 내가 생각하고 있는 시가의 지도성에 대해 우견(愚見)을 말해 보았다. 나는 시에 대해 문외한이지만 『국민시가』의 창간에 의해 반도 문화 지침의 일단을 볼 수 있었던 기쁨, 시의 발견에 의해 쓴 것이지만 충분하지 않으므로 다시 다음 기회에 보충하고자 한다.

시평(時評)

미치히사 료(道久良)

대일본가인회 성립

새롭게 '대일본가인회(大日本歌人會)'가 성립하여 문화 신체제에 즉응(卽應)할 수 있는 가단의 통일체가 생긴 것은 경사스런 일이다. 우리들은 이 가인회가 종래의 모든 가단의 여러 가지 폐단에 구애받지 않고 단카를 통해 일본문화 추진을 위해 활동할 것을 바라마지 않는다. 그에 대해 사견을 조금 말하기로 한다.

우선 회원 선정에 대해서인데 나와 같이 중앙을 떠나 원격한 땅에 있는 자에게는 제1회 회원에 선정된 그 사이의 사정에 대해서는 거의 들어서 아는 바 없다. 단지 회보 제1호에 게재된 회원명부만을 참고로 하여 말한다면 종래의 결사조직에 너무 중점이 놓인 경향이 과하지 않나 여겨진다. 생각하기에 따라서는 오늘날 일본 가단은 결사라는 것을 머리에 두지 않고서는 성립하지 않을지도 모른다. 그렇지만 나는 그런 것을 초월하는 곳에 신일본문화건설의 길은 열릴 것이라고 생각하며 조선에서는 오늘날까지 존재하던 모든 결사를 해산하고 새롭게 국민시가연맹(이것은 국민총력조선연맹의 종용에 따라 머지않아 명칭을 변경하기로 되어 있지만)을 결성하였다. 새롭게 생겨난 대일본가인회도 지금까지처럼 결사를 기초로 하지 않고 일본 국민으로서의 가인을 기초로 하여 하나로 구성하고 활동하지 않는다면 진정한 문화적 활동은 이룰 수 없지 않을까 생각한다. 또한 이에 관련하여 단카 잡지의 통합이라는 것도 문제가 될 것이다. 내지에서는 대일본가인회로 하여금 자치적으로 단카 잡지의 통합을 이룰 수 있도록 할 것이라는 소문도 무성하지만, 이러한 경우야말로 종래의 결사의식 시정을 위해서는 가장 좋은 기회이기 때문에 단연코 개혁이 이루어져야 한다. 그것에 대해서 대일본가인회의 간사, 평의원과 같은 사람들도 자진하여 결사 관계를 떠나 공정한 행동을 취해야 한다. 즉, 간사라든가 평의원이라는 자는 결사의 대변자가 아니라 대일본가인회를 주체로 하여 행동하지 않으면 곤란하다는 말이다. 가단인에 의한 문화 익찬(翼贊)의 열매를 거둘지 아닐지는 가단인이 결사에 근거한 의식을 어느 정도 청산할 수 있는가에 달려 있다고 나는 생각한다.

대일본가인회에 하나 더 희망하고 싶은 점은 회원 각자가 구태의연한 개인적 감정을 포기하고 비상시 하에 있는 문화인다운 행동을 취했으면 하는 것이다. 이에 대해 새롭게 생겨난 대일본가인회의 간부 또는 그에 준한 입장에 있는 사람들이면서도 회보 제1호에는 엄연히 그런 입장에서 이름을 늘어놓고 있음에도 불구하고 대일본가인회에 대해 극히 개인적이고 감정적인 의도에서 나온 작품 또는 말을 발표하고 있는 자가 있다. 만약 새롭게 태어난 대일본가인회에 대해 이 사람들이 말하는 바와 같은 불만이 있다면 우선 처음부터 확실히 스스로의 이름을 올린 것에서부터 사퇴해야 한다. 그러한 연후에 분명하게 말할 수 있어야 한다. 일본의 가단은 이와 같은 사람들이 다섯 명 쯤, 혹은 열 명 쯤은 있으나 없으나 문화적 행동을 수행하는 데에는 조금도 지장이 없다고 나는 생각한다. 오늘날은 침묵을 지키며 일본을 위하여 일을 할 사람이 필요하며 개인적인 감정 따위로 움직이는 인간을 배제할 때이다. 대일본가인회의 한 사람의 회원으로서 회원 각위의 자중을 희망한다.

사업 방면에서 하나 더 희망하는 바는 가단 관계의 작품 또는 글이면서도 일본문화 건설을 위해 가치 있는 것에 대해 가인회로서 그것을 표창(表彰)하자는 점이다. 앞의 가인협회의 협회상(賞)처럼 권위가 없는 것이 아니고, 신일본문화 건설이라는 식으로 하나의 목적을 가지고 사적인 심의가 아니라 공개적인 심의를 거쳐 진정으로 가치 있는 작품을 표창한다는 것은 이런 경우 비근하면서도 또한 의의가 있는 일이라고 생각한다. 전(前)협회의 협회상은 선정의 시계가 좁고 문화적인 가치가 거의 고려되지 않았던 것이 최대의 결함이며 결과에 있어서는 매너리즘과 사제관계가 부주의 속에서 선정 기준을 좌우했던 것처럼 보여서, 저런 식이 새로운 일본문화 건설에 얼마만큼의 가치를 가지고 있었을까 상당히 의심스러웠다. 이점에서 새로운 일본문화 건설에 대한 가치라는 점을 특히 이 경우 강조해 두는 바이다.

작품의 건전성

작품의 건전성이라는 것이 모든 방면에서 이야기되고 있다. 우리들처럼 일찍부터 그것을 강조하고 또한 실행에 노력한 자들에 있어서는 새삼스럽게 작품의 건전성을 논할 일도 아니지만, 오늘날 발표되고 있는 많은 작품을 대강 훑어보면 이것이 건강한 정신의 소산인가 의문스러운 작품이 사실 매우 많다. 입으로는 건전성을 말하면서 작품 자체에 그것과 유리된 것이 오늘날의 단카와 시 작품에 매우 많은 현상을 어떻게 설명하면 좋을까? 그것은 오늘날 많은 작가들의 정신적 생활이 빈곤한 데에 첫 번째의 원인이 있다고 나는 생각한다. 이렇게 말하면 각각 버젓한 문화인이라 자부하고 있는 오늘날의 많은 작가들이 대체 어디에 그러한 빈곤함이 있냐며 자신감을 강조해 보이겠지만, 사실 작품을 보면 보통 사회인의 상식

영역에도 이르지 못한 것이 많기 때문에 어쩔 도리가 없다. 그리고 그러한 사람들은 대개 정해진 듯 작품의 예술성이라는 말을 강조한다. 예술성이란 무엇인가라는 점에 이르면, 사회적인 것이나 시대에 초연하며 한층더 높은 곳에 그 예술성이 있다는 식으로 생각하는 듯 세기말 프랑스 예술작품을 연상케 하는 사고방식이다. 문예평론에서도 프랑스의 패전에 의해 세기말 프랑스문학의 예술적 가치를 이러쿵저러쿵 논의하는 것에 찬성할 수 없다는 주장은 최근 수개월 내지(內地)의 일류잡지 문예평론에서도 상당수 산견되었는데, 오늘날 가단에 있는 일본 사람들의 논의도 철저히 생각해 보면 대개 이와 같지 않을까라고 생각한다. 나는 처음부터 그와 같은 논의에는 반대 입장을 취하고 있다. 프랑스 작가의 경우라도 스스로의 조국을 벗어나 예술의 고고함을 외치는 작가는 건전한 예술가의 태도일 수 없다고 생각하였다. 그런 점에서 전후 15년 정도 사이, 프랑스 작가들 중 조국에 대해 그릇된 길을 걸은 작가가 많았던 것이 아닐까 생각한다. 그 책임은 추궁되어야 한다고, 우리들로서도 이 점을 확실히 알아 둘 필요가 있다. 그런데 예술에 관한 한, 프랑스의 패전과 프랑스 문학의 가치문제는 무관계하고 프랑스 문학은 프랑스 패전에 무관계하면서 우수하다는 논의가 오늘날 일본에서 여전히 행해지고 있는 사실을 보면 패전국 프랑스인들이 오히려 비웃을 것이다. 그러나 내가 아무리 이러한 말을 하더라도 결국은 추측의 범주에서 벗어나지 못할 것이고, 9월 23일 『아사히(朝日)신문』에 실린 「비쉬(Vichy)에서 이토(伊藤) 특파원 발」이라는 프랑스 문학계 관련 최근의 정보는 참고가 될 것이라 생각하므로 그 일부를 여기에 뽑아 기록해 본다.

"프랑스 작가들에게 조국의 패전 책임이 있었다? 이것은 1년 가까이나 프랑스대신문, 잡지의 문예란을 떠들썩하게 하고 있는 중대한 논쟁이다, 물론 이러한 문제에 결정적인 논단을 내린 것은 상조(尙早)라 하지 않을 수 없다. 그러나 불문학계가 이러한 중대 문제를 둘러싸고 목하 심각한 내성의 시기에 직면하고 있는 것은 사실이다."

"페탕 원수가 '나는 우선 도덕의 재건을 제씨에게 바란다'며 최초로 프랑스 국민들에게 준 메시지는 문학의 중요성을 잘 인정한 것이다. 패전 전후 각지에 분산한 작가들도 끌레르몽 페랑, 리용, 리모주 등의 각지에서 재간된 파리의 대신문 피가로지(紙), 캉디드지, 그랑고아르, 보자르, 악시용 프랑세즈지 등에 의해 조국의 정신적 부흥을 창도하기 시작했다."

"모라스, 클로델, 지로도 등의 거장들, 앙드레 비, 앙드레 루소 등의 비평가, 루시앙 로미에, 앙리 부포, 앙드레 쇼메 등의 신문기자들, 그들은 모두 국가의 정치적 재건을 지지하고 페탕 원수의 국가혁신사상에 철저하게 진력, 열렬한 논진을 펴고 민중을 지도해 본다. 다른 한편으로 앙드레 모아쥬르 로망, 베를슈타인 등의 유대인 내지 인민전선파의 작가들과, 영미 양국에 이주한 패거리는 이제 프랑스 지성에 대한 지도력을 잃어버렸다."

"근래, 프랑스 일반대중은 종래 프랑스 소설에 질리어 외국작품으로 치우치는 경향이 현저해졌다. 『바람과 함께 사라지다』나 『레베카』와 같은 외국 번역소설은 프랑스에서도 대단한 평판을 떨친 것 같다. 그렇기 때문에 모험소설이나 탐정소설류는 신간물이 매우 적고 이에 반해 역사적인 고전물 중 진지한 책들은 날개 돋친 듯 팔려, 아마 이것들만이 민중들에게 요구받고 있다고 해도 과언이 아니다."

"프랑스 문예의 또 다른 신경향은 정부의 정책에 추수하여 '흙으로 돌아가라'는 사상을 담은 소설의 유행이다. 모리아크의 소설은 계속 읽혀지고 있으며 장 가바즈의 『로망 알빗슈』 신판은 이 방면에서 성공한 작품이다."

"젊은 세대가 앙드레 지드 일파의 어설픈 영향을 경원시하기 시작한 것은 모두에게 돋보이고 있다. 한편 앙크라브의 오베르뉴의 지방문학, 요셉 드 베스키두(페탱 원수의 친구)의 가스코뉴 지방문학 등 전통과 역사에 뿌리를 내린 향토문학은 명백히 전성이다."

"또 다른 한 경향은 '시가부흥'이다. 폴 클로델, 베르하렌, 프랑시스 잠 및 상징파 시인, 특히 1914년 작고한 샤를 페기 등의 시는 번성하게 읽히고 있다.

이는 미증유의 국난을 만난 프랑스 국민이 '애국적 정신이 커다란 생동으로의 복귀'를 바라고 있기 때문일 것이다."

"샤를 페기의 작품은 이번 전쟁 이래 가장 읽힌 작품이며 젊은 시인들은 『시인집단지(詩人集團誌)』에 근거하여 화려한 활동을 하고 있다. 이 잡지는 전쟁 중 출정 시인들이 발간한 『포에지 40년』이 전신인데 그것이 『포에지 41년』으로 수정되어 지금의 이름이 되었다."

"정부도 조국 부흥 도상에서 젊은 지성의 분기에 기대하는 바가 매우 크며 『젊은 프랑스』라 불리는 문예단체에 의해 과감한 지적 예술운동을 장려하고 있다.

이 단체는 청년국(후생성 내에 포함된다)에 통제되어 모든 민중예술의 진흥을 도모하며 연극, 음악, 회화, 조각, 지방 고미술, 도기, 지방건축, 쇠장식 예술 등을 종합하여 젊은 프랑스 국민에게 프랑스 전통문화의 진의를 철저히 하려고 한다."

이 발췌에서도 알 수 있듯이 패전 후 프랑스 문학계는 최근까지 우리들이 상상하는 이상으로 건설적인 정신 아래에서 행동한 듯하다. 일본의 젊은 지성도 이제 슬슬 패전 전의 유대적 프랑스 지성을 단념했으면 한다. 건설이라는 것은 장래를 예측하고 사전에 하는 정비여야 한다. 프랑스와 같이 패전 후에 정비에 착수한다면 국가적인 행동으로서는 이미 늦다. 우리들이 오늘날 하지 않으면 안 되는 일은 절대 불패의 일본국민을 이루게

하고, 또한 절대 불패의 일본문화를 이루기 위한 건설이어야 한다. 작품의 건전성이라는 것도 결국은 이와 같은 건설에 대한 정신과 의지를 내포하는 작가 태도의 바람직스러운 상태라고 생각한다. 이런 식으로 생각하면 작품의 가치라는 것도 매우 넓은 시야에서 보아야 한다. 그런데 구태의연하고 매우 좁은 시야에서만 보려고 하는 점에, 오늘날 많은 작가와 비평가의 불건전성이 있다고 생각한다.

감정의 착오

창간호를 본 내지의 시인으로부터 조선문의 시를 조금 넣으면 어떻겠는가 하는 의미의 편지가 왔다고 한다. 내지에 있는 사람들 중에는 조선에 대해 이 정도의 호기심밖에 가지고 있지 않은 사람도 상당히 많지 않을까라고 생각된다. 조선 문화의 동향이 어떠한 방향으로 나아가고 있는가 하는 점은 거의 이해하지 못하고 있다. 그것도 무리는 아니겠지만 이러한 사람들의 감정적인 생각과 조선에서 문화의 방향이라는 것은 의외로 대척(對蹠)적인 경우조차 있다는 점은 주의해 둘 필요가 있다. 이는 매우 사소한 일 같지만 장래 만주에 대해 중화민국에 대해 또는 프랑스령 인도차이나, 태국에 대해 이와 같은 감정의 착오는 상당히 나타날 것이라 예상한다. 모두 현지의 실상을 정말로 알지 못하기 때문에 일어나는 무지에 의한 감정의 착오이다. 우리들이 내지 사람들에게 바라는 점은 이와 같은 감정적 희망이 아니라 현지의 실상에 대한 지식과 연구로 인해 생겨나는 희망이었으면 한다. 이 점과 관련하여 창간호에 게재된 가야마 미쓰로(香山光郎) 씨의 시작품도 어쩌면 내지의 사람들 중에 그것을 올바르게 이해해 주는 사람은 적지 않을까?

말할 필요도 없이 가야마 미쓰로 씨는 이광수 씨를 말한다. 창씨개명하

여 가야마 미쓰로라고 하는데 모던 일본사(モダン日本社) 등으로부터 나오고 있는 저서에는 이광수라는 이름으로 출판되어 있는 듯하며 그쪽이 그로서는 잘 통할 것이다. 나는 『국민시가』 편집자의 한 사람으로서 어느 쪽 이름에 따라야 할까라는 점에는 약간 망설였지만,(본고에는 씨의 서명이 없었다) 일단 이 이름으로 인쇄한 것이다. 이러한 작품 등도 조선의 실상을 알지 못하는 자에게는 조금 이해하기 어려울 것이라고도 생각했지만 오늘날 조선이 나아가고 있는 방향을 이 정도로 솔직히, 더구나 예술적인 작품으로서 발표할 수 있는 사람은 그 외에 견줄 사람을 찾는 것은 어렵지 않을까 싶다. 더 알기 쉽게 말하면 조선의 작가로서 이만큼 자신감과 향기를 갖추고 있는 작가는 현재 눈에 띄지 않는다. 이것은 내가 내지의 잘 알지 못하는 분들에게 그를 소개하는 말이지만 만약에 조선인들이 이 글을 읽는다면 혹시 마음에 들지 않는 사람도 있을지 모른다. 만약에 그런 분은 보다 자신감 있고 향기가 있는 작품을 본지에 보내주기를 희망한다. 우리들은 일부러 감정에 의해 일을 처리하는 않는다. 단지 조선을 위해 보다 좋은 작가가 태어나기를 희망하고 그러한 사람들에 의해 『국민시가』가 크게 이용되기를 바라는 것에 지나지 않는다.

⊕ 와타나베 다모쓰(渡部保)

고풍스러운 감상을 지니고서 사몰(蛇沒)호수[73])의 어린 참억새 속에 틀어박힌 몇 시간.

사몰호수의 어린 참억새풀을 모아서 베는 애국반원들의 깃발이 펄럭인다.

바람이 불면 빛나는 참억새를 베고 있구나 사몰호수의 저 멀리 말라가고.

담배의 잎을 말려서 향이 나는 부락을 지나 어린 참억새가 빛나는 사몰호수.

담배의 꽃이 피어 있는 비탈길 죽 내려가서 물빛이 노란색인 사몰호수에 서네.

⊕ 데라다 미쓰하루(寺田光春)

구름을 보면 가을 구름이구나 계절의 변화 이윽고 도달하고 역사 또한 새로이.

위대한 역사 만들어지고 있는 세상에 있어 나도 존재한다는 생각은 고고하다.

방공호를 구축하게 되었다 이른 저녁에 벌써 숨길 수 없는 귀뚜라미의 소리.

친족들 모두 내지(內地)로 가게하고 마음 편하다 생각하고 있기도 그저 이삼일 정도.

⊕ 이와쓰보 이와오(岩坪巖)

연거푸 계속 친한 벗들 소집돼 날을 보내도 어느 쪽을 가리켜 가라는지 못 들어.

대일(對日)포위진[74]) 구성이 되어가고 있을 때라고 기약이라도 한 듯 나라는 조용하다.

동부의 전선 교착(膠着)상태일 때에 오데사[75]) 도시 포위 이루어져서 조금은 즐겁구나.

병을 앓으니 기력이 저절로 떨어져 버려 내가 목표로 하던 일도 덧없어진다.

자기 지위를 등에 업고 뻐기는 사람에 대해 항거하던 무렵은 꿈 가지고 있었지.

---

73) 한국 남동부의 낙동강 하류에 있는 호수. 오랜 기간 침식이 진행된 한반도에서는 드문 자연호수.
74) 태평양전쟁 전야에 영국, 미국, 중국, 네덜란드 4개국이 결성하여 일본을 압박했다는 일본 측 주장.
75) 1941년 10월 독일군의 포위를 69일간 버텨 영웅도시의 칭호를 받은 흑해 연안의 러시아 항구도시.

⊕ 마에카와 사다오(前川勘夫)

온갖 고난을 겪어 온 나라고는 할 수 없지만 오늘의 이 부르심에 마음고생은 없다.

한밤중이 되어서 온 영장에 오장육부가 잠시 흥분했지만 이윽고 잠이 든다.

만주사변이 일어난 후 생각은 이것을 떠난 적이 없네 십 년 후 부대에 있을 지도.

석산(石蒜)76)의 꽃이 새빨갛게 피었고 맑은 가을날 이 들판의 위에는 흰 구름이 오간다.

(고도(古都)에서)

마을 냇물이 용솟음치는 여울 흰 가을이라 조선 여인 입었네 짙은 색의 치마를.

강물은 석문(石門) 빠져나와 수량이 풍부해진다 옛날 궁녀들이 여기에서 놀았지.

⊕ 야마시타 사토시(山下智)

창문을 열면 뜨거운 바람이 불어 들어오는 빌딩과 빌딩 사이 하늘은 작열하며.(신징

(新京)의 여름)

종업식을 한 복도 어두운 것을 화사하게도 만주계 소녀들도 데리고 지나간다.

일을 마치고 내가 염천하 가는 길 도중인데 아직도 웅성대는 인쇄공장이 있다.

대동학원(大同學院),77) 병사(兵舍), 측후소 등 흩어져 있는 초록의 위 여름 작열하는 하늘.

높이 솟아서 끝도 없어 보이는 만주국 수도 공터로 닿지 않고 하늘에 비스듬히.

⊕ 후지와라 마사요시(藤原正義)

나라 일으킨 이 기세 더하리라 천황이 타신 어가 치치하얼(齊齊哈爾)에 도착하셨다 하네.

(황제폐하 서북 각 성(省) 순행)

---

76) 수선화과의 여러해살이풀로 돌마늘, 만주사화라고도 함. 높이 30-50센티미터로 가을에
   붉은 꽃이 핌.
77) 만주국이 관할한 국립학교로 1932년 1월 신징(新京)에 설치됨.

초록을 이룬 넌장(漱江)[78]의 근처에서 멈춰 서시어 나라 바라보시네 이렇게 좋은 날에.

빨간 쪽에서 전화(戰火) 수그러들어 간다면 전쟁 불길은 저절로 동쪽에 옮아가리.

그날 아침에 이슬로 촉촉이 젖은 마당에 앉아 나무 사이로 보인 하늘의 푸르름아.

어젯밤 늦게 내리던 비였던가 나무 사이로 새는 아침 햇빛을 받고 조용해지는 대지.

⊕ 이토 다즈(伊藤田鶴)

맑고 청신한 흐름에 몸뚱이를 다 드러내고 내 반생의 잔재를 씻으려고 하노라.

가려는 길은 어둡더라도 좋다 내 안의 빛을 밝히고 망설이는 일 없이 가려한다.

푸른 들판은 풀들이 벨벳같이 부드럽구나 누우니 젖어오는 눈꺼풀을 감는다.

나의 귀로 돌아온 메아리라 알게 된 이상 광야에 두지 않으리 나의 중얼거림은.

⊕ 호리 아키라(堀全)

남부 프랑스령 인도차이나 진주(進駐)를 보고 떠올리다

바다를 건너 진무(神武) 천황[79]의 군대 정벌 시대도 아키(阿岐)[80]와 기비(吉備)[81]라는

발판이 있었다네.

신들의 시대 신의 군사들이라 할지언정 그저 한 번에 바다 건넌 적 없었노라.

굴복하지 않는 신을 치기 이전에 말로 설득해 화평하는 마음은 오늘에 이어지고.

내일의 세계 헤아리지도 못할 백성으로서 말도 없이 일하는 길이 제시되었다.

욕심 부리듯 시사강연 참가해 귀를 세워도 아아 플러스되는 것은 얼마 안 된다.

---

78) 헤이룽장 성의 한 지명.
79) 제1대 천황으로 일컬어지는 기원전의 전설적 존재. 휴가(日向)를 출발하여 이하의 아키, 기비 지방을 거쳐 야마토(大和)를 정복하고 즉위하기까지의 동정(東征) 설화가 있음.
80) 지금의 히로시마현(廣島縣) 서부를 일컫는 옛 지명.
81) 지금의 오카야마현(岡山縣), 히로시마현, 가가와현(香川縣), 효고현(兵庫縣) 일부를 칭한 옛 지명.

병을 얻어서 틀어박혀 있은 지 며칠이던가 심장은 아침 논의 초록빛에 고동쳐.

이삭 뽑아야 할 때네 벼 잎 높이 클 만큼 컸고 녹색 짙어졌으니 말할 나위도 없다.

⊕ 이마부 류이치(今府劉一)

천황의 식사 정돈될 때까지를 바다 보이는 언덕에 올라가서 아이와 놀지 몰라.

바다 보이는 언덕 위에 서서는 어린 모습의 안고 있는 아이와 배의 수를 세었다.

태풍이 이미 그쳐버린 공원에 백일홍은 마치 아무 일 없는 듯이 피어 있구나.

하늘의 색이 또렷하게 개이면 조선인 여기에서 보이는 쓰시마(對馬)의 섬과 산.

엄청난 소리 내는 질풍 사이를 치자나무는 하얗게 드문드문 피어 있었던 거군.(8월 초순 남선(南鮮) 지방에 태풍이 오다)

간토(關東)[82] 쪽에서 국토를 지킨다며 사키모리(防人)[83]들 멀리서부터 왔던 쓰시마 산 보이네.

⊕ 아마쿠 다쿠오(天久卓夫)

적의 손으로 죽음을 당하는 게 아니라 죽음 문턱에 남길 삶의 목소리 슬퍼한다.

눈을 고정해 묘하게 노려보는 두꺼비같이 생긴 것이 백일하 내 앞에 버텨 섰다.

층층이 밭의 가장 위의 밭에서 씨뿌리기를 하는 모습이 마치 춤추는 것 같구나.

산 밑자락의 계단식 논 나누는 몇몇 줄기의 가느다란 흐름에 저녁 해 남아 있네.

---

82) 현재는 도쿄를 위시한 지역을 말하나 옛날에는 일본 동쪽의 여러 지역을 일컬음.
83) 옛날 특히 『만요슈』에 채록된 노래에 간토(關東) 지방에서 파견되어 지쿠시(筑紫), 이키 (壹岐), 쓰시마(對馬) 등 변방의 요지를 수비하던 교대 병사들을 말함.

⊕ 히다카 가즈오(日高一雄)

생산력 확충 황군의 정예 모두 남김없이 내 앞에 있기를 바라 마지않네.(영화 『일본의 실력』)

남쪽으로 가 바다를 제압하고 묵묵히 이겨 마침내 떨쳐지는 일본의 진정한 힘.

반도의 미곡 생산 예상은 이천오백만 석(石)[84] 마음 명랑하게도 나 이렇게 들었다.

기차 창에서 보니 깨끗한 올벼 농사를 하는 논두렁 밤나무 숲 골짜기에 이른다.

⊕ 쓰네오카 가즈유키(常岡一幸)

괴로워하며 오르는 엔진소리 중간 중간에 땀을 닦아가면서 해설하는 아가씨.(가마쿠라(鎌倉))

사방 매미가 울어대는 산속에 틀어박혀서 한여름 나무그늘 검게 드린 석비(石碑).(오토노미야(大塔宮)[85]의 비)

갇히신 감옥 어두운 그 안쪽을 들여다보며 속삭이는 목소리는 어느새 탁해졌다.(주로(十牢)[86])

비유하여 말하자면 전차와 비슷하려나 돌진한 다음에 새 질서가 서야 하니.

목숨을 걸고 신념으로 살아간 니치렌(日蓮)[87]스님 위대하신 인격은 여전히 있는 듯해.

잘 차려입고 다 같이 걸어가는 아가씨들도 황군의 위엄과 무용 잠시 서서 보아라.(육군을 비롯한 관병식(觀兵式)[88] 전차 긴자(銀座) 행진)

---

84) 부피의 단위로 우리말로는 섬이라 함. 한 석(섬)은 약 180리터이므로 2500만 석은 45억 리터.

85) 고다이고(後醍醐) 천황의 아들 모리요시(護良)친왕의 통칭으로 석비는 가마쿠라 신사(神社)에 있음.

86) 열 개의 감옥이라는 뜻은 미상이나, 가마쿠라에 있는 모리요시친왕의 감옥 터를 일컬음.

87) 니치렌(日蓮, 1222~1282년). 니치렌종(日蓮宗)의 개조로 『법화경』을 통해 진정한 불교를 깨닫게 된다는 확신으로 「나무묘호렌게쿄(南無妙法蓮華経)」라는 말을 기리게 함.

88) 국가 원수나 내외에 보여줄 목적으로 군사나 무기의 퍼레이드나 전투기 비행을 수반하

⊕ 스에다 아키라(末田晃)

가두에 보초 서 있구나 며칠간은 살벌하고 긴장된 항간에 사람은 들끓는다.

위대한 군이 행동을 일으키는 때 순식간에 오늘은 프랑스령 인도차이나에 가 있다.

대양을 멀리 건너온 나가마사(長政)[89] 그의 위업은 언젠가는 지도의 위에서 보게 되리.

몸이 지쳐서 내가 나가지 못한 날 항간에서 나팔소리는 들린다 아침에도 저녁에도.

행진하는 줄 길게 구부러지는 한때를 마치 영사(映寫)하는 것처럼 공백이 남는구나.

는 의식.
89) 역사상 나가마사라는 이름을 가진 인물은 많으나 특정하기 어려움.

출정(征戰)

아마가사키 유타카(尼ヶ崎豊)

외길로 적진을 향하여
발걸음 흩트리지 않고
병사들 간다
완전군장의 중압을 두 다리에 번갈아 받으며
철모 꼭대기를 응시하고 다시 응시당하면서
소리도 없이 돌진하고 돌진한다

연기는 뭉게뭉게 광야에 자욱이 피고
날아다니는 포탄은 불꽃을 튀기며 미쳐 날뛴다
생사의 기로
지금 장엄한 선조의 목소리를 듣는다
용사들의 피는 더 들끓어

박격포탄의 작렬에 탄흔이 어지럽고
전우의 생명 한순간에 끝난다 할지라도
승천하며 꿈틀대는 용에게 총검의 섬광을 바치고
비장한 얼굴
군화신은 병사는 어디까지나 감상(感傷)을 묵살하고
꽃의 꿈을 유린하며

오로지 매진한다

어느 날은 하늘을 나는 빛줄기가 되고
어느 날은 불타오르는 화염이 되며
꽉 다문 입술과 결사의 눈빛에
한순간도 그늘진 적 없는 커다란 조국에 대한 맹세
보라
엄격한 군율 아래
개개의 숙명은 하늘에 맡기고
병사들 행동한다
그저 신처럼 도깨비처럼

아아 이 열렬한 축제의 안에
건국의 신의 뜻을 받들어
병사들 계속 나아간다

훈련(訓練)

이마가와 다쿠조(今川卓三)

군장의 무게는 질곡이 되고
입술을 적시려 해도 타액은 말라
맥박 어지러운 숨결이 얽히고 꼬인 장에 스민다
자주 뿌옇게 되는 영상에 눈을 크게 뜨고
외곬의 상념을 반추하는 스스로를 채찍질하며
땅거죽을 차고 군홧발을 쿵쿵 거린다

가는 쪽에는 포탄이 작렬하지도 않으며
사투를 기다리는 적병의 모습도 없다
거리는 가을의 햇빛에 빛나고
자전거가 자동차가 전차가 달리며
짐 실은 마차와 사람 사람이 다닌다

지금은 아무것도 보이지 않는다 아무것도 들리지 않는다
궁지로 몰린 의식 속에
갑자기 번뜩이는 죽음의 환영
죽음은 육체의 종언이겠지만
얼마나 게으르고 비겁한 도피인가
참아라 이루어라

이렇게 고양된 정신력은
전장에서 백만의 적만을
포탄을 놀리는 위협으로 둔갑해 버린다

역사(史)

요시다 쓰네오(吉田常夫)

창백한 주검이 누적된 황야를
환류해서 청렬한 샘이 솟고 있었다

화약 연기 사라지지 않는 순국과 충성의 초원에
오늘밤 한줄기 피의 꽃은 꺾이고
숙연하게 바쳐진 조국에 대한 신찬(神饌)이여

지난 날(歷日)

화약 연기가 개인 후에는 진흙과 돌로 된 집이 남겨져 있었다……
버드나무는 봄을 알고 있다
천년 — 기러기는 북으로 돌아갔다

물은 아무 일도 없었던 듯이 맑았지만
몇 번 뚝뚝 떨어지는 혈기에 물들었던 것이리라

낙조가 너무도 선명한 붉은 색을 비추고
흐름은 완만한 물결무늬를 그리고 있었다

조용한 결의(靜かな決意)

아베 이치로(安部一郎)

녹슬지 않는 기름에 뜬 빗방울을 칼끝에 싣고
나는 항공지도를 더듬는 비행사의 손끝을 따른다
신징(新京) ─ 장군묘(將軍廟)
기류가 소용돌이치는 싱안링(興安嶺) 쒀웨얼지(索岳爾齊) 산맥
자작나무 숲은 원시에 뒤덮이고
또한 진기한 짐승 한다한90)이 서식하는 야라호수를 넘어
망막의 사막으로 ─ 전장으로 ─

모험은 불로 응고되어 이 하늘을 내일은 맑은 날씨로 결정(結晶)시키리라
이 비행기는 민간기 이 사람은 군인이 아니다
전국토에서 벌어지는 전쟁에
당신들도 나도 기대어 이 밤
비오는 비행장의 화려하게 빛나는 호사스러운 대합실에
땀에 뒤범벅되어 이 지도에 숨을 죽인다

내일 비행사여 기관사여 또

---

90) 한다한이란 중국 동북지방 다싱안링(大興安嶺) 산맥에 사는 큰 사슴으로 힘이 세고 위엄
이 있는 동물로 알려졌으며 점차 살 곳을 잃어갔다고 함. 중국인들은 사불상(四不象)이라
부르며 신성시함.

지금 정비에 추진기를 웅웅 소리 나게 하는 경비원들이여
사람을 태우지 않는 여객기는 반드시 싱안링을 날아
악기류를 타고 넘어 사명을 다할 것이다
지금 — 당신들은 작전명령에 의거하여
우리 부대장의 지휘 하에 들어온 것이다

녹색 가방(綠の鞄)

시마이 후미(島居ふみ)

긴자(銀座)의 진열창에서 네온장식에 빛나고
회사 일로 상경한 청년의 가슴에 사랑의 표정을 상기시키며
그 손에서 아가씨 가슴으로 옮겨진 녹색 가방

봄은 곤색 유리에 빛나는 바다를
여름은 흰 갈매기가 춤추는 바다를
오렌지 열매 맺는 작은 섬에서
들고 나는 배들이 번잡한 마을 학교로
매일 아침 평범하게 증기로 다니던 무렵은
장정이 아름다운 시집과 순백의 레이스 실
화려한 편지지에 봉투도 담겨져 있었다

청년이 사는 경성으로 와서
매일 혼잡한 전차에 시달리고
태양의 직사에 녹색 피부는 빛바래고
저녁의 귀로에는 소고기 꾸러미나 양파나 무도 책과 동거하게 되었다

예전의 부드러운 피부는 생활의 얼룩 냄새가 나고
무의 꼬리도 삐져나오게 되었지만

궤도에 오른 두 사람의 생활을 지켜봐 온 이 가방에는
더 큰 기쁨이 넘칠 정도로 들어가게 되었다

엄마의 꿈(母の夢)

시바타 지타코(柴田智多子)

소녀 적 나는 이러한 이야기를 읽었다.

"용모가 아름다운 왕비가 어머니가 되는 날을 앞두고 창에 내리는 눈을 보면서 바느질을 하고 있었다. 잘못하여 바늘로 손가락을 찔렀으므로 피가 뚝뚝 떨어져 눈을 붉게 물들였다. 왕비는 그것을 보고 태어날 아이는 눈과 같은 피부와 이 핏방울처럼 붉은 입술을 가진 여자아이이기를 기도했다. 날이 지나 왕비는 바라던 대로 여자아이를 낳을 수 있었다……"

이윽고 나에게도 엄마가 되는 날이 왔다.

이제 무얼 더 바라겠는가. 용모가 아름답기는 바라던 것 이상의 소원이고, 또한 총명한 머리, 이것도 생각지 않은 바이니 무엇을 바라리오. 시원한 목소리, 사랑스러운 말이야말로 —

그 무렵 우리는 산속에 살며 아침저녁을 남편과 보내는 것 말고는 하루 종일 아이와 둘이서만 말할 때가 많았으니 아이야, 예쁜 말을 향기 나는 말을 하는 사람이 되어라 하고 소원을 담아 말했다.

아이가 다섯 살이 된 요즘 산속에서 마을 집으로 이사하여 살며 여러 종류의 잡다한 말들 속에서 매일의 생활을 해나가면서 나는 말이라는 것에 관하여 새롭게 생각하게 되었다.

귀에 들어오는 말의 대부분은 아름답게 장신되어 있어도 쐐기풀의 가

시를 가지고 건강하게 이야기를 들어도 삼백초의 꽃이거나 하여 사람 마음의 위로라도 되는 말은 꿈속의 말처럼 찾기 어렵다.

말의 아름다움, 사랑스러움도 결국은 사람 마음의 사랑에 의해 피어나는 꽃일 수밖에 없다. 사랑이 있는 마음에야말로 따스한 말도 피고 꽃 같은 말도 향기를 낸다.

아이야.

내가 어린 너에게 절실히 바라야 하는 것은 "사랑이 있는 마음"의 성장이었던 것이다.

아이야.

총명하지 않고 용모가 예쁘지 않아도 마음 따뜻하고 올바르게 자라라.

아아, 그리고 이 말은 어리석은 엄마가 스스로에게 들려주는 말이기도 하지만.

삼척을 나는 독수리(三尺をとぶ鷲)

우에다 다다오(上田忠男)

팽글팽글 하며 프로펠러를 감는 소리.

그것은 언젠가 먼 세상에도 들었던 혈관의 울림이 아닌가.

고무 계통의 냄새가 난다. 몇 천리 떨어진 땅의 포탄 연기의 냄새가 아닌가.

저 구름 건너편은 전쟁터다. 동글동글 사내아이가 지표를 손가락으로 가리키며 말한다.

바가지머리도 말한다. 적십자의 간호부도 있네.

너의 손을 떠나 삼척의 하늘을 가르는 날개를 보라.

그것을 쫓는 발톱이 두드러진 젊은 독수리의 신의를 깃들인 눈동자. 북적, 서이가 다 무엇이냐며 대지를 밟고 선 신의 땅(=일본)의 후예의 거리낌 없는 튼튼함을 신고, 아아, 삼척 그 이상을 날지 못하는 모형비행기여.

대단하구나. 내가 만든 비행기다. 동글동글 사내아이의 거친 숨소리. 조상의 격렬한 생명과 닮고. 또 머나먼 천애를 관통하는 탄도(彈道)의 삐걱임과 닮아.

나는 종군 간호사. 너의 어린 검은 머리도 흔들리고, 정말로 큰 들판에 피고 지는 벚꽃이 얼마나 번성한 기색의 흐름일 것이다.

봄가을 몇 번 지났는가, 불타야 할 것은 다 타버리고, 예리하게 갈린 것
만이 냉연히 있는 총후에, 너희들은 지금 붉은 가죽 끈으로 미늘을 꿰맨
갑옷에 나는 꽃의 유현함을 보내려고 한다.

동글동글 사내아이여. 바가지머리여.
목소리 높여 부르라. 용맹한 전투기 탑승자들의 노래.
황토를 가는 병기에 생각을 집중하며, 어머니 신이 있는 대팔주(大八洲=
일본)의 아아, 천양 푸른 곳, 여전히 삼척을 날지 못하는 몇 대의 고무계통
을 감으려고 하는가.

나의 샘(わが泉)

가야마 미쓰로(香山光郎)

내 정원에 샘이 있다
아주 작은
하지만 맑으므로
만물이 비치는
개인 밤이므로
별도 달도 깃들인다

우리 정원에 울타리가 없다
길을 가는 사람이여
들러서 퍼 가시오
아주 작지만
흘려져 있지는 않다
목을 적셔주시오

내 정원 나무그늘에
숨겨져 있을 우리
아침이든 저녁이든 한밤중이라도
내 정원에 들어와
샘을 퍼내신다
그대를 우러르며 기뻐하리라

조선 규수 시초(抄)

다나카 하쓰오(田中初夫)

추억의 물품

황금 비녀를 가지고 있어서
시집올 때 꽂고 왔노라
지금 그대가 떠나는 긴 여행에
추억의 물품으로 드리려네

최국보[91]의 시를 본받아 짓다(效崔國輔體)　허난설헌

妾有黃金釵　　　嫁時爲首飾
今日贈君行　　　千里長相憶

기다려도

기다려도 임이 오시지 않는 까닭에
뜰가 매화나무를 떠나려는데
문득 까치가 울기 시작해

---

91) 당(唐) 나라 시인으로 그윽하게 원망하는 시로 유명하여 유원체(幽怨體) 시인이라 칭함.

거울보고 헛되이 눈썹을 그리누나

규방의 정(閨情)　　이옥봉(李玉峯)
有約郎何晚　　　　庭梅欲謝時
忽聞枝上鵲　　　　虛畫鏡中眉

내 팔에

내 팔에 새긴 이 이름
먹도 스며 선명히 읽을 수 있는 그대
강물은 다 마른다고 해도
끝까지 이 마음은 변치 않으리

노 어사에게 보냄(贈蘆御史92))　　노아(蘆兒)
蘆兒臂上是誰名　　墨人冰膚字字明
寧使川原江水盡　　此心終不負初盟

작별

작별 선물로 서로 눈물을 흘리고
작별 선물로 마음 아파했노라
다른 사람의 이별은 예사로웠던 것을
오늘 나에게 일어날 줄 몰랐노라

---

92) '御使'의 오식으로 보임.

순상 이공93)을 배웅하며(奉別巡相李公)   계월(桂月)

流淚眼看流淚眼   斷腸腸人對斷腸人

曾從卷裏尋常見   今日那知到妾身

---

93) 순상은 조선시대 임금의 명을 받아 사신으로 나가는 재상을 말하며, 이공은 좌윤 이광덕
　　이라 함.

단카 이전에 키우다

세토 요시오(瀨戶由雄)

'세계'란 주체가 낭랑한 그 눈동자를 두루 굴릴 수 있는 한도의 시공의 확대를 의미한다. 우리는 이러한 눈동자를 키우는 것을 생각해야 한다.

건강한 눈동자만이 건강한 세계를 현전할 수 있을 것이다. 그것은 생명의 부단한 영위가 야기하는 바이며 생명의 부단한 영위에서 키울 수 있는 것은 각각의 생활 전체를 배경으로 하는 것이어야 한다.

단카 세계의 확충은 이렇게 하여 무엇보다 우선 우리 생활 전체에 밑받침될 것이다. 단카 세계에 있어서 이루어지는 수많은 논의가 '무엇을 노래할 것인가?', '어떻게 노래할 것인가?'를 말하는 것은 이러한 '어떻게 살 것인가?'라는 보다 근원적인 질문 위에 비로소 가능해지는 것이 아닐까? 생활에 뿌리내리지 않은 예술의 창백함, 위태로움을 우리는 너무도 많이 체험해 왔다. '무엇을'이라는 노래의 대상 세계는 건전한 생활이 길러온 건강한 눈동자만이 발견할 수 있을 것이다. 단카 이전에 키울 것은 다름 아니라 바로 각각의 생활에 구축되어야 한다. 부단한 생활에 대한 노력이 부단한 생명의 성장을 가능케 한다. 부단한 생명의 신장(伸長)이야말로 신세계의 발견이며 '무엇을' 노래하는가 하는 대상의 무한한 개척일 것이다. 거기에 생생한 감정으로 윤택해진 언어가 노래로까지 결상(結像)되기라도 한다면 노래가 국민 생활을 지지기반으로 한 국민문학으로서의 위상을 얻을 수도 있다. 우리의 생활은 국민으로서의 생활을 제일의로 삼는 의식 위에 세워져 있기 때문이다. 우리의 생활 그 자체에 있어서 야말로 우리 생활의 전체에 뒷받침된 새로운 정신미가 키워지고 개척되어 가는 것이 아닐까?

국민시에 관련하여

시로야마 마사키(城山昌樹)

국민시는 국민에게 희망을 주어야 한다. 국민시라는 것은 그 외의 다른 것이 아니다. 국민에게 희망을 준다는 것은 국민생활, 그 자체의 진정한 로맨티시즘을 고양하고 국민의 혼에 호소하며 고무하고 격려하며 국민정신을 아름답게 높이는 것이다. 긴장을 강요하는 듯한 역할이 국민시의 역할이어서는 안 된다. 오히려 긴장을 풀고 더구나 감각을 이완시키지 않는 ── 즉 정조적으로 민족과 국가 의식의 원천인 동포의 친화나 협동을 강조하는 점에 국민시 건설의 의의가 있다고 생각한다. 그러므로 연애를 노래하든 근로를 노래하든 숭고한 협동체를 의식한 행위라면 거기에 국민시로서의 아무런 차별이 없는 것이다. 또한 이 이상 인간의 육체 저 안에 잠재되어 서식하는 향락적 정감을 노골적으로 도발하는 듯한 데카당적인 것은 생길 리도 없는 것이다. 이러한 의미에서 『만요슈』의 가인들이 노래한 사랑의 노래도 우리에게 큰 시사를 줄 것이다.

국민시가 시인 이상 감상(感傷)을 해야만 할 경우도 틀림없이 적지 않을 것이다. 만약 감상을 부정한다면 예술의 원리인 감동을 대체 어떻게 처리해야 할 것인가? 시의 성질에 따라서는 감상 이전, 혹은 감상 이외의 것이라도 처리할 수 있을 것이다. 그러나 시의 세계에서는 감동이 감상의 전제인 경우가 극히 많다. 우리는 이것을 생각해야 한다. 모든 감상이 중첩되는 환멸감에서 오는 비애라고 한다면 모시모 히젠(眞下飛泉)94)의 '여기는 고국에서 몇 백 리나'95) 혹은 겟쇼(月照)96)가 말한 '크나큰 님을 위해서면 무엇이 아깝겠는가 사쓰마(薩摩)의 해협에 몸은 가라앉아도'97)라는 비장감은 어디에서 생기는 것일까? 물론 악질적인 향락 뒤에 밀려오는 공허함 — 그러한 것을 메우기 위한 안이한 센티멘털은 박멸되어야 한다. 하지만 분기하고 비약하는 발판으로서의 감상은 시의 역사가 보이는 것처럼 거기에 아무런 국가적 국민적 위기가 있을 리 없는 것이다. 오히려 그 비장감에 의해 국민정신을 고무할 수 있었던 것이다. 감상에 정체되어 감정의 앙양에 빠져 버리는 것은 오늘날 더 이상 허용되어서는 안 될 문제이지만, 내일의 희망과 용기를 의미하는 감상이며 실망일 경우 결코 거기에 불순물은 없다. 우리는 감상이나 실망을 지순한 희망으로 이끌어야 한다.

시인에게 있어서 시는 그의 직분이다. 직업 이상의 것이어야 한다. 왜냐하면 오늘날만큼 국민으로서 시인의 출현을 대망하는 시대는 과거에 없었다고 해도 좋기 때문이다. 우리 시인들은 시를 씀으로써 자기 수련은 물론 국민을 계발하고 국민문화의 향상을 도모해야 한다. 우리는 시를 씀으로써 '천황 백성인 나는 살아있다는 의미가 있네 천지가 번영할 때 맞춰 태어났으니'98)라는 경지에 도달해야 한다. 그것에 의해 비로소 국가와 더불어 살고 국민으로서의 책임이 시인으로서의 책임까지 다할 수 있는 것이다. 우리 시인들은 시를 쓰는 것을 직분으로 생각해야 한다. 직분으로 삼지 않으면 안 된다.

---

94) 모시모 히젠(眞下飛泉, 1878~1926). 가인, 시인, 교육자. 초기에는 낭만파, 군가 「전우(戰友)」 작사.

95) 러일전쟁 때인 1905년의 군가 「전우」의 1절 가사 '여기는 고국에서 몇 백 리나 떨어져서 머나먼 만주 땅인데 붉디붉은 저녁 해 비추어지면 내 벗은 들판 자락 돌 아래 묻혀(此處は御國を何百里/離れて遠き滿洲の/赤い夕陽に照らされて/友は野末の石の下)'의 일부.

96) 겟쇼(月照, 1813~1858년). 승려, 지사(志士), 가인. 존왕양이(尊王攘夷)에 가담, 종국에는 입수 자살.

97) 겟쇼가 세상을 하직할 때 지었다는 단카. 원문에 '大君のれめには何か惜しからむ薩摩の瀨戸に身は沈むとも'라 되어 있는데, 'れめ'는 'ため'의 오식이며 '瀨戸'는 '迫門(せと, 좁은 해협)'와 발음이 같음.

98) 『만요슈』에 실린 아마노이누카이노 오카마로(海犬養岡麻呂)의 8세기 전반기 노래.

시단에서도 시국편승이 비난받고 혐오되는 듯하다. 그것은 좋은 일임에 틀림없지만 시국편승을 비난함에 있어서 국책선전(?)과 시국편승을 혼동해서는 안 된다고 본다. 국책적인 것을 만든다는 것과 시국편승은 그 근본적 정신에서 큰 간격 차가 있는 것이다. 봉건적 '고도의 정신'은 상아탑 안에서 질식해 버려야 한다. 국책선전을 음으로 양으로 방해하고(의식적이라고는 생각하지 않지만) 고도의 정신 운운하는 데에만 전전긍긍하는 무리들이야말로 곧 시대의 방관자적 존재로 전락할 것이다. 국책선전과 시국편승은 확연히 구별되어야 한다. 시인 자신이 구별해야 한다.

시는 지금까지 일부 사람들에게만 이해되어 왔다. 애호되어 왔다고 해도 좋을 것이다. 인텔리겐차, 그 중에서도 극히 소수의 사람들에 의해 시는 발전되어 왔다. 상당한 교양이 있는 사람이라도 '요즘 시는 잘 모르겠어'라는 감상을 내뱉는다. 이것은 현대시의 보충하기 어려운 성격을 설명하는 가장 간단한 답변일 것이다. 이 점에서 나는 국민시 앞길에 놓인 다난한 행로를 생각할 수밖에 없는 것이다.

반도 시가단의 확립

미시마 리우(美島梨雨)

　지난 9월 21일 『국민시가』 창간기념 제1회 회합이 개최되어 『국민시가』를 중심으로 여러 문제가 온갖 각도에서 논의되었는데, 그 논의의 주안점은 반도 시가단의 강화에 모든 반도 시가인들이 분기하여 협력 매진해야 한다는 것이었다. 그렇다면 종래의 반도 시가단은 어떠했는가 하는 것이 문제가 되는데, 종래 시와 단카가 모두 각각의 동인잡지에 의거하여 각각의 활동을 지속해 왔는데, 반도의 시가예술의 전모라고 보일 수 있는 기관은 일단 없었다고 할 수 있다. 하지만 이번 본 부(府)와 국민총력조선연맹문화부의 후원 지도하에 발간된 본 잡지의 출현에 의해 비로소 순연한 반도 시가 예술의 공기(公器)인 기관이 우리에게 부여된 것이다.

　그런 점에서 향후의 문제는 반도에 재주하는 시가인들이 사리사정을 버리고 어떻게 본 잡지를 위해 문필보국의 열매를 거둘까 하는 점에 관련되는 것이며, 이 새로운 출발에 맞추어 반도에 재주하는 시가인들은 그 지도적 계급에 있으며, 앞으로 시가의 길을 배우고자 하는 자까지 불문하고 전원이 반도 재주의 시가인이라는 것을 자각하고, 나라를 위한 건설적 시가 예술의 확립이라는 것을 목표로, 총력을 다해 모두 일어선다는 의기를 가지고 본 잡지를 보다 좋은 것으로 길러나갈 열정을 지녀야 한다고 생각한다. 그리고 또한 그 문학 행동에 있어서도 종래 자칫 자위적 경향으로 흐르기 쉬웠던 오래된 껍질을 벗어던져 버리고 국민적 감격에서 끓어오르는 정열을 시를 짓고 단카를 짓는 대상으로 삼아야 한다고 생각한다.

시가가 일반대중들에게 주는 영향력의 다대함을 생각할 때, 특히 이 문제는 경계심을 요하는 것이다.

다음으로 『국민시가』는 어떻게 나아가야 하는가에 관해 생각해 보자.

말할 것도 없이 이것은 필자의 사견이지만, 우선 첫째로 본 잡지는 반도 유일의 시가단의 공기라는 것을 잊어서는 안 된다. 또한 항상 반도 시가단의 최고지도기관이라는 것을 잊어서는 안 된다. 지도성도 없고 지도이념도 없다면 이 물자난 시대에 일부러 이러한 것을 발행하지 않아도 될 일이며, 문필보국의 한편에서 늘 신인들의 양성과 어루만져 기르는 임무를 다할 만큼의 정열을 잃어서는 안 된다. 그러기 위해서는 일반 투고자들을 위해 선자를 선택하는 제도를 채용하고 적당한 방법으로 여러 명의 선자를 두어 매월 차례대로 선(選)을 담당하며 작품 게재의 책임을 명백히 하고 달마다 단평을 아울러 게재하는 것이 필요하리라 생각한다.

다음으로 가능하다면 경비가 허락되는 한 향후 매년 연간 시가집을 간행했으면 한다. 거기에 또 한 가지의 희망은 매년 시인, 가인 각 한 명에 대해 시인상 가인상을 수여하는 것으로 하면 어떨까 생각한다. 하지만 이 것은 국민총력연맹 쪽에서 하는 편이 타당할 지도 모르겠다. 그러나 어느쪽이든 이러한 제도마련은 반도 시가단의 움직임을 활발하게 하리라는 것만큼은 의심할 여지가 없다고 본다.

지난 회합에서도 우에다 다다오(上田忠男), 다나카 하쓰오(田中初夫) 두 분이 '시가인들이 같이 모여 논의하고 연구한다는 것은 좋은 일이다'라는 의미의 말을 했었는데, 분명 거기에는 어떠한 의미에서 효과가 초래될 것이라 생각하는 것이며 앞으로도 본 잡지를 중심으로 두 달에 한 번이나 세 달에 한 번 정도의 집회를 개최하는 것도 효과적임과 동시에 반도 시가단의 확립 운동으로 박차를 가하는 한 방법이 될 것이다.

지금 우리 시가인들에게 부여된 사명은 시 한편이라도 단카 한 수라도 좋은 시, 좋은 단카를 만들어야 한다는 것이며, 그러기 위해서는 반도의 이 분야 유일의 최고 기관이며 공기라는 점에 『국민시가』라는 도량에서 서로 많이 싸우고 격려하며 시를 짓고 단카를 짓는 길을 추구하고 연마해 가야 한다. 그리고 건실하며 뛰어난 작품으로 본 잡지를 메꿈으로써 비로소 보다 좋은 반도 시가단의 확립을 여기에서 기대할 수 있는 것이다.

  간절히 시가인들의 분기를 기원함과 더불어 본 잡지에 대한 애정의 경주와 열성적인 협력을 바라마지 않는다.

  —9월 23일 낮

⊕ 미치히사 료(道久良)

황군 남부 프랑스령 인도차이나 진주(進駐)

남쪽 바다의 파도를 넘어가서 새롭게 천황 이끄는 이 나라의 역사를 창조한다.

기다리는 것이 아니라 기다리던 것이 왔으므로 답답한 마음으로 그것을 대하노라.(즉
시 영국, 미국 등이 우리 자원을 동결함)

순조롭게도 비가 내려 주어서 양배추들이 크게 익은 푸른 잎 밭을 떠올려 본다.

푸릇푸릇한 밭두둑 위로 솟아 오른 양배추 잎 색조가 장마다 달라 보기가 좋다.

⊕ 세토 요시오(瀨戶由雄)

대동학원생으로서 각지를 견학 여행하다

활활 불에 다 타버릴 때에 당탑(堂塔)99) 저 안쪽 깊은 곳에는 주상(主上)께서 계셨다고
하더라.(가사기(笠置)100)에서)

찌뿌둥하게 하늘은 잔뜩 흐려 있었으므로 바다는 옅은 먹색 빛을 반사시켰다.(다롄(大
連) 근처의 황해에서)

고원에서는 여름풀의 꽃들이 피어 있는데 벌써 어슴푸레히 저물어가는 햇빛.(7월 조
선만주 여행)

비고인 물에 아침의 푸른 잎이 비쳐 있어서 이따금 흔들리는 모습이 청신하네.

---

99) 당탑가람, 즉 당이나 전당(殿堂)과 탑 및 탑묘(塔廟)를 아울러 이르는 말.
100) 교토(京都) 가사기산(笠置山)의 사찰 가사기데라(笠置寺)를 이름. 2000년 이상의 거석(巨
石)신앙이 있던 곳으로, 고다이고(後醍醐) 천황의 행궁(行宮)으로 사용되다 1331년 동란
의 와중에 소실(燒失)됨. 이 노래의 소재가 그 소실 사건이며 여기에서 말하는 주상은
고다이고 천황.

⊕ 야마자키 미쓰토시(山崎光利)

시가지 근처 오고가는 사람도 걸음 멈추고 마음을 깊이 담아 삼가 올리는 묵도.

조심스럽게 삼가며 우리들이 바치는 묵도 이 잠깐 동안의 엄숙함이 좋구나.

묵도를 바치는 바로 그 때 나아가 맞이하는 혼 한 점에 집중하는 것처럼 여겨진다.

⊕ 구보타 요시오(久保田義夫)

해변에 있는 호텔까지 사람을 찾아와서는 바다 보며 기뻐하는 나는 선생님이다.

저물어 버린 해 뒤 어슴푸레한 바다를 보며 하루의 피곤함이 아직 가시지 않아.

저녁에 땀을 식히는 사람들이 누운 언덕길 등불이 드문드문 바다로 모여든다.

⊕ 노즈 다쓰로(野津辰郎)

만주에서 다마키 히토시(玉城仁) 군 오다

부자유스런 생활은 말도 않고 당느릅나무 꽃이 지는 모습을 재미있게 말한다.

새색시하고 시작한 신혼생활 개척촌이라 아주 쉽게 국책에 연결되는 이 친구.

펄럭펄럭하고 야자나무 그늘에 군기 나부끼는 소리가 들릴 정도로 상쾌한 아침이네.

(프랑스령 인도차이나 진주)

⊕ 사카모토 시게하루(坂元重晴)

인도차이나 남부에 앞 다투어 황군이 진주(進駐) 이 신문내용에 나도 모르게 목소리 높여.

싱가포르에 일장기가 오르는 꿈을 꾸다가 깼는데 이 꿈이 곧 현실이 되는구나.

일시동인(一視同仁)[101]의 위대함 모르고 운 없이 열대수 아래에서 신음하는 나라의 사람들.

---

101) 친한 정도와 관계없이 먼 사람이든 가까운 사람이든 평등하게 대함.

흉폭 포악한 호랑이 표범 무리를 퇴치하시고 우리 안의 양을 살려주시길 신이여.

돈이네 무기네 하며 거짓 소란 부리지만 한 사람조차 목숨 바칠 병사 없겠지.

🌐 가타야마 마코토(片山誠)

몽골에서

길을 따라서 검은 토담으로 된 집 앞에는 비쩍 마른 돼지의 안광이 날카롭다.

나는 군복을 입고 서는 입장은 아니지만 그렇더라도 병사처럼 마음은 엄숙하다.

초원의 길에 가다 만난 병사들 몇몇 사람은 트럭에 탄 위에서 환성을 올렸다네.

트럭 위에서 마치 화물들처럼 운반되는 몽골의 백성들이여 마음 부드럽구나.

🌐 노무라 이쿠야(野村稢也)

이 산봉우리 둘러싼 여러 산에 나무는 나도 붉은 산의 표면은 감출 도리 없구나.(계
양산102)행)

여기로부터 보이는 산허리의 그늘 부락이 몇몇 잠들어 있듯 옅은 안개에 싸여.

고원을 숨이 막히게 올라가는 기차에 있다 오늘은 일에 대해 생각하지 않으리.(양덕
온천103)에서)

기차 창에서 올려다보면 산을 사모하여 핀 라일락꽃인가 나부끼며 파도쳐.

창에서 들어오는 오월의 아침 바람 차기도 하다 책상 위에는 야생 엉겅퀴 꽃.

밤이 새도록 내린 비라 여겼던 것은 온천수 계곡물을 이루어 졸졸 흐르는 소리.

탐스럽게 큰 흰 백합을 세 송이 꺾어 꽂으니 어느 방에 있어도 맡게 되는 그 향기.

---

102) 인천에 있는 높이 395미터의 산.
103) 지금의 평안남도 양덕군 동남쪽에 있는 유명한 온천.

⊕ 가지하라 후토시(梶原太)

부여신궁 건설 초(抄)

가을에 드는 하늘이라 여겼네 오른쪽에는 백제탑을 보면서 광차(鑛車)가 내려가고.

방사상의 간선대로에 깔린 진사토(眞砂土)[104]가 반짝반짝 빛나는 것도 이미 가을이라서.

십오분의 일 급경사가 진 길을 내려갈 때에 광차 끄는 인부의 얼굴은 긴장한다.

도로의 폭이 이십오 미터 되는 간선도로에 매립한 흙에 섞인 백제의 옛날 기와.

이조시대에 깔린 기초 잡석들 아래쪽으로 백제 때의 커다란 초석이 묻혔구나.

군수리(軍守里)[105]에서 예전 발굴되었던 절터는 다시 묻혀 버려 퍼렇게 풀 자랐네.

공사를 위해 돌을 잘라내 가는 인부들 속에 섞여 오늘의 묵도 바쳤던 것이구나.

⊕ 미키 요시코(三木允子)

등화관제라 아주 적은 불빛을 둘러싸고서 각자에게 힘쓰는 밤들을 지냈구나.

오동나무 잎 바스락 소리 더욱 거칠어지는 이 가을 저녁 전장에 마음을 바치노라.

아침 햇살이 방에서 사라지면 으스스 살갗 서늘해져가는 무렵이 되었구나.

즐비한 집들 조금 떨어져 있는 철도로 가는 사람의 심야 같은 발소리를 듣는다.

가을이 가고 꽃을 피우는 빨간 다알리아의 붉은 색 깨끗하고 그 음영은 깊구나.

⊕ 사사키 가즈코(佐々木かず子)

조용하기만 한 나라는 아니라 생각하면서 예쁘게 생긴 가지 절임반찬을 먹네.

꽈리의 색이 짙어지는 마당에 부모 자식이 방공호의 설계에 대해 이야기한다.

---

104) 일본어 발음으로는 '마사도' 혹은 '마사쓰치'라고 하며, 입자 크기가 제각각인 풍화된 모래.
105) 1935년에 백제의 절터로서는 최초로 일본인에 의하여 발굴조사가 실시되어 많은 유물이 발견된 곳이나 사찰의 이름은 알려지지 않음.

자전거타기 맹연습을 하다가 상처를 입은 이 여자애의 다리도 시대를 걷는 다리.

다음 세대를 짊어지고 가도록 자라는 애들 그 노래 부르는 소리 몸으로 깊이 듣네.

군대의 게타(下駄)[106] 끈 제작

러일전쟁을 하던 당시 천막도 가늘게 찢어 병사들의 게타 끈 우리가 만들었네.

천 켤레 되는 게타의 끈 만드는 봉사라 해도 놀라지 않게 된 것 생각해 보게 된다.

⊕ 고바야시 게이코(小林惠子)

군복 모습이 늠름한 이 병사는 나의 아이를 안으며 남겨두고 온 애 나이 말하네.

현관에 서서 거수를 하고 떠나 전쟁터로 간 병사의 그 모습은 잊을 수가 없구나.

세 번째 가는 출정이라고 말한 이 병사가 잘 가다듬는 태도에 육박하는 바 있네.

세계의 동세 점점 더 어려워져 매일 아침에 미어지는 생각에 신문을 읽는구나.

숨이 막히는 세계의 투쟁 속에 살아가면서 성장해가는 아이 물어보는 것 많다.

유례가 없던 세상에 태어나서 어린 내 아이 사치라는 것을 모르고 자라는구나.

행복은 여기 있었구나 엄마와 아들이 그저 놀기에 열중하는 해변에서의 한 때.

⊕ 이와부치 도요코(岩淵豊子)

촉촉하게 모든 잎에 내려진 아침 이슬을 다 떨어뜨리고 간 비를 머금은 바람.

저녁 별빛이 새벽이 되어 춥게 깜박거리는 것을 모기장 너머 본 초가을의 아침.

점점이 푸른 볏을 곤두세우고 칠면조가 가까이 쫓아오는 언덕의 밭 두렁길.

바가지 열매 둥글게 익던 밭을 칠면조가 날카롭게 눈 뜨고 마구 쫓아오던 어느 날.

등불도 켜지 않고 한참동안을 방에서 지쳐 있네 하나뿐인 자식 생각에 마음 졸여.

---

106) 끈이 달리고 굽이 있는 일본식 나막신.

⊕ 미쓰루 지즈코(三鶴千鶴子)

가을 하늘에 폭음 소리도 높게 질서 정연히 우리 편대기들이 날아가고 있구나.

사내아이들 나도 세 명씩이나 두고 있다네 자부심을 가지고 건강히 키우리라.

내가 만드는 위문꾸러미 안에 넣겠다면서 어린 아들들 편지 쓰느라 하루 보내.

크레용으로 무언가를 썼는지 어린 아이도 위문꾸러미 안에 넣겠다고 조르네.

⊕ 요시다 다케요(吉田竹代)

양손에 각각 어린 아이들 끌고 또 임신까지 한 몸으로 나 역시 피난 훈련을 받는다.

우아하게만 행동하는 시국이 아닌 터라서 여성들 몸뻬[107]부대 바지런히 움직여.

적기가 떠서 습격해 와 두 아이 바짝 당겨서 한참동안 구석에 웅크리고 있었다.

피난소 있는 초원에 와서 노는 나의 아이여 마음껏 기뻐하거라 이 위대한 나라를.

나라가 온통 황국을 굳건하게 하려는 이 때 마음도 용맹하게 아이들을 대한다.

뜨거운 열대 전쟁을 하러 떠난 병사들 생각에 덥다는 말도 않고 남편과 이야기해.

⊕ 요시하라 세이지(吉原政治)

비로봉에서

높고 가파른 봉우리 몇 겹인가 묵직하게도 저편에 가을해가 떨어져 가는구나.

가을의 해는 멀고도 조용하네 금강산 내의 몇 개의 봉우리를 물들이며 져간다.

저녁 어둠이 이미 짙게 깔린 산 밑자락에 불빛 보이는 것은 아마 온정리(溫井里)겠지.

수평선에서 태양이 떠오르는 순간을 마치 타는 듯한 붉은 색 구름은 물들었다.

---

107) 여성 노동용 바지의 일종으로 통이 넓고 발목 부분을 조인 모양으로 활동성을 좋게 한
　　 것. 특히 태평양 전쟁 중 '몸뻬 보급운동'이 부인회에서 장려되고 공습 시 여성들에게
　　 방공용으로 착용이 의무화.

여명의 무렵 대금강산 모습은 다시 새로운 오늘 하루를 마치 숨 쉬는 것 같구나.

⊕ 미나미무라 게이조(南村桂三)

하얼빈(哈爾賓)

몽골로부터 모래바람 불어와 거리 위에는 회오리바람 춤춘 하얀 도시의 대로.

느릅나무의 가지에 코발트색 하늘이 보여 가람의 돔 위에는 지는 해가 비친다.

헤어진 다음 서서 내려다보는 마당의 돌에 달빛은 퍼렇게 얼어붙어 있구나.

칭키즈칸이란 역으로 향하는 기차 연기를 토해 내며 쑹화강(松花江) 철교를 넘어간다.

머나먼 땅에 이렇게 있노라니 그대의 검은 눈동자 희미하게 그저 그리워진다.

눈이 내리는 아시아의 봄날은 널리 퍼졌다 느릅나무 잔가지 햇살에 흔들리네.

⊕ 이나다 지카쓰(稻田千勝)

초가을 하늘 맑게 개여 빛나는 보천대(普天臺) 새하얀 구름 두 조각 움직임이 없구나.

진관사(津寬寺)[108] 내의 보리수 아래에 핀 백일홍 꽃이 하얗게 마른 모래 속에 붉기도 하네.

몇 겹씩이나 다른 봉우리들을 서로 겹치고 산 윤곽 선명하게 저물어가는 시간.

---

108) 현재 북한산 서쪽에 있는 고려시대의 고찰. 조선시대에는 한양 근교의 4대 사찰 중 하나로 꼽힌 절.

경제학(經濟學)

모리타 요시카즈(森田良一)

경제학은 시이다
가격 등 통제령이나 해군통제령 등
남방권익으로의 경제적 진출
그것들은 항상 불꽃을 튀기며
의지의 정열적인 결단을 요구한다

파도를 민감하게 받는 조타기
과열하는 엔진
그리고 장부와 계산기조차도
시의 지성과 진실성을 가진다
그것은 한 마리의 생태이다

시는 시 이외의 시 안에 있다
경제학은 실로 그것이다
사막 안의 오아시스처럼
건실한 사색의 청렬한 흐름은
진실의 시가 되어 비약한다

대어찬가(大漁讃歌)

다하라 사부로(田原三郎)

날아 부서지는 파도 철의 살갗
푸른 하늘에 찬란히 춤추는 은빛 비늘
정어리 정어리 정어리의 산
숲처럼 늘어선 돛대 머리에는
높게 낮게 펄럭이는 대어 깃발

출정가지 않은 몸은 총후 생산으로 곧장
늠름하구나 구로시오(黑潮)로 향하는 젊은이
웅대하구나 바다의 패자
오늘도 또 북선(北鮮)의 하늘을 흔드는 함성

시를 비웃는 자에게 꽃을 보내라
(詩を笑ふ者に花を贈れ)

이춘인(李春人)

시를 비웃는 자에게 꽃을 보내라
꽃은 난만하게 진창 속에서 피어라
꽃 초연히 진창 속에서 시들어도
시인은 비웃음으로써 배고픔을 물리쳐야 한다

진주 가루가(眞珠の粉が)

사이키 간지(佐井木勘治)

어느 능선의 청사에서는 가로막는 것도 없이 바람이 불자
유리문이 덜컹덜컹 요란하게 소리 내고
비가 내리자 모두 습기로 콜록콜록 기침을 했다
—라기 보다도
무성한 푸른 잎의 빛에 하품하거나
그 작은 길을 언덕 넘어 저고리 입은 소녀가 왔다 갔다
상대방의 일이 서툴러 얼굴 새빨갛게 화를 내고
그래도 푸른 잎을 보고 용서해 줄 마음이 들거나
하면 재미있으니
둘도 없는 게타 밟아 망가뜨리고
머리부터 진흙을 뒤집어쓰며 피멍을 만들고
그 나무는 마당에 어울리지 않는다고 모두는 말해도
게으른 나는 포플러를 필사적으로 심었다
날마다 비는 추적추적 많이 내리고
밤마다 푸른 잎은 흰 벽을 옅은 초록으로 물들여갔다
잎 그늘에서는 진주 가루가 굴러 나와 서로 그늘졌다 빛났다 하면서

고추잠자리(赤蜻蛉)

가와구치 기요시(川口淸)

고추잠자리가 날개를 짝 펴고
교정 귀퉁이에 세워져 있는 옥순이의
늘어뜨린 머리에 머물러 왔다

옥순이는 늘어뜨린 머리를 살짝 흔들고
―나 아무것도 잘못한 게 없는데
　선생님은 나만 미워해요
　나만―

고추잠자리는 포플러 나뭇가지를 휙 빠져나가
푸른 하늘로 비스듬히 바람과 흘러
그것을 끝으로 돌아오지 않았다

옥순은 외로운 듯이
산꼭대기에 메롱을 하고
정작 그러더니 훌쩍훌쩍 흐느껴 우는 것이었다

가을 창 열다(秋窓ひらく)

마스다 에이이치(增田榮一)

가을과 헤어졌다 밤은 고요해졌다
툇마루에 책을 펴고
만요(萬葉)적 사람들의 와카(和歌)를 읽는다
바쁜 생활 뒤의 한 때
마음을 치는 내 아버지 조상의 혼에
한결같이 살고 오로지 노래한 것을
나도 또한 오로지 문학에 살리라
엉거주춤한 시는 만들지 않으리
소집된다면 펜을 꺾고 총 들고 나라를 지키리
나라를 위해 기꺼이 죽을 각오가 있다
하지만 지금 내 손에는 펜이 있을 뿐
목숨이 있는 한 시를 끝까지 쓰리
나의 이렇게 살아갈 표지를
나의 이렇게 있어야 할 길을

지는 태양의 꽃(落日の花)

에나미 데쓰지(江波悊治)

아득히 산도 없고
끝도 나지 않는 보리밭 안에서
그는 모든 것을 긍정하고
웅성웅성 시끄러운 인간 사멸의 바닥에
가장 위대한 가장 높은 것을 응시한다

그렇다 약간의 여백도 남겨지지 않는
바짝 좁아진 그의 마음은
닫은 눈꺼풀을 관통하여
이윽고 들릴 것이다
망막한 조국에 대한 찬가가

1941년 10월호 **121**

소나기(驟雨)

시로야마 마사키(城山昌樹)

반원형을 겹겹이 쌓은 듯한
인도운(人道雲)이 무너지며
쏴하고 내려오는
구름들의 격앙

파도처럼
나뭇잎들은 광분한다
용마루 위에는 흰 거품이 안개처럼
춤추며 흐른다

창유리에 맞으며 피는
검은 꽃들이여

아아 빛나는
산화(散華)의 장려함

어느 날(或る日)

시나 도루(椎名徹)

북국의 초여름 태양이 빛난다
하얀 비탈길에는 사람 모습도 없고
때때로 개가 느릿느릿 나타났다 사라지며
고요한 저택 담 너머에
진홍색 장미가 나란히 피고
그 안쪽에서는
전황을 알리는 라디오가 울리고 있었다

장고봉 회상(張鼓峰回想)

아오키 미쓰루(靑木中)

"진공하지 말고 이 선을 지켜라"

그 날 만주·소련의 국경 장고봉은

중포탄과 폭탄에 산용은 무너지고

사상자 한도 없으며 흙먼지는 병사들의 몸을 덮어버렸다

그래도 이 선을 넘지 말고

오로지 이 선을 지키며

적으로 하여금 마침내 휴전의 약조를 맺게 하였다

오늘은 그 이주년 기념일

우리는 묵도하며 그 날의 영령들에게 감사하고

오늘 이 날의 각오를 새로이 하였다

그러나 돌아보라

세계의 정세 하룻밤에 뒤바뀔 때

적성국가는 점점 그 적성을 드러내고

이러한 날에야말로 대비하는 것이다……

성전 제5년을 맞이하는 우리의 이 전투는

감연히 동아의 새로운 질서를 위해

외길로 정연한 황국의 대도를 매진한다

그러니 더욱 의연히 내 길을 가로막는 자 조용히 옛날의 선을 의지하지

말지어다

전호 가평(1, 2)

스에다 아키라(末田晃)

창간호의 단카는 너무 짧은 동안에 지어진 탓인지 일반적으로 보아 괜찮은 작품이 없었다. 지금 여기에서는 그 일(1)의 작품에 관하여 소평을 시도하고자 한다.

여기에 실린 작자는 현재의 조선가단의 전선(前線)의 역할을 담당하고 있는 사람들이며 또한 대표적 위치에 있다는 것을 자각하고 있다고 본다. 무엇보다 이것은 모든 작자를 말하는 것은 아니다. 대체적으로 그렇다는 것이지만, 어쨌든 작품이 다소 저조하다는 것은 실로 유감이다. 물론 이것이 각 작자의 진정한 역량은 아닐 것이다. 예기치 못하게 이처럼 저조한 단카 창작을 하게 된 것은 아닐까 생각한다.

다음 작품인데, 전호의 그 일(1) 중에서 와타나베 요헤이(渡邊陽平) 씨의 작품은 빛난다. 전장을 질주하는 곳의 생생한 현실적 감동 속에 암시적인 박력이 감돌고 있는 점이 매우 좋다.

중원지역109)에 작전이 생기면서 몇날며칠은 마음에 어렴풋이 향수
와 같은 마음.

능선 너머로 사라져 가는 병사 대열 새벽녘 꿈속으로 다 빠져들지도
못해.

---

109) 중국 황허(黃河)강 중류를 중심으로 한 지역. 은나라, 주나라 등 중국 고대문명의 발상지. 후에 한민족의 발전에 따라 화북(華北) 지방 일대를 가리키게 됨.

이 두 수를 들 수 있다. 회상적 감동이 새로운 감정에 의해 읊어지고 있다. 여기에 단순한 소주관적인 어구를 삽입하지 않아 매우 효과적이다.

소금 땀 나서 군복은 새하얗게 되어버렸던 일 남에게 얘기하니 더욱
생각이 난다.

파악한 소재에 대해서는 동감할 수 있지만 이 단카에서는 상식적 영역을 벗어나지 못하고 있다. 더욱 표현 태도에 고민할 필요가 있다.

쓰네오카 가즈유키(常岡一幸) 씨의 작품도 이색적이었다. 이 이색적이라는 것은 흥미본위로 끝나 버리면 매우 곤란하다. 소위 현하의 경향적인 것에 편승하여 시대의 소매를 붙들고 늘어지기만 해서는 이 시대를 초월하여 나아가는 듯한 기력이 보이지 않는다. 소위 사건과 재료를 그것이 흥미적, 또는 시국적이라고 해서 그냥 노래에 담아내는 것만으로는 의미가 없다. 이러한 작품이 여러 사람들에게서 다분히 보였다. 쓰네오카 씨 작품에서는

새로운 건국 큰 역사를 갖지 못하였으니 아무렇지도 않게 군병을 움
직인다.

가 민족적 개인의 마음에서 오는 바와 어떤 감정을 표시한다는 점은 대단히 좋다. 하지만 아직 약간은 능숙하지 않은 상태다. 다른 작품에도 이러한 경향이 다분히 있었다. 대담한 표현은 매우 좋지만 조금 다시 다듬었으면 한다.

온갖 나무들 어린잎의 속삭임 조용한 계곡 따라 난 길을 통해 휴가

(日向)110)로 출발하네.

는 미시마 리우(美島梨雨) 씨의 작품이다. 미시마 씨 작품 치고는 대단히 꾸밈없고 확실한 작품이다. 미시마 씨가 지닌 자칫하면 감상에 약간 빠지기 쉬운 폐단이 보이지 않는다. 소위 맛이 있는 작품이다. 하지만 이 작품에서는 아무래도 조금 번잡한 느낌이 있다. 이것은 셋째, 넷째 구에 잘못된 점이 있을 것이다. 미시마 씨 작품으로서는 이 일련의 작품들이 그리 감탄할 만하지는 않았다.

이마부 류이치(今府劉一) 씨의 작품은 소박하기는 하지만 어떤 깊은 맛의 밝음을 보이고 있다. 이 깊은 맛이라는 것은 간단히 드러나는 것이 아니다. 하지만 현시대의 진행을 이해하고 오늘날 고도의 길을 가려고 한다면 연약한 표현이어서는 곤란하며 이는 자연관조에서도 마찬가지라 할 수 있다.

항구를 큰 길 나아가듯이 주저 없이 연락선 거대한 몸체가 들어오는
구나.

이 깊은 맛을 가진 건강함에 주의했으면 한다. 그러면서도 긴밀하다. 다음의

쓰시마(對馬)에서 밀려오는 안개가 움직이기에 목도(牧島)111) 큰 섬
이 한참 숨어 안 보이더라.

도 좋다. 기타 작품은 조금 안이하다. 이마부씨의 작품에 비해 가이인 사

---

110) 옛 지명으로 지금의 미야기현(宮崎縣)과 가고시마현(鹿兒島縣) 일부에 해당.
111) 말 사육장으로 유명하던 부산의 영도(影島)의 호칭.

부로(海印三郎) 씨의 작품은 현저히 감각적이다. 가이인 씨의 생기 있는 감각적 작품은 과일의 향기처럼 평가되었다. 이 감각이 몰두되었을 때에는 새로운 작품으로의 표준이 될 만한 것을 시사할 것이다. 이러한 작품을 우리는 기대하고 싶다.

　　　자동차의 헤드라이트 놀라 쫓긴 들토끼 한참을 달려 나가 길가로 벗
　어나네.

　이러한 작품은 시적 음조가 울려서 유쾌한 무언가가 있다. 이 감각이 다른 작품에서는 아직 강렬하지 않았다. 예를 들어

　　　지쳐 도착한 산 위의 호텔에서 저녁 햇빛을 받은 흰 작약꽃을 나는
　애호하노라

의 아래쪽 구와 같은 것이다. 가이인씨도 기대해도 좋은 작가다.

　이와쓰보 이와오(岩坪巖) 씨의 작풍은 현저하게 변화했다. 발이 확고히 땅을 디디고 선 느낌이다. 이와쓰보 씨와 같은 작가도 현재 조선가단에 있어서 더 인정을 받아야 할 것이다. 다만 너무 표면적으로 얼굴을 드러내지 않기 때문인지 알려져 있지 않을 뿐이다. 이러한 점이 가이인 씨도 마찬가지라 몇 십 년 단카를 고민해 온 것이므로 갓 이름이 알려진 가인들과는 크게 다르다. 이와쓰보 씨의 단카 경지도 복잡하다.

　　　달빛인지 여명인지 구별도 하기 어려워 잠 깨어 있던 것은 얼마 지
　나지 않아.

심리적 시각에서 현실에 떠오르는 일루전이 드러나 있다. 그러면서도 어떠한 형상을 묘사해 내고 있다. 이와쓰보 씨도 전장에서 부상을 입은 한 사람이지만, 감상을 초월한 곳의 기분을 잘 그려내고 있다. 다만 이러한 작품은 대부분 유형적으로 되므로 주의하기 바란다.

야마시타 사토시(山下智) 씨의 작품은 역시 큰 감각으로 완전히 칠해져 있다. 그것이 늘 날 것 그대로 내던져져 있으므로 강력한 색채가 가슴에 눌려 오는 듯하다. 그만큼 깊은 맛이 없다. 일련의 신징(新京) 작품도 대부분 가벼운 사생으로 끝나고 있어서 감흥이 향하는 대로 읊었다는 즉흥성이 있는 것이 아닐까?

제재, 표현은 모두 조금 더 정리할 필요가 있다. 어느 것 하나 꼬집어 말할 작품은 없으며 모두 비슷한 정도라는 점에 크게 생각할 단카 창작의 열쇠가 있을 것이다. 야마시타 씨의 특이색이라고 해도 좋을 커다란 감각에서 도려낸 것을 드러낼 때에 비로소 좋은 작품이 태어나지 않을까? 대단히 밝은 윤기가 있고 유쾌하게 읊는 풍을 지니고 있다.

　　이 나라에서 백성이 돼서 지내 일 년이던가, 나도 이제 드디어 국가
　　(國歌)[112]를 부른다네.

후지와라 마사요시(藤原正義) 씨의 작품인데 분명히 좋은 부분을 포착하

---

112) '만주국' 국가를 말함. 만어로는 '天地內有了新滿洲/ 新滿洲便是新天地/ 頂天立地無苦無憂/ 造成我國家/ 只有親愛並無怨仇/ 人民三千萬人民三千萬/ 縱加十倍也得自由/ 重仁義尙禮讓/ 使我身修/ 家已齊國已治/ 此外何求/ 近之則與世界同化/ 遠之則與天地同流', 뜻은 '천지 안에 신 만주가 있다, 신만주는 곧 신천지이다, 하늘을 이고 땅에 서서, 괴로움도 걱정도 없는, 여기에 내 국가를 세운다, 그저 친애하는 마음이 있을 뿐, 원망은 조금도 없다, 인민은 삼천만 명 있고, 만약 열배로 늘어도 자유를 얻을 것이다, 인의를 중시하고, 예의를 존중하며 내 몸을 수양하자, 가정은 이미 정리되고 국가도 이미 다스려졌다, 그밖에 무엇을 추구할 것이 있겠는가, 가까이에서는 세계와 동화하고, 멀리에서는 천지와 동류하자'는 의미.

고 있다. 이 감정은 누가 보더라도 어떤 겸양의 아름다움을 드러내고 있다고 본다. 하지만 상당한 기초적 취약점을 간과할 수 없다. 그것은 첫째, 둘째 구에 있지 않을까 생각된다. 그래도 의식적으로 그렇게 마음을 먹은 것이 아니라는 점은 이 작품에 호감을 갖게 한다.

일본과 만주 국기를 향해 서는 일본과 만주 칠백 명의 학도들 최고
의 경례113)하네.

보는 사람에 따라서는 이 작품도 추천할 것이다. 이것은 직접적으로 늠름하게 노래되었으며 또한 여정이 포함되어 있다. 기타 작품들은 적잖이 대충대충인 듯하다.

야마자키 미쓰토시(山崎光利) 씨의 작품은 매우 리드미컬한 순수한 맛이 있지만 그저 그것에서 끝난다. 이래서는 곤란하다. 명암이라는 것을 약간 생각했으면 한다. 자연적 관조도 대부분 상식적이라서 특별히 말할 만한 것이 없다. 금후의 작품을 기대하고 싶다.

다음으로 이토 다즈(伊藤田鶴) 씨이다. 야마시타 사토시 씨의 작풍과 유사한 점이 있다. 다만 어느 정도의 부드러움이 있다. 이 유연성이 이따금 표면적인 것이 되어 버린다. 즉 탄력성의 소실이다.

일곱 색깔 빛 일어서 올라오는 봄의 들판에 상념은 창백하게 다가와
퍼져간다.

작자로서는 새로운 표현을 노린 바이겠지만, 사실은 오래된 것이다. '일

---

113) 최고의 경례란 손끝을 무릎까지 내리고 몸을 깊이 앞으로 숙이는 자세로 천황이나 신령에 대한 예식.

곱 색깔'은 너무 곤란하다. 상념이 왜 창백하게 다가와 퍼져갔는지까지 음미하지는 않겠지만 그것이 일곱 색깔과 어떠한 관계가 있는 것인지 불분명하다. 대상 및 생활과 정신의 관계는 여전히 현실적으로 다시 접근해야 한다. 내부로 더 다가오는 진실함이 없으면 언어 놀이로 끝날 위험을 작자는 생각하기 바란다. 다분히 시적 감정이 풍부한 작자이므로 이 점에 크게 깨닫는 바가 있을 것으로 믿는다.

세토 요시오(瀨戶由雄) 씨는 너무 경직되어 있다. 이것도 오랫동안 세토 씨의 작품을 접하지 않았던 나로서는 적적한 느낌이 든다. 너무도 형태가 작다. 더 큼직하게 읊으면 어떨까? 이런 언저리에서 경직되어 버리면 장래성이 사라져 버린다.

　　중지의 끝을 가볍게 살짝 뺨에 대고서 있는 백제 관세음 반가(半跏)
　　사유상의 모습.

이 '중지의 끝' 같은 것이 너무도 자잘한 느낌이다. 중지만으로 충분할 것이다.

　　금동의 불상 아름답도다 백제 관세음 손의 끝을 얼굴에 살짝 대고
　　계시는구나.

이 다음은 괜찮다. 예로부터의 서정시가 가진 영구적인 것이 불교 이야기적인 구상적 모습이 되어 드러나려고 하는 일종의 종교적 아름다움이 있다. 이 작품 등에서 세토 씨의 좋은 반면이 있어도 좋을 것이다.

사카모토 시게하루(坂本重晴) 씨의 작품은 모두 윤기가 결핍되어 있다. 매우 산문적이다. 작자의 조국애는 알겠지만 발랄한 감동이 없기 때문에

밋밋해져 버렸다. 따라서 단조로워진 것일 것이다.

히다카 가즈오(日高一雄) 씨의 작이다. 히다카 씨의 작품을 보고 생각한 것인데, 단카에서 현대적 소재의 존재형태를 힘 있는 예술의 형식으로 변환시키는 것은 불가능하다. 그리고 현대적인 소재, 예를 들어 전쟁의 한 단면 등에는 늘 그것에 내재하는 형식이 있다. 즉 문서적, 기록적, 서술적 형식에 따라 노력하여 작가는 비기교적으로 예술을 떠나 오히려 반예술적인 수법을 취해야 한다. 이것은 즉물주의(Sachlichkeit)적인 언어다. 즉 우리는 시보다도 능가된 것을 향한다는 태도로 있다. 물론 히다카 씨의 작품이 이러한 것의 표준이라고는 하지 않겠다. 내 스스로 떠오른 감상이다. 이 감정을 끼워 맞추면 어떻게 될까? 히다카 씨의 작품은 역시 단카이며, 또한 신선함이 희박하다.

> 고향에 살던 시절보다 더욱 더 길어졌구나 여기 반도에 나의 목숨은
> 다하겠지.

감정은 매우 비장하다. 하지만 아무래도 확 와 닿지 않는다. 위의 구들의 단순화의 부족일 것이다.

그리고 미치히사 료(道久良) 씨의 작품이다. 미치히사 씨의 일련의 작품들은 작가가 자부할 만큼의 역작이다. 이것은 오히려 서사적 정열을 펼친 점에 압력이 드러나 있을 것이다. 작자가 의도하는 것은 현시대에 분류하는 의력이다. 표현된 것은 회고적인 것이기는 하지만—

> 대륙의 문화 우리에게 전해 준 어머니 같은 나라 백제도 이윽고 멸
> 망하고 말았다.
> 여성이신 그 옥체를 자진하여 납시셨는데 이윽고 얼마 되지 않아 붕

어하고 마셨네.

두 수 모두 함축이 있는 정열을 느낄 수 있는데 다소 설명적인 느낌이 없지는 않다. 하지만 구성은 확실하다. 후반의 일련의 작품들에는 약간 단조로운 작품이 있어서 앞쪽 작품에 비교하여 뒤떨어진다. 이것은 어떻게 현실의 가장 진실적이며 가장 깊이 본질에 파고든 상을 파악하는 것이 얼마나 어려운지를 우리에게 가르쳐주는 바가 있을 것이다. 그에 따라 너무 우연적인 표면적 진상에서 헤매며 현실의 진정을 살피기에는 뚜렷한 근거가 없는 것도 될 것이다. 이상으로 그 일(1)의 작품 전부에 관한 소평을 마친다.

전월 단카 (3) 독후감

미치히사 료(道久良)

고다마 다쿠로(兒玉卓郎)

얼어붙은 밤 병사가 들고 왔던 볏짚 한 다발 나에게 붙으라고 불 피워 주는 건가.

이 작자는 대륙에 출정 중이다. 이 노래는 그 어머니가 편지에서라도 발췌한 것이리라. 대필하여 보낸 것이다. 현지의 노래로서 특이한 취재는 아니지만 있는 그대로 노래된 점에 외면할 수 없는 괜찮은 면모가 있어 극히 따뜻한 마음이 느껴진다.

호리 아키라(堀全)

적적하게도 늙으신 아버지여 병사로 보낸 자식의 훈도시(褌)[114]를 꿰매고 계시구나.

자식에게 보낼 훈도시를 꿰매는 아버지 보니 아버지께 혼나던 우리 생각 못 하네.

날짜가 지나 전달된 한 통의 군사우편 그것만 기다리는 늙은이 신세 되네.

이 작자의 작품은 상당히 깊은 음영을 지니고 있다. 작자 입장에서는 남동생을 그리고 늙은 아버지 입장에서는 그 자식을 전장에 보낸 일가의 상황이 충분히 드라마틱하게 표현되어 있다. 품이 있는 노래이다.

---

114) 샅바처럼 생긴 긴 천으로 된 남성의 하의 속옷.

요시모토 히사오(吉本久男)

전차부대가 지축을 눌러대는 굉음에 나의 몸이 아픈 것도 한동안 잊는구나.

사변 하에서 누구나 가지고 있는 감정이 솔직하고 있는 그대로 드러나 있다는 점은 이 노래를 무시할 수 없는 것으로 만든다. 감정의 정상적임이 이 노래를 잘 살리고 있다.

다카미 다케오(高見烈夫)

야간 동안에 부대가 평원을 이동하였다 높았던 풀들 눕고 아침 이슬 머금어.

다카미 씨도 출정 중이다. 이 노래의 사실적 확실함이라는 것은 많은 전선 작품들에 비해 보더라도 별로 유사한 예가 없을 정도로 분명하다. 이 노래라면 전선 작품으로서 어디에 내 놓아도 손색이 없다고 생각한다.

오타 마사조(太田雅三)

오타 씨의 작품은 일반적으로 시적 장식이 눈에 띄는 것에 비해 효과가 적은 것으로 보인다. 그런 작품들 중에서도 다음과 같은 작품은 앞에서 말한 바가 보이지 않고 도리어 효과가 잘 드러나 있는 것으로 여겨진다.

끊일 듯 오는 어머니의 소식은 병든 이 몸이 태어난 날 오늘을 축하하러 왔다네.

기우치 세이이치로(木內精一郎)

전우 혼령에 귀환의 인사말을 내뱉으면서 서로 알지 못 하네 아아 이 부자지간.

전장에서 귀환한 이 작자의 작품은 무언가 독자의 가슴에 울리는 바가 있다. 이 작품은 그 대표적인 것인데 이것으로 충분하다고 본다. 새삼 말의 일부에 관해서 말할 여지가 없을 정도로 이 작품은 한 수 전체적으로 충분히 정돈되어 있다고 본다. 깊은 체험과 정신이라는 것이 새삼스럽게 느껴진다.

호리우치 하루유키(堀內晴幸)

호리우치 씨로부터도 최근에 입영했다는 통지가 있었다. 다음의 여러 작품은 모두 입영전의 작품인데, 각각 포착할 부분은 잘 포착되어 있다고 본다. 그러나 호리우치 씨의 작품에는 상당히 편차가 있다. 좋은 것은 매우 좋고 잘 안 된 것은 정말 언급하기에 부족한 것도 있다.

계곡의 냇물 여울도 깊어졌네 이 주변에는 갯버들의 꽃이 거칠게 일어나네.

잉어 드림[115]이 아침 햇살 위에서 유유자적하게 헤엄치는 모습은 건강하게 보인다.

나카지마 마사코(中島雅子)

매 일 분마다 사이렌이 울리고 등대에서는 안개가 깊이 긴 밤 특별히 경계한다.

이 작자는 지금까지 신단카를 많이 지었었는데, 이 작품을 보면 도리어 보통 단카를 짓는 편이 좋았던 것이 아닐까 생각한다. 시정은 극히 풍부하지만 도리어 이것을 압축하여 지은 이 작품 쪽이 훨씬 힘이 있고 좋다고 여겨진다.

---

115) 주로 단오 때 사내아이가 있는 집에서 아이의 건강을 기원하여 천이나 종이로 만든 잉어를 올림.

이케다 시즈카(池田靜)

토마토 열매 붉게 잘 익었구나 마당에 서서 지나(支那)사변기념일[116] 묵도를 올린다네.

극히 순수하다. 이 순수함에는 생기가 있고 건강하다. 우리는 무조건 어려운 노래를 지을 필요가 없으며 이러한 노래에서 도리어 새로운 일본의 노래가 가야 할 건강한 길이 있는 것은 아닌가 생각한다.

미나요시 미에코(皆吉美惠子)

얼어붙었던 너른 대지였지만 햇빛에 녹아 어른 풀들의 싹이 파랗게 되었구나.

흔한 소재 속에 봄이 되는 느낌이 저절로 드러나 있다. 앞의 노래와 마찬가지로 역시 건강하다.

고다마 다미코(兒玉民子)

엄마 여기서 한 달 만의 소식을 감사하게도 잘 받았단다 이제 장마는 다 걷혔다.

자식을 전장에 보낸 그 어머니의 노래이다. 그렇게 생각하면 보니 상당히 복잡한 감정이 이 노래에는 드러나 있는 것처럼 여겨진다. 그리고 표현상 불충분하다고 생각되기 쉬운 언어도 이 노래의 경우에는 도용되기 어려운 것으로 자리 잡고 있다. 역시 깊은 진정한 감정의 강력함을 이 노래의 경우에도 생각하지 않을 수 없다.

---

116) 일본이 말하는 지나사변(支那事変), 즉 중일전쟁의 개전기념일인 7월 7일.

사이토 도미에(齋藤富枝)

십만 명이나 되는 영령들 앞에 한 점의 후회 없는 삶 떠올리며 한결같이 산다네.

    이 작품에는 비슷한 유형의 노래가 없지는 않을 것이다. 그러나 이 작자에게는 그것을 문제 삼을 필요가 없을 것이다. 그리고 이 작품에 드러난 작자의 생활 태도를 보아야 한다. 나는 단카는 작자의 생활 형태의 표현이라고 생각하며 이 작품은 그 가장 올바른 방식을 드러내고 있는 것 중의 하나라고 본다.

무라카미 아키코(村上章子)

여름의 얕은 바닷가에서 게를 잡는 아이 있네 바다는 저 멀리로 물이 다 빠져 있다.

빌딩의 창은 모두 활짝 열리고 봄이 되었다 젊은 신입 사원들 목소리 다 들리네.

    모두 계절의 느낌을 포착하여 어느 정도까지 성공했다고 본다. 그러나 '손바닥 위에'117)와 같은 노래는 비유가 너무 과장되어 의외로 공허하다. 이 단카를 실은 것은 내 선택의 실수였다.

이와타니 미쓰코(岩谷光子)

    이 작자의 이번 달 작품은 모두 작품으로서는 상당한 역영에 도달했다. 표현에 무리가 없는 것이 무엇보다 좋은 점이다. 이러한 추세로 나아가기를 희망한다.

---

117) 창간호에 수록된 무라카미 아키코의 단카 중 '손바닥 위에 올려둔 얼음조각 금방 녹더니 호수에 고인 물처럼 되어 넘쳐흐르네'를 말함.

간바라 마사코(神原政子)

자꾸만 나이 들고 약해지시는 아버지에게 대답이라고 드린 말씀 너무 차가워.

   이 작품에 드러난 것은 작자의 생활의 반성이다. 그 점에 절절함을 느낀다. '사무 보느라'[118]라는 작품도 좋다.

다카하시 하쓰에(高橋初惠)

푸른 잎 사이 불어오는 바람에 아카시아의 꽃향기가 서글픈 생각 위로하려네.

   '서글픈 생각'이라는 것은 약간 분명하지 않기 때문에 마음에 걸리는 점도 있지만 이 작품은 이것으로 충분하다고 본다. 왜냐하면 이 노래는 일부러 그런 분명한 느낌을 노래한 것이 아니라 담담한 느낌을 노래한 것이므로 앞서 말한 점을 그렇게 엄밀히 감상할 필요는 없다고 생각하는데, 점차 이러한 점도 문제가 될 것이라는 것은 앞으로 주의해 둘 필요가 있다.

고이데 도시코(小出利子)

오래간만에 가슴 아픈 친구에 편지를 쓰네 밤 늦었으니 벌써 잠자리 들었겠지.

   특별히 꼬집어 말할 만한 것도 없지만 초심자로서는 이러한 노래로부터 시작하는 것은 좋을 것이다. 너무 감정에 빠지면 안 되지만.

---

118) 창간호에 수록된 간바라 마사코의 '사무 보느라 피로한 눈동자를 들어서 창밖 옥색 하늘 구름의 움직임을 보노라'를 말함.

도쿠다 사치(德田沙知)

발걸음 멈춰 계곡의 물에 손을 담가 보노니 물 아래의 얼음이 아직 녹지 않았네.

이 작자는 북선(北鮮)의 산지대에 기거하고 있다. 그 때문에 이러한 노래가 탄생한 것이지만 북선의 봄 상황을 잘 모르는 사람에게는 이해하기 어려우리라는 생각도 들지만 괜찮다고 본다.

후타세 다케시(二瀨武)

무장을 하고 우리들 지나가면 마을 아이들 올려다보는구나 군가를 부르면서.

이 작자의 노래는 모두 상당히 확실하다. 첫수, 둘째 수119)도 좋다. 이 노래는 조선의 시골마을을 작자가 무장하고 행군하던 때의 작품일 것이다. 그렇게 생각하고 보면 이 노래는 배후적인 것을 상당히 농후하게 내포하고 있다. 조선의 아이들이 군가를 부르며 이 작자들을 보낼 때의 정경, 거기에 대한 작자의 감정, 그러한 것을 이 노래는 언어의 배후에 가지고 있다. 새로운 조선의 실상은 이러한 곳에도 작용하고 있다는 것을 이 작자와 더불어 나는 기뻐하고 싶다.

와타나베 오사무(渡邊修)

조심성 많은 그대이기 때문에 슬프기만 한 결별의 정을 말로 하지 않고 웃는다.

일단 전체적으로 잘 노래된 듯하지만 조금 더 생기가 있으면 좋겠다고

---

119) 창간호에 실린 후타세 다케시의 '아주 위대한 개혁의 앞인데도 아직까지도 인간은 개인감정에 얽매여 있었구나', '세계정세가 나날이 긴박함을 고해갈 때에 우리들은 졸업을 바로 앞에 맞았다'를 말함.

본다. 또한 다른 작품에 관한 이야기이지만 가능한 한 자기 혼자의 감정에 빠지지 말고 객관적인 시선을 대상에게 쏟는 것도 앞으로는 필요하다고 생각한다.

다카하시 미에코(高橋美惠子)

이번 달 작품은 적었던 탓도 있지만 약간 뒤쳐진다는 느낌이다. 처음에는 역시 수적으로 많이 지으며 자연히 좋은 작품도 생기는 법이므로 많이 창작하도록 유념했으면 한다.

고에토 아키히로(越渡彰裕)

억수같은 비 무릅쓰고 다니며 육억 원이란 저축 목표로 하여 간이보험[120] 권하네.

이 작품의 좋은 점은 자기 생활과 유리되지 않는 점이다. 그 점에서 채택한 노래이다. 둘째 수도 마찬가지이지만 다른 것은 지나치게 어색하다. 진기한 것을 너무 찾으려 하는 것 같다.

미즈카미 료스케(水上良介)

남쪽을 향한 산의 표면 거칠고 많은 바위들 뿌리 쪽에 피어서 무더기 이룬 철쭉.

이 작자의 이번 달 작품에는 시노시타 리겐(木下利玄)[121]의 영향이 상당히 농후하게 나타나 있다. 전후의 두 수[122] 등에서 특히 현저하다. 초창기

---

120) 간이생명보험의 줄임말로 보험료가 싸고 우체국에서 간단히 가입할 수 있었음.
121) 시노시타 리겐(木下利玄, 1886~1925년). 가인(歌人). 오카야마현(岡山縣) 출신으로 도쿄대학 국문과졸업. 잡지 『마음의 꽃(心の花)』과 『시라카바(白樺)』 동인. 구어적 발상으로 독특한 가풍을 확립.
122) 창간호에 수록된 미즈카미 료스케의 '거센 바람이 불어오는 때마다 우산 손잡이 꽉 붙

작품은 특별히 지장이 없다고 생각하지만 여기에 뽑은 작품은 그 영향이 비교적 적은 것이다, 이 노래는 잘 보면 꽤 재미있는 것으로 남쪽을 향한 산의 표면이 거칠고 바위가 보인다는 것은 아무렇지도 않은 사생인 듯 의외로 조선의 풍토라는 것을 정직하게 드러내고 있다. 다시 말해 조선은 건조지대인 까닭에 남쪽 면의 햇살을 강하게 받는 측은 일반적으로 건조하기 때문에 산 표면이 거칠다. 이러한 점이 어쩌면 작자는 의식하지 않고 지었을 수도 있지만 드러나 있어서 재미있다고 생각하여 조금 기록해 보았다.

모리 노부오(森信夫)

산들산들 새하얗고 커다란 여름철 꽃의 그 시원한 모습과 닮게 나이 드셨네

이렇게 한 수만 뽑은 것은 약간 이해하기 어려운 듯이 보이지만 특이한 어머니에 대한 애정이 어딘가에 나오는 것처럼 보인다. 이러한 노래는 실로 어렵지만 이 작품의 경우는 어느 정도까지 그것이 성공한 것이라 본다.

아사쿠라 구니오(朝倉國雄)

작업장 창밖 넘은 하늘 아름다워서 오늘도 아무 말 않고 일하고 있다.

이것은 자유율 단카이다. 이 작품과 첫 번째 수123)에는 역시 자유율이 아니면 노래할 수 없는 좋은 점을 지니고 있다. 이 작자에게 부탁하고 싶

드는 손에는 힘이 더욱 들어가', '새롭게 깔린 다타미의 냄새가 기분 좋구나 방이 밝아지니까 마음도 맑아진다'.
123) 창간호에 수록된 아사쿠라 구니오의 '부옇게 탁한 용해물 그릇의 표정 — 무언가 격한 마음 눌러 숨기고 있구나'를 말함.

은 것은 이러한 소재와 더불어 더욱 더 조선의 독자적인 소재를 지금까지의 단카와는 다른 각도에서 많이 창작해 주었으면 하는 점이다.

아카사카 미요시(赤坂美好)

끝도 안 나며 하얗게 굽이치는 버스의 길이 해가 저물 때까지 계속되는 여행이다.

강원도 영월탄광으로 간다는 설명이 붙은 노래이다. 조선의 시골을 가는 작자의 모습과 그 감정이 잘 드러나 있다고 생각한다.

사사키 하쓰에(佐々木初惠)

삼가는 마음 기도를 바치면서 뒤돌아보니 저녁 해 커다랗게 저물어 가고 있네.

지나치게 완성된 노래로도 여겨지고 한편 미완성의 단카인 것처럼도 여겨지는 작품인데, 몇 번이나 읽어보면 꽤나 느낌이 생긴다. 이번 달 작품 중에는 이 노래가 가장 읽은 보람이 있다.

노노무라 미쓰코(野々村美津子)

투명히 맑은 오월의 저 하늘을 가로지르듯 봉축비행을 하는 해군기 비상한다.

청징한 하늘과 해군기, 이것을 보고 있는 젊은 작자의 모습을 읽는 자에게 자연스럽게 느끼게 한다. 저절로 생기는 건강함을 지닌 작품이다. 작은 감정에 얽매이지 않는 점이 이 단카의 좋은 점이다.

데즈카 미쓰코(手塚美津子)

산에 피어 있는 진달래 꽃을 꺾어 봄 일찌감치 팔려고 나왔구나 산속의 조선아이.

　조금 긴장감이 부족하다고 하는 사람도 있을지 모르지만 담담하게 노래되니 이 작품은 묘하게 잘난 체하는 단카들과 비교해서 아주 좋다. 작자의 생활과 더불어 단련되어 가는 소질을 이 단카는 지니고 있기 때문이다.

나카지마 메구미(中島めぐみ)

늘그막하신 할머니를 뵈려는 날 기다리니 마음이 어수선해 오늘 하루 지쳤네.

　작자의 심경이 상당히 잘 드러나 있다. 이 작품 한 수만에 한해서 말하자면 대체로 완성되어 있는 듯한데, 다른 작품은 미완성의 것이 많았다. 이 작자에게도 바라는 바는 너무 단카다운 단카를 지으려 하기보다도 스스로의 감정을 가능하면 솔직하고 알기 쉽게 표현하도록 유념했으면 하는 점이다.

시마키 후지코(島木フヂ子)

기세 좋게도 당나귀 마차 달리면 포장도로에 서서 신기한 듯이 사람이 보고 있다.

　이 작자에게도 단카다운 단카를 창작하는 것보다 처음에는 가능하면 있는 그대로의 노래를 짓기를 바란다. 이것은 장래에 대성하는 단카다운 단카가 탄생하는 기초가 되는 것이다. 그러한 의미에서 여기에서도 특히 그러한 작품을 선발해 두었다.

야마기 도미(山木登美)

나라 지키는 남자에게서 소식 온 날의 기쁨아 아이들 법석에도 오늘은 야단 안 처.

총후(銃後)에 있으면서 아이들을 교육하는 작자의 마음가짐이 상당히 잘 드러나 있다. 이 작품도 또한 생활을 배경으로 한 총후의 작품으로서 무언가 사람 마음을 치는 것이 느껴진다.

아직 뒤에 상당히 남아 있지만 너무 길어지므로 이번 달은 이 정도로 하고 다른 분들은 다음 기회에 의견을 말하기로 한다.

이 독후감은 비평이라기보다 감상(鑑賞)을 주로 한 나의 감상(感想)이다. 작품을 뽑을 경우에는 가능하면 장래성이 있는 작품을 뽑으려고 노력했다. 조금은 예외도 있지만. 또한 이 글은 가능하면 좋은 점을 찾아낸다는 마음으로 썼으므로 초심자 분들은 자기 작품의 장점과 그렇지 않은 점을 반성하였으면 한다.

⊕ 요시모토 히사오(吉本久男)

아버지께서 나 어릴 적에는 타이 인도차이나 나라이름들조차 입에 담지 않으셨네.

자고 일어나 독일군 진격한다 눈이 떠지는 뉴스를 들었으니 하루가 즐겁구나.

전체 하얗게 아침 이슬이 내린 거미줄 쪽에 가까이 가서 봤네 깨끗한 모습이다.

오래간만에 읍내를 걷노라니 집집마다 창씨를 한 표찰이 새롭게 보이누나.

옆집 라디오 소련지원 문제를 말하는 듯해 나도 일어서서 스위치를 켜본다.

한 달 남짓한 출장을 갔다 오니 아내에게도 거친 말들 한동안 듣지 않게 되었네.

아내와 자식 모두 내보내고서 국민시가의 창간호 들고 햇볕 드는 곳에 앉았다.

⊕ 호리우치 하루유키(堀內晴幸)

대군 지키는 방패가 되려는 날 이제 가까워 육년간 다닌 직장 이제 떠나려 한다.

날마다 보던 관공서의 문 앞에 오늘의 나를 축하하며 세워둔 깃발을 보았노라.

나의 이름이 크게 기재돼 있는 깃발의 앞에 내가 처한 현실의 존엄함을 보았다.

딱따기 나무 두드리는 것 같이 심산유곡에 비가 그친 사이를 휘파람새가 우네.

아침의 햇빛 산꼭대기에 나와 비치며 선명히 밝아지는 심산 골짜기 바람.

깊은 산속의 온천 숙소에 와서 욕조에 몸을 담그고 매일 같은 생각이 중첩된다.

⊕ 시모와키 미쓰오(下脇光夫)

몇 해라 하든 계속되려면 되라 성전 중인 이 상황의 어려움은 감상을 넘는구나.

묵묵하게 정비를 마치고서 펜을 버리고 친구 기세 좋게도 소집되어 간다네.

전차부대가 지나가는 가두에는 바람 강해서 가로수의 어린잎 빛나면서 있구나.

화분에 심긴 파초의 잎이 푸른 사무실에서 젊은 여자애들이 경쟁하며 일하네.

소녀들이 경쟁하며 일하는 방에 들어가 예전에 알지 못한 광채를 느낀다네.

백화점의 옥상 위 온실에서 피려고 하는 꽃의 봉오리 수를 세어 보았노라.

⊕ 다카미 다케오(高見烈夫)

대차원호(大車援護)

수십 대 되는 큰 수레의 바퀴가 얼음을 씹는 소리에 잠을 깨버릴 한밤중의 짐승들.

수십 대 되는 큰 수레들 이끌고 지금 오르는 심산의 길 험하고 달도 보이지 않네.

짐 위에 점점 피로에 지쳐가며 꾸벅꾸벅할 여유도 없이 몸은 식어만 가는구나.

랜턴의 불빛 가까이 가져가는 병사 임무에 익숙해진 우리는 장갑을 마련한다.

⊕ 노즈에 하지메(野末一)

참호에 토담 그늘에 사람들이 웅크려 모여 긴급경고 알리는 쩌렁쩌렁 울린 종.

바람에 깃발 높디높은 곳에서 일선 그리며 장비 갖춰진 가스 방향으로 달려가.

바람에 깃발 펄럭이며 병사로 가지 못하는 신세 이러하구나 이런 사념 힘들다.

실전 하에서 공중폭격에 나를 위치지우며 내 삶의 방향을 엄격히 돌아본다.

예전에 그가 애송하던 만년청[124] 푸른 잎 선명하게 마당 볕드는 곳에 있다.(다미키

규지(民木丘兒)[125] 죽은 날)

⊕ 고에토 아키히로(越渡彰裕)

암거래가 아직껏 단절되지 않았고 일본 국민으로서의 수치심 모르는구나.

---

124) 백합과의 여러해살이 풀. 높이는 50cm 미만이며 늦봄에서 초여름 사이 연노랑이나 흰
색 꽃이 핌.
125) 다미키 규지(民木丘兒, 생몰년 미상). 경성에서 활동한 시인으로 보임. 1933년 첫 번째
시집 『소용돌이(渦)』가 경성의 에오리트사(エオリト社)에서 발간됨.

멸사봉공의 마음에 맹세하고 미약하기만 한 병 따위 말하지 않고 그저 일한다.

국민의 기대 짊어지고 프랑스령 인도차이나 특파대사로 그대 가고시마(鹿兒島) 출발해.

(요시자와(芳澤)[126]대사)

⊕ 후지모토 아야코(藤本あや子)

시원스럽게 푸른 잎을 흔들며 부는 바람이 들어오는 창가에 꽃을 꽂아두었다.

통원을 하는 길가에 오늘 아침 낙엽이 지고 가을이 되어 가는 비의 싸늘함이여.

창문에 비친 어린잎의 색깔이 싱그럽구나 한동안 바라보다가 바늘을 운반한다.

담담하게도 저 멀리 흐릿하게 보이는 산맥 떠오르는 구름의 빛이 눈부시구나.(삼방(三防)고원[127]에서)

그늘을 만든 손에 희게 빛나는 초여름 햇살 그 빛이 널리 퍼져 고원을 가는구나.

⊕ 나카지마 마사코(中島雅子)

당신의 기쁨 나에게도 나눠주길 바란다고 생각했던 까닭에 그 말 더욱 슬프다.

마당 구석에 햇빛을 받고서 자라났는가 제비꽃이 자그만 꽃을 달고 있구나.

연약하게 핀 제비꽃의 보라색 발견하고서 내 마음도 더불어 피어나는 듯하다.

봄이 됐구나 오늘의 햇빛이 화창하게도 초대하는 것 같아 들판으로 나갔네.

봄 아지랑이 뿌연 하늘 끝에서 전달돼 오는 약동의 파도 같은 움직임은 강하다.

---

126) 요시자와 겐키치(芳澤謙吉, 1874~1965년). 니가타현 출신의 외교관, 정치가. 1940년 네덜란드령 동인도 경제교섭 특명전권으로 임명되고 1941년에는 프랑스령 인도차이나 전권대사로 임명됨.

127) 현재의 함경남도와 북한쪽 강원도의 도계인 추가령(楸哥嶺) 북쪽 사면에 위치하며, 서쪽에 마상산(麻桑山), 동쪽에 연대봉(淵臺峰)이 솟아 있고 협곡을 이루는데 그 가운데 삼방유협(三防幽峽)이 특히 유명. 삼방이라는 지명은 조선 전기 관북지방의 오랑캐를 방비한 세 개의 관문이 있었던 데서 유래하며 약수, 스키장 및 세포고원(洗浦高原), 석왕사(釋王寺), 원산 송도원(松濤園) 등지와 연결되는 관광휴양지를 이루는 경승지.

⊕ 이와타니 미쓰코(岩谷光子)

낮의 한창 때 사방 모두 조용해 담장의 옆에 포플러 나무는 검푸른 그늘 떨군다.

집에 있어서 마음이 편해선가 이 밤 무렵에 그저 졸리기만 해 눈 뜨기조차 못 해.

코스모스와 닮은 상냥한 느낌 이름 모르고 옅은 붉은 색의 꽃병에 꽂아두었네.

피곤에 지친 몸을 누인 상태로 밤마다 듣는 귀뚜라미 소리에 가을은 즐겁구나.

가을 색 드는 논의 표면에 가을바람은 불고 길가에는 하이얀 들꽃이 한창 피어.

이렇다고 할 이야기도 없이 그저 걸어와서 헤어져 버렸구나 가을 거리 슬프게.

⊕ 야마모토 도미(山本登美)

출정을 가는 남동생 둘러싸고 비친 부모님 얼굴은 맑으면서 조용할 뿐이었다.

그 옛날 시절 격한 지성 없던 듯 미소 지으며 아이 옆에 누워서 젖먹이는 걸 보면.

친구 아이를 두 손으로 안고서 남들 하듯이 얼러보기는 했지만 왠지 걸맞지 않아.

아이를 안고 친구가 왔던 날은 낮 동안 내내 아이를 갖지 못한 내 가슴 흔드누나.

출정 보내고 후회는 없노라며 하루하루를 삼가는 마음으로 남편의 시중드네.

⊕ 기요에 미즈히로(淸江癸浩)

키가 쑥쑥 마치 앞이라도 다투듯 자라나는 옥수수는 생생히 건강한 모습이다.

손바닥 위에 푸른색의 빛을 내뿜으면서 작은 반딧불이는 날아가려고도 않네.

폭풍은 점점 더 격해져만 가고 한 줄기의 빛 하얗게 어둠속을 뚫고 달려간다.

위대한 큰 손 안에 안겨서 잠든 것 같은 마음 안락한 밤은 고향에나 있구나.

교회의 벽에 자란 담쟁이덩굴 잎의 색깔은 상쾌하고 선명히 여름 깊어져간다.

자칫 잘못하면 넘쳐날 것 같은 감격의 눈물 억누르면서 깃발 열심히 흔들었다.

지난날에 강행군하던 피로 황군으로서 겪은 신고의 경험 다시 되살아날까.

⊕ 사이토 도미에(齋藤富枝)

안개 피어난 관사의 마당에는 아침바람에 수련의 꽃이 활짝 피어서 떠 있구나.

가을 싸리가 어지럽게 피어서 있는 산 속에 내가 가는 길가에 벌레 소리 들리네.

사람 세상의 생명을 생각하는 오늘 밤이네 달은 진공(眞空)[128] 속에서 맑은 모습이구나.

⊕ 이케다 시즈카(池田靜)

올려다보는 커다란 석불상의 온화한 얼굴 가을볕은 비치고 산은 조용하구나.

봉우리 넘어 찾아간 깊은 산속 승가사(僧伽寺)[129]에 신라문화의 자취 애호하는 수밖에.

깊은 산속의 절 창고의 안쪽에 동굴이 있고 그 어두운 저편에 맑은 물을 떠본다.(문수암(文珠庵)[130]에서)

모래 먼지를 일으키며 보병들 줄지어간다 땀이 샘솟는 등이 늠름하기도 하다.

⊕ 미나요시 미에코(皆吉美惠子)

아침에 일찍 공장들의 거리를 지나서 가는 젊은 공원이 가진 생명력 건강하다.

철부지였던 우리도 어느 샌가 나이가 들어 의견을 어머니께 강요하려고 한다.

파란 하늘과 새하얀 구름 있어 들판에 서서 나는 큰소리 내어 외쳐보고 싶구나.

⊕ 우하라 히쓰진(宇原畢任)

공터에서는 곡괭이질을 하는 소리 활발하게 방공호를 파는 공사가 진행된다.

푸른 하늘에 옅게 걸려 있는 남아 있는 달 그 색은 희뿌옇고 빛을 갖지 못했네.

---

128) 실질이 없는, 즉 일체의 실상은 공이라는 것을 말하는 불교 용어.
129) 북한산 비봉 동쪽의 사찰로 756년 창건. 1941년에 도공(道空)이 중수했다고 하나 한국전쟁으로 소실되었다고 함. 비봉에 진흥왕순수비가 있던 사찰로 유명.
130) 북한산에 있는 암자.

하늘 저 높이 우뚝 솟아 있는 여러 산들이 저녁햇빛을 받아 선명하게도 보여.

⊕ 김인애(金仁愛)

밝고 화창한 봄의 햇살을 받고 아가씨들은 물 흐르는 냇가에 봄나물을 뜯누나.

나무 우듬지 통해서 보이는 저녁노을의 진홍빛 하늘에는 구름이 하나 있다.

인적이 없는 책상 위에 꽃꽂이 해 놓은 꽃은 흐릿하게 향기를 감돌게 하고 있네.

⊕ 이타가키 사쓰키(板垣五月)

흐린 곳 없는 아침 거울 앞에서 화장해 본다 창가에는 청신한 초여름의 바람.

강가 둑에는 포플러 나무에 조각조각의 구름이 불어 날리니 장마 개인 듯하다.

나의 두 아이 그저 편안하게도 잠들어 있네 오늘 하루는 걱정할 것도 없다.

모내기 자리 볏모의 파란색은 어려 보이고 산골 밭의 보리는 익기 시작하였다.

가게 앞에는 백도와 자두가 늘어서 있다 여름이 약간 깊어진 요즘 무렵의 마을.

⊕ 후지 가오루(ふじかをる)

가을의 비가 고요하게 내리며 불그스름한 양하(蘘荷)[131]의 꽃은 조용히 피는구나.

흐리게 붉은 양하를 썰다보니 부엌 근처에 가을의 향기가 두드러지게 난다.

아주 좁다란 마당의 흙에라도 나물 심으며 조국을 위해서 우리들 일한다네.

유리문으로 흐리게 햇빛이 비쳐든 때에 쌀밥이 보글보글 끓기 시작했구나.

쌀밥이 익는 풍요로운 소리를 들으면서 흐릿하게 밝아오는 아침해를 맞는다.

두 다리와 한쪽 팔을 바치고 지금도 자수 배우는 사람이 있네 마음 차분해진다.

---

131) 생강과의 여러해살이풀로 8~10월에 꽃이 피며 어린잎과 땅속줄기, 꽃이삭은 향미료로 식용.

날개를 펴고 주위에 모여드는 닭의 혼탁함 없는 눈동자들이 두려워지는 날 있다.

⊕ 오타 마사조(太田雅三)

병을 얻어서 나오게 된 관청의 마당가 하얀 다알리아 꽃은 이미 시들어 버렸다.

작년보다도 피해가 적었다는 홍수의 뒤에 진흙 뒤집어쓰며 호박꽃[132] 피어 있네.

제도를 하던 일에 취직하고서 여섯 달 남짓 쓰던 먹의 냄새에 친근함을 느낀다.

⊕ 와타나베 오사무(渡邊修)

하늘에 솟은 와룡 모습의 산 바위 표면에 석양의 담담한 빛이 비치는구나.

새빨갛게 칸나꽃이 불타는 간이역에는 눈동자 아름다운 사람과 마주하고 앉아.

잎맨드라미 빨갛게 빛나는 마당에 서서 전투하는 친구의 부고를 받아드네.

⊕ 미즈카미 료스케(水上良介)

오늘 하루는 하늘을 뒤덮었던 비구름들이 개어가려 하면서 저녁 해가 진다네.

억수같은 비 퍼부어 내리더니 계곡의 물이 눈 깜박할 사이에 소용돌이쳐 흘러.

저기 먼 산을 회색빛의 하늘에 데려가면서 마구 때리는 듯이 여름비 오누나.

옅은 갈색의 천정이 튼튼하고 넓게 머리의 위에 있으면서 누르는 듯하구나.

⊕ 오노 고지(小野紅兒)

높은 들판의 가을 풀 어지럽게 피는 속에서 경기관총을 놓고 훈련하는 생도들.

내년에는 꼭 지원을 하겠다고 말하는 생도 가지고 온 밥을 혼자서 먹고 있다.

---

132) 원문에는 '南爪'라고 되어 있으나 호박을 의미하는 '南瓜'의 오식으로 보임.

고원에서의 밤은 달이 하얗다 텐트를 치고 총기를 손에 들고 있는 젊은 생도들.

⊕ 다카하시 노보루(高橋登)

놋쇠그릇을 헌납하겠다면서 가지고 온 노파를 생각하며 우리는 눈물짓네.

반도의 젊은 세대여 너희가 짊어진 크나큰 책무를 다해야 할 때가 드디어 왔다.

황혼이 지는 거리에 서성이며 콩채권(豆債券)[133] 파는 아가씨들의 기백 높기도 하구나.

⊕ 후지모토 고지(藤本虹兒)

병들어 있으니 마음도 적적하고 입으로 먹는 죽의 맛조차도 약간 쓰게 느껴져.

귀뚜라미의 소리 약하디 약하게 끊어져 가고 차갑게 가을밤은 깊어만 가는구나.

가을 산 높은 곳에 올라가 서서 나의 생각이 미친 것은 저 멀리 고향에 대한 것들.

⊕

달빛에 비친 나무들의 그림자 아름답구나 밟기도 아까워서 삼가면서 가노라.

새끼 고양이 덧문을 열어놓아 듣고 있는다 한밤에 울고 있는 가을벌레의 소리.

아이의 건강한 성장을 기원하는 마음으로 큰 잉어드림 아침 해 뜰 때 걸어 올렸다.

⊕ 노노무라 미쓰코(野々村美津子)

출정 가는 날 점점 다가온다네 나라 지키는 사내를 이 나라의 방패로 전송한다.

관음보살이 앉아계신 앞에서 오로지 하나 큰 제등(提燈)[134]만큼은 흔들리지도 않네.

벌떡 일어서 사내아이들 하루 마당 구석에 방공호 만든다고 흙을 열심히 파내.

---

133) 소액의 채권을 의미하는 것으로, 당시 이 콩채권의 정체는 1엔의 보국채권.
134) 등불을 들고 부처에게 축원하는 일을 말함.

⊕ 다카하시 하쓰에(高橋初惠)

잇따라 계속 모습이 변해가는 구름이구나 병상에 누운 채로 내가 위로 받는다.

창가에 보인 잠자리의 날개가 투명해 보여 병 때문에 누워 있는 내 눈동자에는.

⊕ 요네야마 시즈에(米山靜枝)

은색의 날개 활짝 펼치고 높이 솟아올라서 저 멀리 칠대양에 일장기 나부껴라.

비에는 젖고 방화에 신경 쓰는 애국반 역할 이야말로 우리가 총후(銃後)를 지키는 일.

⊕ 간바라 마사코(神原政子)

천황폐하의 부름을 받았다고 알리는 도련님 목소리 수화기에 크게 전해져 온다.

천황폐하의 부름 받은 도련님에 보내고자 해 꿰매는 바느질이 소홀할 수는 없네.

오늘부터는 황국의 병사가 되어 가시는구나 늠름한 모습의 도련님.

⊕ 히노 마키(火野まき)

재능도 없는 나인 줄은 알지만 기운을 내서 밤늦게까지 쓰는 것은 사이교(西行)[135] 단카.

일기예보를 보니 북지나 맑음 이라는 알림 듣게 되어 편안한 마음에 저녁 맞네.

구해 가지고 온 여행 안내서를 펼쳐 놓으니 서로 만날 날만이 초조히 기다려져.

⊕ 고다마 다미코(兒玉民子)

언덕을 하나 넘어 저쪽 마을의 걸린 일장기 펄럭펄럭 보인다 가을 날씨 맑구나.

---

135) 사이교(西行, 1118~1190년). 무사 출신으로 출가한 승려이자 와카(和歌)로 이름난 가인
(歌人).

◉ 모리 노부오(森信夫)

홀쩍 떨어진 나의 식욕에 어쩔 도리가 없어 그저 내 어머니를 고민하게 만드네.

온갖 종류의 영양요리를 어떨 때는 맛있게 먹어서 어머니를 웃게 만드는구나.

어떻든 간에 마르고 야위어도 건강하게는 생활하고 있다고 스스로 위로한다.

◉ 이와타 샤쿠슈(岩田錫周)

저녁 어둠이 조용히 다가올 때 특히 한결같이 나는 전쟁터를 떠올리게 된다.

◉ 구로키 고가라오(黑木小柄男)

신성한 역사 위에 일억 인구가 일어선다 가로막을 수 있는 그 무엇도 없노라.

방해하는 것 강철처럼 튕겨내 버려야 한다 온 나라가 모조리 하나로 뭉쳤도다.

세상의 온갖 사상들 다 자르고 일억 인구의 머나먼 신화시대 지금 다시 돌아본다.

일억 백성들 내거는 맹세가 새로워졌다 이 나라 사람들의 창씨를 축복한다.

창씨를 하는 백성들의 수가 이천사백만 대등하게 우러를 천황의 위덕이네.

◉ 아라키 준(新樹純)

한국의 땅에 저녁햇살 빛나는 분묘에 서서 산화하신 남편의 시를 그리워하네.

오래된 자기 보는 것처럼 가을 하늘 물들인 맨드라미 잎은 붉은 색으로 빛나.

산화하신 남편이 살아있던 날이 떠오른 그 날 손수 심었던 맨드라미 불타듯.

◉ 나카무라 기요조(中村喜代三)

나기 시작한 가을 들판의 나물 가득 담아 둔 밥상에 마주앉아 저녁 식사 즐겁네.

유럽의 동란 드디어 동쪽으로 되돌아와서 내 일상생활에도 예리하게 영향 준다.

⊕ 고이데 도시코(小出利子)

검소 소박한 저녁식사 마치고 아주 짤막한 시간 동안 조시네 나이 드신 부모님.
이게 무얼까 즐거운 무언가가 가슴에 꽉 차 나도 모르게 그만 미소 짓고 있구나.

⊕ 지스즈(千鈴)

북선(北鮮) 쪽으로 향한다고 전하는 태풍이 큰 나무를 흔드는 여름의 한밤중.
물속에서 자그만 물고기가 헤엄을 칠 때 해초 속에서 희게 비늘이 빛나더라.

⊕ 후쿠하라 조쇼(普久原朝松)

가을이 깊어 들에는 나무들이 조용해졌다 산비둘기가 와서 가끔 울기는 해도.

⊕ 기쿠치 하루노(菊池春野)

가난한 생활 몸에 익숙해져도 엄마와 자식 살아가야 할 길의 괴로움 생각한다.
어쩌다 맞은 휴일을 집안에서 지내고 있으니 마음이 편한지 아이는 나가 논다.

⊕ 사이간지 후미코(西願寺文子)

추억이 많이 담긴 줄기로구나 찔레나무가 무성히 자란 근처 종종걸음을 친다.
돌아가신 분 애호하던 꽃이여 해바라기는 올 여름에도 다시 높이 피어 있구나.

⊕ 안도 기요코(安藤淸子)

어젯밤 내린 비에 이슬 머금은 여름 국화가 미약하게 흔들려 아침이 깨끗하네.

⊕ 도미타 도라오(富田寅雄)

흐려져 가는 구름 사이로 흐린 햇살 남은 듯 보이면서 오늘도 비가 계속 내린다.
노송나무 잎 나무에 얽혀 키가 큰 나팔꽃의 새하얀 꽃 시원한 느낌에 올려본다.

⊕ 시라코 다케오(白子武夫)

강변의 모래 언덕은 저녁놀에 불타고 하얀 구름 겹겹이 솟아 있는 낮의 조용함.

구름(雲)

다니구치 가즈토(谷口二人)

감벽색 하늘에 솜을 펴놓은 듯한 구름
태연자약하게 청렬한 수면에 모습을 비추며 갔다

흩어졌다가 모이고 모였다가 흩어지는
그것이 너의 아름다움이다
너는 자유롭고 활달하다
너를 보면 노스탤지어를 느낀다

구름 위 관청에서 친구들이 동포들이 성스러운 전쟁에
총 들고 굳건히 살아가고 있다

등대(燈臺)

사네카타 세이이치(實方誠一)

무언가에 휘말려
벗어날 방법 허무한 때
마음속으로 부르는 것은
어머니의 성함이었습니다

천황이여 왕자여
올바로 계시라며
가슴 속에서 되살아나는
또—기쁨이 있는 때도
잊어서는 안 되는
하나의 빛

거친 바다의 저 앞쪽 앞쪽을
이끄는 자의 미소 상냥하고
그것은
어머니가 밝힌 불일까요?

전장의 들판에(戰野に)

고다마 다쿠로(兒玉卓郎)

진실로 존귀한 감사의 "세(勢)"
며칠간인가 내가 차의 축이 되고
나도 돌며 또한 다른 것을 움직이고 있다
한 나라의 한 집안의 한 반의 한 단체의
어떤 불만도 있을 리도 없다
그저 하나의 실천에서조차 이러한 순서로 만족을 생기게 해준다
존귀한 "세"를 붙여 준다
비처럼 내리는 총탄 사이에 서서 자신을 잃지 않으려는 것을
신에게 염원하고 순정(純正)한 마음을 기르고자
결핍된 마음을 불러일으켜 귀일하고자 바라면서
가끔씩 반성의 채찍을 휘두른다
죽음이냐 삶이냐의 싸움의 궁지에 간신히 남아 자신을 지탱해 주는 것
그것은 명예와 책임감뿐
다른 것은 거품처럼 사라져간다
악착같이 쌓아올린 돌담이 일순간에
무너져 그저 혼만 남을 뿐 명예로운 야마토(大和) 무사가 아닌가
폐하의 팔다리 역할을 담당하는 직무를 무어라 여기는가
몸을 채찍질하여 이 다급한 부르짖음에 칼을 들이대고
광분한 적이 몇 번이던가

생각하면 괴로운 과거 현재 미래를 관통하는 수련의

도정이 있는 것이다

평정으로 돌아가 차분히 생각한다

강검을 통과하고 확고한 인간 다쿠로(卓郎)를

쌓아올리기 위해 낮밤으로 사생훈(死生訓)을 받들며

풍속을 채찍질하고 있다

지금 사면에 적을 맞아 서 있는 때 어떻게

이 거대한 벽에 느릿느릿한 유충의 발걸음을 가지고

떨어졌다 오르고 올랐다 떨어지며 전전하기를 몇 십 번인가

하지만 나는 휘지 않을 것이다

그저 올바른 일념을 키우고자 할 뿐

○○에 장강(長江)의 물줄기가 가늘어지고 모래바람이 횡횡

멀리 산골짜기에 들어갔던 기러기 행렬도 평화를 그리워하는 백성의

혼처럼

이 저녁 풍경은 부엌에서 나는 연기 멀리 있는 흰색 벽 집도

흐릿하고 한동안 고요해진다

추구(追求)

히로무라 에이이치(ひろむら英一)

비속한 사회와 구더기같이 모여 있는 인간들이 지르는 소리를 피해
너의 혼은 흐린 조명 속에 타오르는 아름다운 인생의 모습을 발견한 것
이다
그리고 너는 흐린 어둠 속을 독수리처럼 눈을 빛내며 방황해간다──

너는 고뇌에 몸부림치고 때로 악몽에 시달리면서 추악한 것과 격한 싸
움에 도전해 가며
그것이 과연 인간 세상의 불행으로 가는 길일지라도
혼의 굶주림과 목마름을 구하기 위해
비틀거리며 오로지 오로지 더듬어가는 것이다

출발(出發)

다나카 미오코(田中美緒子)

이제 2주일 지나면
나는 화사한 신부가 되는 것이다
부드러운 들길을 계속 걸어 성문에 도착하는 것이다
나는 큰 하나의 마음에 싸여서
낯선 땅으로 여행에 오르는 것이다
앞길에 대한 빛나는 희망과 포부를 안고
나는 여행을 나서는 것이다
수많은 슬픔이 기다리고 있을 것이다
수많은 괴로움이 기다리고 있을 것이다
나는 강해져야 한다
무엇보다 행복해지기 위해서는

조용한 밤(靜かな夜)

요네야마 시즈에(米山靜枝)

일기 쓴 손을 잠시 쉬고
나는 하늘을 바라보았다
깨끗한 하늘에는 별이 깜박이고 있었다

가을의 밤바람은 몸에 스미고
생각은 애절하게 옛날로 돌아간다
아가씨적의 수많은 추억이여

나는 홀로 보낸 날을 생각하며
저 넓은 하늘에 빛나는 황금의 별 아래에서
머나먼 아름다움을 생각하고 있었다

병사 놀이(兵隊ゴッコ)

이케하라 에이다이(池原榮大)

진군나팔 용맹하게
병사 놀이가 시작되었다
지금 개선(凱旋) 도상의 한 부대가
병상의 내 베개 맡으로 지나갔다

일곱 살이 되는 여자아이가 말한다
—아빠
지금 군기가 지나가요
누워 있으면 안 돼요—라고

아이들 병사는
장난감 병사이기는 하지만
이 아이들은 모두 진지하다
지원병으로 간 남동생을 떠올리면서
나는 마음이 경건해져서 일어나 앉았다

친구의 편지(友の手紙)

이케다 하지메(池田甫)

그 친구는 정이 남보다 더 많아서
그 체취가 퍼런 파 같고
눈에 새겨져 잊을 수 없는 사내다
깎아 올린 새치 난 큰 머리 흔들흔들

만주의 탄광으로 떠난 것은
아직 봄이 된지 얼마 안 된 무렵이었다
벌써 반년이 지나 입추가 되었는데
한 줄 소식도 없다

탄광에도 겨울이 찾아와 눈이나 얼음에 갇히기 시작하니
곧
오랜만의 소식도 오겠지
"만주는 춥네 추워"라고

동란(動亂)

나카무라 기요조(中村喜代三)

어디로 가는지도 알 수 없이 소용돌이치는 급류처럼 들끓어
세계는 혼돈스럽고 동란의 흐름을 알 수 없다
멀리 이집트 로마의 역사에서도 본 적 없는 분노가 흘러넘치고
바야흐로 인류사회는 일대 투쟁도를 전개하고 있다

일기장에서(日記帳から)

히라노 로단(平野ろだん)

　오늘은 이백십 일이다 돌연히 해상에 구름이 솟구치고 바람이 회오리
치며 파도가 일어

　갑자기 하늘을 어둠으로 만들고 파도의 군사를 밀어 올려 육지를 삼키
려 한다 세찬 바람

　점점 중첩되어 성난 파도 더욱 사나워지려 한다 내 귀를 먹게 하고 내
갈비뼈를 부러뜨리고 내 심지와 담력을 흔들며 지나치는 방향으로—

한여름날(眞夏の日)

무라카미 아키코(村上章子)

새빨간 파라솔이
호텔 앞을 지나
여름 햇빛은
빌딩 창문에서 흐르는
책상에 기대어
멍하니 있으니
몸에서 혼이 빠져나갈 것 같다

전장의 친구에게(戰地の友へ)

에하라 시게오(江原茂雄)

황야에 연기 나는 굉음의 포화
싸라기눈처럼 눈사태처럼—
격전에 잇따르는 격전에도
투사의 혼은 빛나는 수염 난 얼굴에서
끝까지 싸운 너—

너의 아버지는
자랑스럽게 이야기해 주었다

자는 너의 속을 알 수 없는
철석과 같은 호걸 같은 용기를 생각하고
네가 있는 대륙의 전야를
상상하고 있다

별의 천궁(星の穹)

히라누마 분포(平沼文甫)

빛나는 별을 머리 위로 하고
두 사람은 어깨를 나란히 걷고 있었다

오늘 밤 별의 아름다움은
또한 각별하다
숲에서는 두견이136) 울고 있었는데
두 사람은 아무 말 없이 걷는 수밖에 없었다

136) 杜鵑라고 외어 있으나 杜鵑의 오식으로 보임.

카페(かふえ)

가지타 겐게쓰(加地多弦月)

카페 한 귀퉁이 장난감 기차 같은 박스에
연지 바르고 백분 바르고 미태와 애교 섞인 웃음을 짓는 여자 남자들은
안이한 자위와 향락에 스스로를 잊고
시끄러움과 연기와 사람들의 훈기 안에
창백한 도시인의 신경과 재즈는 교차한다

이 데카당스트들 새디즘들
내 마음은 겨울처럼 소름끼쳐
얼어붙은 포장도로의 차가움에 가라앉는다

여름 밤(夏の夜)

스이타 후미오(吹田文夫)

스무 살 아가씨처럼 명랑하게 개인 가을인데
밤의 기운이 주위에 꽉 차면
노랗게 가라앉은 방의 불빛에 이끌려 한 마리의 작은 모기가
머리에 바늘을 찌르는 듯한
희미하게 예리한 비명을 지르고 방 안에 날아들었다
나는 밤새 잠들 수 없었다

각성(覺醒)

다사카 가즈오(田坂數夫)

이른 새벽과 더불어 우리는 있다
닭울음소리와 함께 각성은 있다
이른 새벽을 호흡하는 것도 닭울음을 듣는 것도 우리다
사랑하는 국토 위에 빛나는 역사를 유지하기 위해
시인은 깊은 애국심에 호소하며 싸워야 한다

바다(海)

이와타 샤쿠슈(岩田錫周)

바닷가에 방랑하는 몸을
기대게 하니 가슴이 터지려 한다

밀려드는 파도의 사이
어디에서 연주되는 영겁의 성가(聖歌)인가

편집후기

미치히사 료(道久良)

창간호는 각 방면으로부터 예상외의 찬사를 받았다. 각 방면에서 보낸 기대에 어긋나지 않기 위해서라도 점차 내용을 충실하게 하고 그래서 반도 문화를 위해 또한 대륙문화 건설을 위해 가능한 한, 노력을 경주하지 않으면 안 된다.

본지의 모태인 '국민시가연맹'은 그 후의 정세변화에 부응하고 총력연맹문화부의 종용에 따라 보다 충실하게 개조하게 되었다. 상세는 추후에 발표할 예정이지만 회원 각위에게 미리 이 점을 알려 양해를 구하고자 한다.

본 호의 작품은 일반적으로 창간호보다도 상당히 건강해졌다. 건강함은 결국 작가의 정신과 생활태도에 귀착되는 것이다. 하나의 꽃을 노래하더라도 건강하고 발랄한 정신에 의해 노래하면 그곳에 건강하고 건설적인 작품이 저절로 생겨날 것이다. 표면적인 시국을 제재로 한 것이라도 이 정신이 결여된 것은 소용없다고 생각한다. 무엇보다 큰 눈으로 일본 문화라는 것을 생각해 보았으면 한다. 퇴폐적인 작품을 보내는 것은 가장 곤란한 일이다.

본지의 편집은 이 중대 시국 하에 건전한 문화 추진력으로서 가치를 기준으로 하여 가장 효과적인 편집을 하고 싶었다. 그렇기 때문에 사람을 기준으로 하여 편집하는 것이 아니므로 개개 작품의 가치에 대해서는 개개 작품을 상대했으면 한다. 편집자로서는 오로지 전체로서 일본문화의 추진에 도움이 될 만한 편집이 가능하다면 그것도 좋지만, 이를 위해서는 역시 예술적으로도 뛰어나고 더구나 문화적으로도 가치 있는 작품을 받는 일이 가장 바람직스럽다. 이렇게 하여 새로운 세대의 문화와 예술이 발랄하게 이 지면에 나타나게 되면 본지 발행의 목적 중 하나는 확실히 달성될 수 있다고 생각한다.

본지의 편집은 편집간사 전원의 책임으로 필요에 따라서는 유식자의 의견을 구하여 게재작품을 결정하고 있으며 우리들로서는 할 수 있는 최대의 주의를 경주하고 있다. 그러나 본지편집의 최종 책임이 편집명의인인 나에게 있음은 부정할 수 없다.

창간호의 발행이 다소 늦어졌기 때문에 본년 중에는 매년 5일 내지 10일의 간행 지체는 피할 수 없지만 내년 1월호의 원고는 본년도 12월 10일에 마감하여 반드시 예정일에 발행할 작정이다. 원고송부에 대해서 미리 준비를 부탁드린다.

『국민시가』 투고규정

一. '국민시가연맹' 회원은 누구든 본지에 투고할 수 있다.

一. '국민시가연맹' 회원이 되려고 하는 자는 회비 2개월 치 이상을 첨부하여 '국민시가발행소'로 신청하기 바란다.

　　보통회원 월 60전　매월 단카 10수 또는 시 10행 이내를 기고할 수 있다.

　　특별회원 월 1엔　위의 제한 없음.

　　회비의 송금은 계좌로 '경성 523번 국민시가발행소'로 납입하기 바란다.

一. 원고는 매월 5일 도착을 마감하여 다음 달 호에 발표한다.

一. 원고는 국판(菊版, 본지와 대략 동형) 원고용지를 사용하여 세로쓰기로 헨타이가나(變體假名)[137]를 사용하지 않도록 주의하기 바란다.

정가 금 60전 송료 3전

1941년 9월 25일 인쇄 납본

1941년 10월 1일 발행

편집겸 발행인 미치히사 료

　　　경성부 광희정 1-182

인쇄인 신영구

　　　경성부 종로 3-156

인쇄소 광성인쇄소

　　　경성부 종로 3-156

발행소 국민시가발행소

　　　경성부 광희정 1-182

　　　우편대체 경성 523번

---

137) 히라가나(平仮名)의 통용되는 글자체와는 다른 형태의 것을 말함. 현재 일반적으로 사용되는 글자체는 1900년 소학교령(小學校令) 시행규칙에서 정한 것.

★ ★ ★

국민시가

 국민시가는 국민총력조선연맹 문화부 지도하에 조선의 시와 단카의 발표기관으로서 유일한 잡지입니다.

 조선에 사는 우리는 지금까지의 내지 의존의 경향을 새로이 하여 진정으로 조선 땅에 뿌리 내린 새로운 문예를 구축해야 한다고 생각합니다.

 그것이 진정 조선의 그리고 또한 일본의 문화에 기여하는 바가 되며 더불어 우리의 예술을 살리는 길도 될 것이라고 생각합니다.

 조선의 문화 건설을 위해 적극 입회해 주십시오.

★ ★ ★

보통회원 단카 10수 시 10행 이내, 회비 월 금 60전
특별회원 단카, 시 제한 없음. 회비 월 금 1엔

원고 마감 매월 말일

경성부 고가네초(黃金町) 3-305
국민시가발행소
우편대체 경성 523번

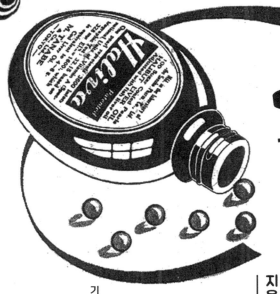

여름을 타지 않도록 …

지용성 비타민 보급이 중요

그러려면… : 할리바를 지속적으로 사용하여 충분한 지용성 비타민을 보급하고 피부나 호흡기 점막의 방벽을 강화하여 세균에 지지 않는 강한 저항력을 갖추고… : 가을부터 겨울에 걸쳐 감기, 기타 병을 앓지 않도록… : 조심하는 것이 가장 중요합니다.

기름덩어리 당의정

할리바는 지용성 비타민의 농후한 당의정으로 어른 하루 두 알, 소아 하루 한두 알로 충분하며, 냄새가 나지 않고 위장에도 무리가 없는 여름의 보건제입니다.

백　정… 이원 오십전
오백정… 십원 오십전

할리바

『국민시가』 1941년 10월호 해제

(1)

일본어 문학잡지 『국민시가(國民詩歌)』는 조선총독부의 잡지 통폐합 정책에 따라서 기존의 모든 잡지를 폐간하고 식민지 조선에서 유일하게 간행된 시가(詩歌)잡지이다. 『국민시가(國民詩歌)』는 「편집후기」란에 잡지 창간 유래에 대해 기술하고 있듯이 1941년 6월 잡지 통합에 관한 조선총독부의 요망이 있었고, 그래서 국민총력 조선연맹 문화부의 지도를 받아 동년 7월말에 잡지발행의 모체로서 '국민시가연맹(國民詩歌聯盟)'을 결성하고, 한반도에서 오랫동안 단카 문단에 관여하고 있었던 미치히사 료(道久良)가 편집인 겸 발행자로서 동년 9월에 창간호를 간행하게 되었다. 이후에도 지속적으로 국민총력 조선연맹의 정책적 지도를 받고 있었던 것은 미치히사 료의 글을 통해 확인할 수 있다.

중일전쟁 이후 한반도에서는 1938년 한글교육 폐지를 요체로 하는 조선교육령의 발포, 1939년 창씨개명 조치, 1940년 『동아일보』, 『조선일보』 등 한글신문의 폐지, 1942년 조선어학회 해산 등 민족의식 말살을 주요 내용으로 하는 이른바 황민화정책이 추진되었다. 이러한 조치들로 인해 『문장』, 『인문평론』, 『신세기』 등 한글 문예잡지들이 폐간되고 『인문평론』의 후속 잡지로 『국민문학(國民文學)』(1941.11~1945.2)이 간행되었다. 이러한 사실을 통해 알 수 있듯이, 당시 식민지 조선 내 재조일본인 문단이나 조선인 문단을 막론한 이러한 조치들은 문학단체와 잡지의 통합을 통해 전시총동원체제에 걸맞은 어용적인 국책문학화를 조직하기 위함이었다. 이는 이 잡지의 발행기관인 '국민시가연맹'이 1943년 결성된 '조선문인보국회(朝鮮文人報國會)'의 전신에 해당하는 5개 단체인 조선문인협회(朝鮮文人協

會), 국민시가연맹, 조선하이쿠작가협회(朝鮮俳句作家協會), 조선센류협회(朝鮮川柳協會), 조선가인협회(朝鮮歌人協會) 중 하나이고, 창간호에서 이 잡지의 간행 목적을 "고도국방국가체제 완수에 이바지하기 위해 국민 총력의 추진을 지향하는 건전한 국민시가의 수립에 힘쓴다"고 선언한 부분을 보더라도 충분히 그러한 사정을 이해할 수 있다.

(2)

『국민시가』 제2호에 해당하는 1941년 10월호의 체재는 7편의 평론과 13명의 단카 작품, 그리고 10편의 시 작품, 평론 3편, 18명의 단카 작품, 10편의 시 작품, 스에다 아키라(末田晃)와 미치히사 료(道久良)에 의한 '전호 가평'과 '단카 독후감', 43명의 단카 작품, 17편의 시 작품, 편집후기 등으로 구성되어 있다. 창간호와 마찬가지로 평론과 단카 작품, 시 작품 등을 골고루 배치하고 있지만 창간호에 비해 평론의 지면이 증가하였다. 한편, 창간호에 실린 작품에 대한 비평과 독후감을 통해 작품 해설을 하고 있다는 점이 제2호의 특징이라고 할 수 있다. 『국민시가』 제2호의 특징과 내용에 대해 몇 가지 설명하면 다음과 같다.

첫째, 평론란은 창간호에 이어서 '국민문학'의 논리를 더욱 전면에 내세워 국책에 부응한 문학 분야의 역할을 강조하고 있다. 다나카 하쓰오(田中初夫)는 「국민문학 서론」이라는 평론에서 '국민문학'을 '일본국민으로서, 동아공영권(東亞共榮圈) 블록의 지도자라는 입장'을 견지한 문학으로 규정 짓고 있다. 그리고 식민지 조선의 문학자들도 이에 부응하여 '반도의 민족적 전통생활을 일단 탈피하여 황국신민 생활에 들어감으로써' '국민문학 수립'에 참가해야 함을 역설하고 이런 의미에서 문학 창작도 '국어(=일본어)'로 써야 함을 강조하고 있다.

아마쿠 다쿠오(天久卓夫)도「문학의 영원」이라는 평론에서 문학 자체의
자립성보다는 당시의 '성전(聖戰)의 목적'에 조응한 '문화적 정책'에 부응
해야 함을 강조하고 있다. 한편, 히다카 가즈오(日高一雄)는「지도성(指導性)
시가에 대해」에서 일본의 시가는 전통을 계승하면서도 '일본정신의 고취,
대동아공영권의 확립이라는 대업 앞에서 대륙과 대양을 우리들의 사상 속
에 넣어야' 하며 이러한 '일본정신, 즉 동아의 맹주 일본인으로서의 사상
과 생활을 선도하'기를 기대한다고 그 입장을 명확히 하고 있다. 이런 의
미에서 가인과 시인은 각각 단카와 시를 통해 '사상적으로 지도성 있는
작품을 발표해야 할 때라고' 파악하고 창간호의 시가들을 비평하고 있다.
특히 여기에서 창간호에 실렸던 가야마 미쓰로(香山光郎), 즉 이광수의「아
침(朝)」이라는 시를 소개하고 '여기에 우리들의 사상 방면이 있고 반도인
의 정신생활의 방향이 제시되어 있'어서 깊은 감명을 받았다고 소개하고
있는데, 이를 통해 당시 재조일본인 문학자들이 조선인 작가에게 무엇을
요청하고 있었는지 그 단면을 엿볼 수 있다.

둘째, 『국민시가』 제2호의 평론을 보았을 때, 여전히 시보다는 단카가
강조되고 있으며, 전체적으로 이 문학잡지의 내용성을 주도하였다고 볼
수 있다. 예를 들면, 스에다 아키라의「단카의 역사주의와 전통」에서『만
요슈』의 존재를 통해 '진정한 국민문학의 탄생'이라는 논의를 전개하고
있으며 구보타 요시오(久保田義夫)는「안전(眼前)의 가체(歌體)에 대해-중세
의 사생주의」에서 중세 와카와 가인들에 대한 비평을 전개하고 있다. 후
지와라 마사요시(藤原正義)는「대륙 단카 비망록」에서 당시의 '단카혁신론'
을 검토하면서 '소우주적 일본이 대우주적 일본으로 전개해 갈 때' 이에
부응하여 '일본 단카가 대륙 단카로, 나아가 세계 단카로 신장해' 가야 하
며 여기에서 '이 시대의 단카를 구가할 수 있'음을 역설하고 있다. 특히
창간호에 실린 단카에 관한 비평과 독후감이 두 편 게재되어 있다는 측면

을 보더라도『국민시가』제2호의 평론은 시보다는 단카에 중점을 두고 있음을 알 수 있다.

셋째, 미치히사 료의「시평(時評)」을 보면 '내지' 일본에서 가단 전체의 통일체인 '대일본가인회(大日本歌人會)'가 만들어져 '문화 신체제에 즉응(卽應)할 수 있'게 되었음을 알리고 있다. 식민지 조선에서는 내지보다도 빠른 시점에서 국책에 부응하여 '국민시가연맹'을 통해 가단과 시단을 통합하고 유일한 시가잡지인『국민시가』를 간행하고 있다는 입장에서 '내지' 일본의 가단의 동향에 대해 제언과 충고를 하고 있다. 이는 식민지 조선의 가단이 '내지' 중앙문단에 대해 지도적 입장을 취하려했다는 측면에서 상당히 특기할만한 부분이다.

넷째,『국민시가』창간호와 마찬가지로 제2호에 실린 단카와 시들의 세부 내용을 보면 전쟁의식 고취, 만세일계의 국체로서 천황 찬미, 전시기 후방의 역할 강조 등, 이른바 국책시가가 다수이기는 하지만 여전히 이러한 경향의 문학이라고 볼 수 없는 시가들도 다수 산견된다. 이는 창간호의「편집후기」에서 창간호이기 때문에 간행목적의 의미가 충분히 철저하지 못하여 이 목적에 반하는 듯한 작품을 보낸 경우도 채록하였다는 기술이 있었지만 제2호에서도 이러한 경향은 그대로 지속되고 있었던 것으로 파악할 수 있다.

다섯째,『국민시가』제2호의 경우도 조선인 작가의 작품은 매우 적어서 이춘인(李春人)의「시를 비웃는 자에게 꽃을 보내라(詩を笑ふ者に花を贈れ)」라는 시와 김인애(金仁愛)의 단카 작품 정도가 보일 뿐이다. 이런 측면에서 '국민시가연맹'은 '조선문인보국회'로 계승된 다섯 문학단체 중 하나였지만 이 단체를 주도한 것은 재조일본인 문학자였음을 알 수 있다.

(3)

『국민시가』제2호의 <편집후기>를 보면 '창간호'가 '각 방면으로부터 예상외의 찬사를 받았'음을 적극 알리며 건전한 '반도 문화를 위해 또한 대륙문화 건설을 위해' 분투하고자 하는 의지를 밝히고 있다. 나아가 이 잡지가 '총력연맹문화부'의 지도 하에 잡지가 편집되고 있다는 점도 창간호와 같은 취지라 볼 수 있다.

제2호의 경우도 편집 겸 발행인은 미치히사 료이며 여러 편집간사와 함께 잡지의 편집과 간행 작업을 수행하였다. 이 잡지에는 '국민시가연맹'의 회원이면 누구나 투고할 수 있으며, 회원은 보통회원(월 60전)과 특별회원(월 1엔)을 두고 있는데, 보통회원의 경우 단카 열 수나 시 열 줄의 기고를, 특별회원의 경우는 제한 없이 투고할 수 있도록 하고 있다. 그리고 판매 금액은 보통회원의 월회비와 같은 60전이며, 간기(刊記)에 따르면 경성 광희정의 '국민시가발행소'에서 이 문학잡지를 발행하였다.

— 정병호

인명 찾아보기

항목 뒤에 ①, ②, ③, ④, ⑤, ⑥, ⑦은 각각
① 『국민시가』 1941년 9월호(창간호), ② 1941년 10월호, ③ 1941년 12월호,
④ 1942년 3월 특집호 『국민시가집』, ⑤ 1942년 8월호, ⑥ 1942년 11월호,
⑦ 연구서 ≪문학잡지 『國民詩歌』와 한반도의 일본어 시가문학≫을 지칭한다.

ㄱ

ㄱ

[영인] 國民詩歌 十月號

여기서부터는 影印本을 인쇄한 부분으로 맨 뒷 페이지부터 보십시오.

夏負けせぬよう…

脂溶性ビタミン補給が大切

それには……ハリバを連用して充分な脂溶性ビタミンを補給し皮膚や呼吸器粘膜の防壁を強化して黴菌に負けぬ強い抵抗力をつけ……秋から冬にかけて、かぜその他の病氣に患らぬよう…心がけることが最も大切です。

ハリバは脂溶性ビタミンの濃厚な小豆大の糖衣粒で、大人一日二粒、小兒一日一二粒で足り、臭くなく腸にモタレズ夏の保健剤です

油塊の糖衣粒

百　粒……二圓五十錢
五百粒……十四圓五十錢

創刊號は各方面より豫想外の讀者が與へられた。
各方面よりよせられたこの期待にむくかない爲にも
益々内容を充實し、以て半島文化の爲に、また大陸
文化建設の爲に、出來得る限りの努力をはらはねば
ならない。

本號の劈頭である『國民詩歌聯盟』は、其の後の
情勢の變化に應じ、總力聯盟文化部の意嚮により、
より充實せらるべきものである。

本號の作品は一般に創刊號のものよりも條程健康
になって來た。興讀社は藥園作家の精神と生活の態
度に鬪せらるべきものである。一つの花を歌っても
健康で潑剌とした精神によって戰へば、おのづから
そこに健康で建設的な作品が生れる筈である。裏面
的な時局を題材としたものでも、もっと大きな目で
日本の文化といふものを考へてほしい。しかし興讀
るものは何にもならないと思ふ。もっと興讀
的な作品を寄せられるのは一ばん困るのである。

本誌の編輯は、この重大時局下に於ける最大なる
文化の推進力としての價値を發揮として、最も效果
的な編輯をしたいと淬へてゐる。それ故に人を基準
として編輯するのではないから個々の作品の價値に
ついては個々の作品に富つてもらひたいと思ふので
ある。編輯者としては、たゞ全體として日本文化の
推進に役立つ樣な編輯が出來ればいゝのであるが、
その爲にはやはり藥園的にも優れ、しかも文化的に
も價値ある作品を經つていたゞくことが一ばん望ま
しいのである。かくして、新しき世代の文化と藝術
が潑剌とこの紙面にあらはれる樣になれば、本誌發
行の一つの目的は確に遂せられると思ふのである。

本誌の編輯は編輯幹事全員の責任に於いて、必要
によっては有識者の意見を徵し揭載作品を決定して
ゐるのであって、我々としてはなし得る最大の注意
をはらつてゐるのである。しかし本誌編輯の最終の
責任が、編輯名義人としての私にあることを否定す
るものではない。

創刊號の發行が稍おくれたので、本年中は毎月五
日乃至十日の違刊はまぬかれないが、來年一月號は原
稿を本年十二月十日に締切り必ず豫定日に發行するつ
もりである。原稿送付について豫め準備觀ひたい。

『國民詩歌』投稿規定

一、『國民詩歌聯盟』會員は何人にても本誌に投稿
するを得。
一、『國民詩歌聯盟』會員たらむとするものは會費
三個月以上を添へ『國民詩歌發行所』宛申込ま
れたし。
一、普通會員會費月六十錢　毎月短歌十頁は詩十行
以内を寄稿するを得。
特別會員會費月一圓　　右の制限無し。
會費の送金は振替にて「京城五二三番國民詩歌
發行所」宛拂込まれたし。
原稿は毎月五日割當を以て締切り、翌月號に發
表す。
原稿は菊版（本誌と略同型）原稿用紙を使用し
楷書にて發體歷名を使用せざる樣注意せられた
し。

定價金六十錢　資料　三　錢

昭和十六年九月二十五日　印刷納本
昭和十六年十月一日　發行

編輯兼發行人　道久良
京城府光熙町一ノ八二

印刷人　申永求
京城府顯底町三ノ二五六

印刷所　光尾印刷所
京城府鍾路三ノ一五六

發行所　國民詩歌發行所
京城府光熙町一ノ八二
振替京城五二三番

またかくべつである
森では杜鵑が鳴いてゐたが
兩人は默つて歩くよりほかなかつた

かふえ

加地多弦月

かふえの一隅玩具の汽車みたいなボックスに
脂粉と媚態と嬌笑の女　男どもは
安易な自慰と亨樂に自らを忘れ
喧騷と烟と人いきれの中に
青白い都會人の神經とジャズは交錯する
このデカダニストめサディズムめ
私の心は冬の様に慄然とし
凍てついた鋪道のつめたさに沈む

夏の夜

吹田文夫

廿の乙女の様にほがらかに晴れてゐる秋であるのに
夜の氣があたりに立ち罩めると
黃いろくしずんだ　部屋の光にさそはれて一匹の小さ
な蚊が
頭に針をさす様な
かすかにするごいさけびをあげて　部屋の中に飛び込
んだ
私は一夜中眠れなかつた

覺醒

田坂數夫

味爽と共に私達はある
鷄鳴と共に眼醒めはある
味爽を呼吸するのも鷄鳴をきくのも私達だ
愛する國土の上に輝やかしい歷史を保つために
詩人は深い愛國心に訴へて戰はねばならぬ

海

岩田錫周

濱邊にさすらひの身を
打ち凭らせば胸裂けむとす
打ち寄する波のあひ間
其處に奏でられる永劫の聖歌

—(9 5)—

動亂

中村喜代三

何處へとも知れず渦巻く急流の如く湧き立ち
世界は混沌として動亂の流れを知らない
遠くエジプトロ-マの歴史にもみない憤りが溢れ
今や人類社會は一大爭鬪圖を展開してゐる

體から魂が拔け出しさうだ

戰地の友へ

江原茂雄

荒野に煙る轟然たる砲火
霰の如く雪崩の如き──
激戰に次ぐ激戰にも
士魂は光る鬚顏で
戰ひ拔いた君のこと──
君の父上は
誇らしげに語つてくれた
僕は君の底知れぬ
鐵石の如き豪勇を思ひ
君のある大陸の戰野に
思ひをはせてゐる

日記帳から

平野ろだん

今日は二百十日なり 突如海上に雲湧き風捲き濤起り
忽ち天を闇にし波軍を擁 して陸を誓めんとす 烈風
いよいよ重り怒濤益々猛らんとす 我が耳を聾し我が
肋を截り我が心膽を搖りて 過ぎ行く方向に──

眞夏の日

村上章子

眞赤なパラソルが
ホテルの前をすぎ
夏の陽影は
ビルの窓からながれる
机によりかゝつて
ぼんやりしてゐると

星の穹

平沼文甫

かゞやく星をいたゞき
兩人は肩を並べて歩いてゐた
今宵の星の美しさは

兵隊ゴッコ

池原榮大

大空にかゞやく黄金の星の下で
悠遠の美しさをおもつてゐた

進軍ラッパ勇ましく
兵隊ゴッコが始つた
今凱旋途上の一部隊が
病床の私の枕べに通りかかつた
七つになる女の兄が言ふ
―お父さん
今軍旗が通ります
寝て居てはいけません―と
子供達の兵隊は
玩具の兵隊であるけれども
この子供等は皆眞劍である
志願兵に行つた弟のことを思ひ出しながら

友の手紙

池田甫

私は敬虔な心になつておきなほつた

彼の友は情一入厚ければ
其の體臭靑葱の如く
眼に染みて忘れ得ぬ男なり
刈上げし若白毛の大頭振り〳〵
滿洲の炭坑に發ちしは
未だ春淺の頃なりき
早や半歳秋立つ頃りとなりしに
一筆の音信も無し

炭坑にも冬訪れて雪や氷に鎖され初めなば
やがて
久しき音信もあらん
『滿洲は寒い〳〵』と

—(9 3)—

けて
おまへの魂は薄明のなかに炎える美しい　人生の姿を
發見したのだ
そしておまへは薄明のなかを　鷲のごとく目を光らせ
て彷徨つてゆく——

よろめきつゝひたむきにひたむきに辿つてゆくのだ
魂の飢渇を救ふために
それが果して　人の世の不幸への道であらうとも
惡なるものと激しきたゝかひを挑みつつ
お前は苦惱にもだえときに惡夢にうなされながら醜

出　發

田中美緒子

あと二週間たつたら
私はかゞやかしい花嫁になるのだ
やはらかい野道を歩きつめて城門にたどり着くのだ
私は大きいも一つの心にくるまつて

見知らぬ地へ旅にのぼるのだ
前途に對する輝やかしい希望と抱負とをいだいて
私は旅に出るのだ
幾多の悲しみが待ち受けてゐるだらう
幾多の苦しみが待ち受けてゐるのだらう
私は強くならねばならない
最も幸福になる爲には

靜かな夜

米山靜枝

日記しるす手をやすめて
私は空を眺めた
清い空には星がまたゝいてゐた
秋の夜風は身にしみて
思ひは切なく昔にかへる
乙女の頃の數々のおもひ出よ
私は一人すぎし日をおもひながら

何日の間にか自分が車の軸になつて
自らも廻り又他を動かしてゐる
一國の一家の一班の一團體の
何の不滿もあろう筈もなし
只一つの實踐でさへ此様な順序に滿足を生じて呉れる
尊い『勢』をつけてくれる
彈雨の間に立ち自己を失ははざらむ事を
神に念じ純正な心を養はむと
乏しき心をかり立てゝ歸一せむと希ひつゝ
折に觸れて反省の鞭を振ふ
死か生かの闘ひのどんづまり辛じて残り　自己を支へ
てくれるもの　それは名譽と責任感のみ
他は泡沫の如く消えゆく
營々として築きあげた石垣が一瞬にして
崩れ只魂殘るのみ名譽ある大和武士ではないか
陛下の股肱をあづかる職をなんとする
身を鞭打つて此切羽詰つた叫喚に劍を擬して
狂奔した事幾度か
想へば苦い過去現在未來を貫く修練の

道程がある事ぞ
平靜に歸して沈思する
強劍を通り越して確固たる人間卓郎を
築きあげるために日夜死生訓を奉じて
風俗を鞭ち居れり
今四面に敵を受けて立ちたる時如何に
此巨壁に遲々たる幼虫の歩みを以つて
落ちては登り登りては落ち轉々幾十度か
然れども吾撓まざるべし
只一念正しきを養はむとあるのみ

○○に長江の水瘠せて沙風茫々
遠く山峽に入りし雁列も平和を戀ふる民の魂の如く
此夕景は餐烟遙かなる白亞の家も
模糊として暫ししぢまにかへる

追　求

ひろむら英一

卑俗な社會と蛆のごとく群れてゐる人間の嚏きをさ

雲

谷口二人

紺碧の空に眞綿を引きのばした様な雲
悠揚と清冽な水の面に映していつた
散つては集り集つては散る
それがお前の美だ
お前は自由濶達だ
お前を見るとノスタルジアを感ず
雲の彼所で友が同胞が聖なる戰ひに
銃とり遥ましく生きてゐる

燈臺

實方誠一

なにかにとりまかれて
のがれるすべのむなしいとき

こゝろのうちによんでゐるのは
母のみ名でした

くらゐなみまよ
たゞしくあれと
むねのうちからよみがへる
また—よろこびのあるときも
わすれてはならない
ひとつのひかり

あらうみのゆくてゆくてを
みちびきのゑまひやさしく
それは
母がともした灯でせうか

戰野に

兒玉卓郎

眞實に尊い感謝の『勢』

秋たけし野中の木立しづかなり山鳩の來てしばしば鳴くも

菊池　春　野

○

貧しさは身になれたれど母と子が生きゆく道の苦しさ思ふ

たまさかの休日を家にこもりをれば心安らに子はいでて遊ぶ

西願寺　文　子

○

亡き人の愛でにし花よ日向葵はこの夏もまた高く咲きたり

思ひ出の多き小徑よ野いばらの繁れるあたりそぞろ歩みつ

安藤　清　子

○

昨夜の雨に露ふくみたる夏菊のかそかにゆれて朝に清しも

富田　寅　雄

○

うすれゆく雲間ににぶく陽のありご見えつつ今日も雨降りつづく

檜葉の木にからみて高き朝顔のましろき花を涼しみ仰ぐ

白子　武　夫

○

河原の砂丘はやけて白雲の重なり湧ける晝のしづけさ

のみについて云へば、大槪完成されてゐる標であるが、他の作品は未完成のものが多かつた。この作者に希むものは、あまり敷らしき歌を作ることよりも、自分の感情を出來るだけ素直にわかり易く表現する標心がけていたゞきたいことである。

島木フヂ子

調子よく麗馬県はしれば鋪装路に珍しげにも見てる
る

この作者にも、歌らしい歌を作ることよりも、最初の中は出來るだけありのまゝの歌を作るといふことを希つておきたい。これが將來大成したる歌らしき歌の生れる礎となるのである。その意味に於て、ここでも特に、その標を作を扱いておいた。

山本登美

ますらをゆたより來し日の喜び上子ふのさわめき今
朝は叱らず

銓後にあつて、子供達を教育してゐる作者の心持は相當よく出てゐる。この作もまた生活を背景にもつた銓後の作品として、何か人の心を打つものが感じられる。まだあとにこの大分殘つてゐる標であるが、あまり長くなるので今月はこの位にしておいて、他の方々は次の機會に寶見を逑べさせていたゞくことにする。
この潤後感は、批評といふよりも、鑑賞を主とした私の感想である。作品を抜く場合には出來るだけい將來性のある標た作品を扱くことに努めた。少しは例外もあるけれども。またこの文章は出來るだけいい黠を見出すといふ風な氣持で書いてあるので、初心の方々は自分の作のよさと、さうでない黠を反省していたゞきたいと思ふ。

―(8 9)―

○　　　　　　　　　新　樹　純

韓くにの夕陽かゞよふ墳墓に散華にし夫の詩を想ひぬ

古き滋器に見るごと秋の空染みて葉鶏頭の葉は紅にかゞよふ

散華ませし夫のありし日想ふ日ぞ手づから植ゑし葉鶏頭の炎ゆ

○　　　　　　　　　中　村　喜代三

歐洲の動亂はいよ〳〵東へ歸りわが起き臥しにもするごくひびく

出でそめし秋の野菜の盛られたる繪にむかひて夕餉は樂し

○　　　　　　　　　小　出　利　子

さゝやかな夕餉を終へて束の間にはやまごろみぬ老いし父母

何かしら樂しきものの胸に滿ちおのづからわがほゝゑみてをり

○　　　　　　　　　千　　　鈴

北鮮にむかふと云へる颱風の大木をゆする夏の夜半かな

○　　　　　　　　　普　久　原　朝　松

水底に小さき魚の泳ぐとき藻かげに白く鱗光れり

佐々木初惠

つゝましく祈擂げてかへりみれば夕日大きく沈みか
けり

完成し過ぎた歌の際にも思へるし、また未完成の歌の
際にも思へる作であるが、何度も讀んでゐると、なか
〳〵感じが出てゐるのである。今月の作の中ではこの歌
が一ばん讀みごたへがある樣に思ふ。

ある。朝鮮の田舎をゆく作者の姿とその情景がよく現れ
てゐると思ふ。

野々村美津子

眞澄みたる五月の空を翔る如く奉祝飛行の海軍機翔
ぶ

濶達なる空と、〈渡東機〉と、これを見てゐる若き作者の
姿とを、讀むものに自然に感じさせる。おのづからなる
健康さをもった作である。小さな感觸にこだはつてゐな
い點がこの歌のよさである。

手塚美津子

山に咲くつつじの花を春早く齎りに來にけり山の鮮
菫

少しく張りが足りないといふ人もあるかも知れないけ
れども、淡々と歌はれてゐるこの作は、變に氣どつた歌
などに比べると大へんいゝのである。作者の生活と共に
鍛へられてゆく姿味をこの歌はもつてゐるから〳〵である。

中島めぐみ

老いくの祖母にまみえむ日をまてば心惑ひて今日の
日を悠む

作者の心境は相當よく現れてゐると思ふ。この作一首

○

才もなき吾とは知れどご勢ひつゝ夜ふけて書くは西行の歌

天氣みこみ北支那晴れとつげたれば安きおもひに夕暮れにけり

求め來し旅行案内繰り居ればあひあふ日のみせちに待たるゝ

　　　　　　　　　火　野　ま　さ　き

○

丘一つ彼方の里の日の御旗はつゝ見えて秋の日すめり

　　　　　　　　　兒　玉　民　子

○

おとろへし我が食慾に術をなみはゝそはの母をなやませ申す

くさぐゝの營養料理或る時はうまげに食し母を笑はす

かにかくに瘦せほそれごもすこやけき明け暮れなりと自らなぐさむ

　　　　　　　　　森　　信　　夫

○

夕闇の靜かに迫るときにしてひたすらわれは戰地を思ふ

　　　　　　　　　岩　田　錫　周

○

神さびし歷史の上に億起ちぬ遮り得べき何ものもなし

觸るゝもの鋼の如く彈くべし國を舉りてかたまりきりぬ

もろゝゝの思想等絕えて一億が遠つ神代をいま振り返る

一億の御民の誓ひ新たなりこの國人等創氏ことほぐ

　　　　　　　　　黒　木　小　柄　男

見えてゐるといふ樣なことは、何でもない寫生の樣で、案外朝鮮の風土といふものを正直に現してゐるのである。即ち朝鮮は乾燥地帶の故に南國の日射の日附を強く受ける側は一般に乾燥の爲に山肌が荒れてゐるのである。かうい、點か、或は作者は意識しなくて作つたかも知れないけれども出てゐるのは面白いと思つて少し書いて見た

森　信　夫

さわゝゝと白く太けき算花のそのすがしさに似て老いましぬ

かう一首だけ拔き出したのでは一寸わかりにくい樣に思はれるが、かうい、ふ歓は寶への愛嬌がどこかに出てゐる樣に思ふ。かうい、ふ歓は實にむづかしいのであるが、この作の場合は、或る程度までそれが成功してゐるものと思ふ

朝倉　國雄

作業場の窓邊しの彼賞しいから今日も默つてゐる
みる

これは自由律の短歌である。この作や第一首には、やはり自由律でなくては歌へないよさをもつてゐる。この作者などに御顧ひしたいことは、かうい、ふ素材を、今までの短歌とは異つもつとゝゝ朝鮮に獨自な素材を、今までの短歌とは異つた角度からうんと作つてもらひたいといふことである。

赤坂　美好

果てしなく白くうねりしバスの濱夕くるまでつゝく底なり

江原濱崇觀炭鑛に行くといふ會最書がついてゐる隙で

　　　　　　　　　　野々村　美津子

出征の日の近づけるますらをを國のみたてと送り申すも

観音の御座のみ前にたゞ一つ大提燈はゆらぐともせず

きほひ立ち男の子ら一日庭すみに防空壕をつくると土掘り返す

　　　　　　○

　　　　　　　　　　高橋　初惠

つぎつぎにかたちかわりてゆく雲よ病床にありてわれのなぐさむ

窓ぎわのとんぼのはねのすきて見ゆやまひにふせるわが眼には

　　　　　　○

　　　　　　　　　　米山　靜枝

銀色の翼ひろげて高らかに七つの海になびけ日の丸

雨にぬれ防火にいそむ愛國班これぞ我等が銃後の守り

　　　　　　○

　　　　　　　　　　神原　政子

大御召受けしと告ぐる義兄の聲受話機に太く傳はりて來ぬ

大御召受けたる義兄に贈らむと縫ふ針先のおろそかならず

今日よりは皇國のつわものとなりたまひたる遅しき義兄

慰ましき君にしあればばかなしかる訣別の情不はずに笑ひぬ

一通り歌はれてはゐる標であるが、もう少し生氣があるといゝと思ふ。倘他の作についてゞあるが、出來るだけ自分一人の感傷におちることなく、客觀的な目を對象にそゝぐこともこれからには必要であると思ふ。

髙橋美惠子

今月の作は作品が少なかったせいもあるが稍おちると思ふ。最初の中はやはり殿の上でも多く作れば、自然にいい作品も生れるのであるから、潜心作る樣心がけられたい。

越渡彰裕

十秒降りの雨を衝きつゝ六億の貯蓄をめざし簡保を
　　すゝむ

この作のよいところは自分の生活に遊離してゐない點である。その點で採れる歌である。第二首も同樣であるが、他のものは稍よそよそ過ぎる。珍しいものをさがし過ぎてゐるのである。

水上良介

南向きの山肌帯々岩々の根方に咲きて簇なすつつじ

この作者の今月の作には木下利玄の影響が相當濃厚に現れてゐる。劈頭の二首などに甚だ著しい。最初の中は別に義兄ではないと思ふが、ここに抜き出した作などはその影響の比較的少ないものである。この歌はよく見るとなかく面白いのであつて、山の南面の山肌が荒く岩が

〇

小　野　紅　兒

高原の秋草亂れ咲く中に輕機をすしえ若き生徒ら

來年は志願をせむと云ふ生徒が持ち來りし飯をひとり食みをり

高原の夜は月白しテントにて銃機手入す若き生徒等

〇

高　橋　登

眞鍮器献納せむと持來る老婆を思へわれら涙す

半島の若き世代よ汝が負へる大きつとめをはたすとき來ぬ

夕昏の街にたゝずみ豆債券賣る乙女らの氣高かりしも

〇

藤　本　虹　兒

秋山の高きに登り我立ちて思ひふれしは故郷のこと

蠑蜴の鳴く音ほそぐ〳〵消えゆきて冷たく秋の夜更けにけり

病みてあれば心さびしも口にするお粥の味のほろにがきかな

〇

月に映ゆる木立の影のうつくしさ踏むを惜しみてつゝましくゆく

猫の仔に雨戸開けつつ聽き入りぬ夜半をなき居る秋虫の聲

健かな子の成長を願ひつゝ大きのぼりを朝日に揚げぬ

久々に陶醉む友へ便りかき夜更けて床には入りたるかも

とりたてて云ふべきこともないが、初心者としては、この樣な歌が澤人をるといふことはいいことであらう。あまり感情におぼれ過ぎるといけないが。

德　田　沙　和

足とめて谷間の水に手をひたす水底の氷まだとけずある

この作者は北鮮の山地帶に起居されてゐる。その爲にかういふ作が生れたのであるが、北鮮の容の狀況をよく知らないものにはわかりにくいかとも思ふがこれでいいのだと思ふ。

二　瀨　武

武裝してわれら涸れば村里の子らは見上ぐる軍歌うたひて

この作者の歌はどれもなかく〳〵しつかりしてゐる。第一首、第三首などもいいのである。この歌は朝鮮の村里を作者が武裝して行軍した時の作であらう。さう思つて見ると、この歌は背後にあるものを相當豊富に含んでゐるのである。朝鮮の子供達が軍歌を歌ひながらこの作者らを見送る情景、それに對する作者の感情、さういふものをこの歌は言葉の背後にもつてゐるのである。新しき朝鮮の實狀は、かういふところにも動いてゐるといふことを、この作者と共に私はよろこびたいのである。

渡　邊　修

ガラス戸に薄らひかりの射ししとき飯ふつふつとたぎり初めたり

飯たぎるゆたかな音を聞きながらほのぼのとあかる朝光を拝す

もろ足と片手を捧げなほも刺繍習ふ人あり心しまりぬ

羽根ひろげまわりに集ひ來る鶏のくもり無き瞳をおそるる日あり

　　　　　　　　　　　　　　　　太　田　稚　三

〇

病いえて出で來し役所のさ庭べの白ざダリヤはすでに妻へつ

去年よりは被害少き洪水あと泥かむりつゝ南爪花咲く

製圖ひく職に就きてより六月餘り墨の香りに親しさおぼゆ

　　　　　　　　　　　　　　　　渡　邊　　　修

〇

葉鶏頭のくれなゐ光る苑に立ち戰ふ友の訃報を受けぬ

紅紅とカンナの燃ゆる簡易驛に眸美しき人と對ひつ居り

天そゝる臥龍の山の巌肌に夕陽の淡き光りうつれり

　　　　　　　　　　　　　　　　水　上　良　介

〇

このひと日空をおほひし雨雲の霽れむとしつつ夕暮れにけり

土砂降りに雨降りたれば谷川は見る見る渦卷き流る

遠山を灰色の空に沒し去りたくゝが如く夏の雨來ぬ

薄茶色の天井廣くたくましく頭の上にありて壓するが如し

- (84) -

と思ふ。しかし『手のひらに』の歌などは譬喩が大げさ
過ぎて案外空虚である。この歌をのせたのは私の選擇の
間違ひであつた。

岩　谷　光　子

この作者の今月の作は何れも作品としては相當の域に
達してゐる。表現に無理の無いことが何よりもいゝので
ある。この調子で進まれむことを希望する。

神　原　攷　子

老づきて勞り給ひし父上に謝客へし言葉のあまりつ
めたき

この作に現れてゐるのは、作者の生活の反省である。
それにしみじみとしたものを感じる。『事務に倚みし』
の作もいゝであらう。

髙　橋　初　惠

靑薰風にアカシヤの花かをり來てかなしさおもひな
ぐさまんとす

『かなしさおもひ』といふのが少しくはつきりしない
爲に、氣にかゝる點もあるが、この作はこれでいゝのだ
らうと思ふ。なぜなら、この歌は、何もそんなはつきり
した感じを歌つたものではなく、ほのぼのとした感じを
歌つてゐるものであるから、先に云つた點をそんなに嚴
密に鑑賞する必要はないと思ふのであるが、斯うかい
ふ點も問題になるといふことは今から注意しておく必要
がある。

小　出　利　子

空地にはつるはしの音いさましく防空壕掘る工事進めり

青空に淡くかゝりし残月は色ほの白く光をもたず

空高くそびえて立てる山々は夕陽をあびてくきやかに見ゆ

〇

　　　　　　　　　　金　　仁　愛

麗らかな春日をあびて乙女らは川のほとりに若菜を摘めり

木の梢をとほして見ゆる夕焼の眞紅の空に雲一つあり

人氣なき机の上に挿されある花はほのかに香を漂はす

〇

　　　　　　　　　　板　垣　五　月

くもりなき朝の鏡に粧ひ見る窓にすがしき初夏の風

川端の土手のポプラに切れぐ／＼の雲吹き飛びて梅雨はれるらし

吾子二人たゞ安らかに眠りをり今日の一日は思ふ事なし

苗代の早苗の青は若くして山畑の麥は熟れそめにけり

店頭に白桃李竝びたり夏やゝ深む此の頃の町

〇

　　　　　　　　　　ふ　じ　か　を　る

秋の雨しらじら降りてうす赤き茗荷の花はひつそりと咲く

ほの赤き茗荷きざめば厨邊に秋のかをりはさわやかなるも

わつかばかりの庭の土にも菜をまきてみくにのためにわれら働く

はれてゐる。前の歌と同樣にやはり餌康である。

見玉民子

母こゝに一ヶ月振りの消息を押し戴きぬ梅雨は晴れ
たり

息を餌康に逢つてゐるゐるその母の歌である。さう思つて
見ると、相當複雑な感情がこの歌には現はれてゐる樣に思
へる。そして、表現上不充分だと思はれ勝な言葉も、こ
の歌の場合では勤かし難いものになつてゐるのである。
やはり、深いほんたうの感情の力强さをこの歌の場合に
も思はないではゐられない。

齋藤富枝

十歳の英靈の前に悔ゆるなき生を思ひつゝひたふる
に生く

この作には類别感が無いこともない。しかしこの作者
にはそれを問題にする必要はないであらう。そして、こ
の作に現はれてゐる作者の生活の態度を見るべきである。
私は、歌は作者の生活の態度の表現であると思つてゐる
のであつて、この作などは、その最も正しいゆきかたを
示してゐるものの一つであると思ふ。

村上韶子

夏あさき海べにかにとる童あり海はるかにも潮ひき
はてり

ビルの窓はみなあけられて客となり若き社員らの聲
すぎとほる

共に季節の感をとらへて、或る程度まで成功してゐる

ともすれば溢れむとする感激の涙おさへて旗打ち振りぬ
ありし日の強歩のつかれ皇軍の辛苦のほどのしのばるるかな

○

齊藤富枝

霧立ちし官舎の庭の朝風に水蓮の花咲きて浮べり
秋萩のみだれ咲きたる山にしてわがゆく道に虫の音きこゆ
人の世のいのちを思ふ今宵かも月は眞空に澄み渡りたり

○

池田靜

仰ぎ見る大石佛の溫顔に秋陽は照りて山靜かなり
峯越えて訪ひし深山の增伽寺に新羅文化の名殘愛づるも
深山寺の庫裏の裏なる洞窟の小暗き奥に清水を汲むも （文珠庵にて）
砂ほこり立てて步兵の列行きぬ鹽噴ける背のたくましきかも

○

皆吉美惠子

朝早く工塲街を通り行く若き工員のいのちたくまし
幼かりし我等もいつか年を經ておのれが意見母に強ひむとす

○

青き空と眞白き雲と野に立ちて吾は大聲におらびてみたき

宇原畢任

るのである。いゝものは非常にいゝし、不出來のものは
實にとるに足りないものである。
（谷川の淵も深まりぬこのあたりねこやなぎの花はほ
けつつあり

中島雅子
一分おきにサイレン鳴りて煙靄は霧深き夜の驚戒を
なす
餌のぼり朝日の上にいふくと泳げる樣はたくまし
く思ゆ

この作者は今まで新短歌を大分作つてみたが、この作
品などを見ると、かへって邇通の短歌を作つた方がいゝ
のではないかと思ふ。詩情は極めて弱やかであるが、かへ
つてこれを凝縮して作つたこの作などの方が、かへって
力があつていゝと思ふ。

池田靜
トマトの實赤く熟せる庭に立ち事變記念日の戯歌を
する

極めて素直である。この素直さには生氣があり、健康
である。我々は何もむつかしい歌を作る必要はないので
あって、かういふ歌にかへって新しき日本の歌のゆくべ
き健康なる道があるのではないかと思ふ。

皆吉美惠子
凍てつきし大地なりしが陽にとけて若草萌の春みた
りけり

ありふれた素材の中に、春となる感がおのづからあら

澄みたけてものみな靜けし堺ぎはの ポプラ黑々影を落せり

家に在る氣易さなればか此の夜頃たゞに眠りて目覺めだにせず

コスモスに似たるやさしさ名は知らず薄紅の花瓶に生けたり

疲れたる身を横たへて夜毎聞くこほろぎの音に秋は樂しく

色づきし田の面に秋の風たちて道邊は白き野花の盛り

之といふ話もなくて歩みきて別れし夕の巷悲しき

○

山 本 登 美

征く弟をかこみてうつす父母の面は淨く靜けかりけり

そのかみのはげしき知性なき如しほゝゑみて子に添乳す見れば

友の子を双手にうけて人なみにあやしてはみしが何かそぐはず

子をだきて友の來し日はひもすがら子をもたぬわれの胸をゆさぶる

征かしめて悔あらすまじと一日一日心つゝしみ夫にかしづく

○

清 江 癸 浩

すくすくと爭ふやうに伸びてゆく玉蜀黍は生々とせり

掌の上に青き光を放ちつつ小さき螢とばむともせず

暴風はいよよつのれり一筋の光しるけく闇を走りて

大いなるみ手に抱かれ眠る如き安けき夜は故鄕にあり

敎會の壁にはひたる蔦の葉の色さわやかに夏深みゆく

夜の裡に部隊邪原を移動せしぬ露還伏して朝の霧もつ

氏もまた出征中である。この露に於ける寫實の確かさ
といふものは、多くの前線詠に比べて見ても、あまり類
が無い位確かである。この際であれば、前線詠として何
處へ出しても恥づかしくはないと思ふ。

太 田 雅 三

氏の作品は一般に詩的裝飾が目立つ割に効果が少ない
樣に思ふ。それらの中にあつて次の如き裸な作品は、先に云
つた樣なものが見られず、かへつて効果が現れてゐる樣
に思ふ。

木 内 績 一 郎

たどくしき母のたよりは病むわれの生れし日今日
を祝ひて來たる

友が遺に周邊の聲をば述べつつも且に知らざるあゝ
この父と子と

戰場から寫頭されしこの作者の作品は、何か戰者の胸
にひびくものがある。この作はその代表的なものである
が、これで充分であると思ふ。今更賢聚の一部について
など言ふべき餘地が無いほど、この作は一頁全體として
充分整つてゐると思ふ。深き體驗と糧神といふことが今
更の如く感じられる。

畑 内 睛 幸

氏からも最近入營したとの通知があった。次の諸作は
何れも入營前の作であるが、それぐ、とへるべきもの
はとらへてゐると思ふ。しかし氏の作には相當むらがあ

—(81)—

闇取引いまだに絶えず日本の國民として恥をし知らぬ

滅私奉公心にちかひいさゝかの病は云はずたゞに働く

國民の期特を擔ひ佛印の特派大使に君鹿島立つ（芳澤大使）

○
　　　　藤　本　あや子

すがすがと青葉を搖りて吹くかぜの入りくる窓べに花を活けをり

通院の道べにけさは落葉して秋となりゆく雨のつめたき

窓に映るわか葉のいろのみづみづししばし眺めつ針運ぶなり

淡々ととほく霞める山脈にうかべる雲の光まぶしき（三防高原にて）

かざす手に白く輝く初夏の光あまねき高原を行く

○
　　　　中　島　雅　子

よろこびをわれにもわかちあたへよと思ひし故に言葉かなしき

庭すみに光をうけて生ひにけるすみれ小さき花をつけ居り

ほのかなるすみれの花の紫をみつけてわれの心ほころぶ

春なれや今日の陽ざしのうらうらとまねくがごとき野に出でにけり

春がすむ空のはてよりつたひ來る此の躍動のうねりは強し

○
　　　　岩　谷　光　子

れるかな

　この作者は大陸に出征中である。この歌はその、お捜さ
んが手紙からでも抜き出したのであらう、代筆して送つ
て來たものである。現征詠として、譬翼の敗材ではない
が、ありのまゝに歌はれてゐる點に難いよさがあり
極めて暖かい心が感じられる。

堀　　金

寂かにも老いし父かな子の兵に赤に染る襷を締ひたまふ
なり

子に送る襷を縫ふ父みれば父に叱られしわれらを知
らず

日かず經てとどく一片の軍事郵便それのみ恃む老の
身ならし

　この作者の作品は相富深い贅影をもつてゐる。作者に
とつては弟を、しかして、老いし父にとつては、その子
を戰場に送つてゐる一家の狀況が、豊かにドラマチック
に表現されてゐる。巾のある歌である。

吉本久男

戦車の地軸を轟する豫習に身のいたつきも顧し居る
る

　事變下に於て誰もがもつてゐる感情が、素直に、あり
のまゝに現はされてゐるといふことは、この歌を難て難
いものにする。感情の正當さがこの歌を生かしてゐるの
である。

高見烈夫

獸々と整備を終りペン捨てゝ友いざさよく召され征きたり

戰車隊通る街道に風強く並木の若葉光りつゝあり

鉢植の芭蕉葉青き事務室に若きをみなら働き競ふ

少女等の働き競ふ室に入り管て知らざりし光を感ず

デパートの屋上溫室に咲かむとする花の苔の數を數ふ

　　　　　　　　　高見烈夫

○

　　大軍援護

幾十の大車の車輪氷嚙むおとに目覺めむ真夜の獸ら

幾十の大車率るていまかゝる深山の道は嶮しく月も無し

荷の上に疲れいできてうとうとする暇なくて體冷えにけり

ランタンの灯ひき寄せ兵隊に馴れたるわれは手套繕ふ

　　　　　　　　　野　末　一

○

壕に土塀のかげに人ら蹲り緊急警告を報せるかんかん鳴らす鐘

風旗たかかからに一線を描き裝備出來たとガスの方向へ駆けてゆく

風旗振り振り兵に行けぬ身はかくあれといふこの思念きびしい

實戰下の空爆に己れを位置せしめ己れの生き方を嚴しくみ返る

かつて彼の愛誦した萬年青青葉あかるく庭の日向にある（民木氏兄死の日）

　　　　　　　　　越渡彰裕

前月短歌三讀後感

　　　　道　久　良

感傷は非常に誇張である。が、どうもぴつたり來ない。
上句の單純化の不足であらう。

それから、道久良氏の作である。道久氏の一聯は作者
がきほつてゐるだけに力作である。これはむしろ抒事的
情熱をくりひろげたところに勢力が表はされてゐるので
あらう。作者の意圖するものは現時代に葬流する勢力で
ある。表現されたものは同顯的ものではあるが。――

大陸の文化をわれに傳へたる母なる邦もつぎてとびぬ

女性におけはす末體を進めらわれいくばくもなく崩御し給
ふ。

二首共に含蓄ある情熱を感ぜられるが、少しく澄明的な
感がないでもない。が、標説は確かなものである。後半
の一聯にはやや單調な作があつて前驅の作に比較して劣
つてゐる。これは如何に現實の最も真實的であり最も深
く本質に食入つた相を把握することが如何にむつかしい
かをわれわれに數へるところがあらう。それに従
つて餘りに偶然的な事相に低迷して現實の真を
顯ふに由ないことにもなつてくるのである。以上で第一
の作品の卒部に就いての小評を終つたことになる。

　　　兒玉卓郎

裸る夜に兵がさけ來しわらし一把苦にあたれと焚きく

吉本　久　男

父吾の幼き頃は泰佛印の國の名をすら口にせざりき

起きがけに獨軍進擊のめざましきニュースを聽きたれば一日樂し

白々と朝露おける蜘蛛の巢に立寄りて見ぬ淸しきまゝに

久々に邑を步けば軒並みに創氏の表札の新しき見ゆ

隣家のラヂォ援ソ問題に觸れるらし吾も立ち行きスヰッチを入れる

一月あまりの出張より歸りし家内に荒き言葉はしばし聞かれず

妻子等を皆出しやりて國民詩歌創刊號持ちて日向にあぐらす

○

堀內晴幸

大君のみたてとならむ日は近く六年の職場今去らむとす

日每見し役所の門に今日の吾を祝ひて立てる旗を見にけり

吾れの名の大書されたるはたの前におのれがいまのとうとさを見き

拍子木をたゝきつける如し深山谷雨のはれまをうぐひすのなく

あさひかげ山いたゞきにい照らひてさやかに明くる深山たにかぜ

○

下脇光夫

奥山のゆのやどに來て浴槽に日も日もおなじおもひ重ぬ

幾歲か續かば續け聖戰の此のきびしさは感傷を越ゆ

金鋼の御像美くし百濟觀世音獨手の先を胸にふれてお
はす。

この先はいい。抒情詩の古來よりの永入的なものが、佛
語的具象的なすがたとなつて現れやうとする一種の宗教
的美しさがある。この作擧瀬戸氏のよき反面があつてよ
い。

坂本重晴氏の作　はどうも　潤ひが欠けてゐるやうであ
る。非常に散文的だ。作者の組識同瞽はわかるが涙剰と
した感動がない爲めに平板になつてしまつてゐる。で從
つて調になるのであらう。

日高一雄氏の作である。日高氏の作をみて考へたこと
であるが、短歌に於いて現代的素材の存在形態を力ある
藥餅の形式に變換せしめることは不態である。そして現
代的な形式例へば戰爭の一齣面等には常に其れに內在す
る形式がある。即ち交書的、記錄的、叙述的形式によつ
て努めて作家は非技巧に歸向を離れ寧ろ反藝術的な手法
を探らねばならない。これはザッハリヒカイト的な言葉
である。即ち我々は詩よりも浚渫されたものに向ふと言
ふ態度できる。勿論日高氏の作が、かくの如きものの標
準とは言はない。僕が自分でかんだ感想である。この
感情をあてはめると如何いふことになるのであらう。日
高氏の作はやはり短歌であつて、亦、新鮮さが孤潮であ
る。

ふるさとに住みしよりながくなりにけり半島にわがい
のち果つべし

自動車の頭光に追はれ野兎はしばらく走り外れてゆきたる

この作などは詩的情調がひびいてゐて快よいものがある。この感覺が他の作にあ
つてはまだ不熟であつた。例へば

疲れ着きし山のホテルの夕光に白き荒痍を吾は感づるも

の下句のごときものであらう。氏も期待していい作家である。

岩坪 馨氏の作風は著るしく變つてきた。足が確かに地について來た感じであ
る。氏の如き作家も、現朝鮮歌壇にあつては、もっと認められるべきである。只
像りに表面的に額を出さない慎みが知られてゐないだけである。この點、海印氏
も同樣であつて、何十年短歌に苦勞して來てゐるのであるから、駆出しの歌人と
は大いに違つてゐる。岩坪氏の感壇も複雑である。

月明か黎明かの照別つきがたくめざめてゐしはいくほどもなく

ある形像を描き出してゐる。氏も戰場にあつて傷づいた一人ではあるが、よく感
心理的現角から現實にうかんでゐるイリュージョンが表はされてゐる。しかして
傷を越えたところの氣分を寫し出したものである。ただかかる作は多く類型的に
なるから、注意してほしい。

山下 智民氏の作はやはり大きい感觸に溢りつぶされてゐる。それが常に生のま
まで投げ出されてゐるので強力な色彩が胸に照しってくるやうであるそれだけに深
味といふものがない。新京の一瞥も、多くは輕い寫生に終つてゐて感興のおもむ
くままに詠つたと云ふ節興さがあるのではなからうか。

閑材、表現と共に今少しく節理する必要がある。どれと言つてとり出す作はな
く皆同じ程度であるのは其邊に大いに済へる作歌の翼があるであらう。氏の特異
色と言つてよい大きな感觸からえぐりとつたものを表はした時に於て、低き作が
生れるのではないか。非常に明るい巍があって一年も吾れもやうやく國歌を歌ふ
此の國の民となり聞て一年も吾れもやうやく國歌を歌ふ

藤原正義氏の作であるが、確かにいいところを摑んでゐる。この感情はだれが
みてもある議論の美しさを表はしてゐるとおもふ。が可なりの基礎的弱さを見逃
すことが出來ない。それは一、二行にあるのではないかとおもはれる。それにし
ても意識的心情へのないことはこの作に好感を持たされるのである。

日滿の國漸に向ひ日滿の厚德往昔貴授續す

觀る人によつては此の作をおすであらう。これは直接線にたくましく詠はれ
てゐて間鮮情が含まれてゐる。其他の作は少しく大さつばすぎるやうである。
山崎光利氏の作は萬だリズミカルな着實さであるが、ただそれだけに終つてゐ
る。これでは困る。少しく明暗といふことを考へてほしい。今後の作を期待した
い。

次ぎに伊藤田親氏である。山下智民氏の作風に類似したところがある。ただ幾分
柔らかさがある。この柔軟性が時として表面的なものになつてしまふ。即ち彈力
性の消失である。

七色の光に立ち春の野に想念あをく溢ひてひろがる

作意としては新らしい表現とねらつたものであらうが、實は古めかしいのであ
る。『七色』はどうも困る。想念が何故にあをく溢ひてひろがつたまでは吟味し
ないが、それが七色と如何いふ關係があるのか不分明である。對象過に生活と精
神の關係は、倍加質的にふたたび接近しなければならない。もつと内魂的に來る
眞實さがなければ實質の遊びにおける危險を作者は考へてほしいのである。多分
の詩的感情の豊かな作者であるから、この點大いに悟ることがあると信ずる。

瀬戸 由雄氏は少しく固まりすぎてゐる。これも久しく氏の作に接してゐなかつ
た自分としては寂しい氣がする。餘りに形が小さい。もつと大まかに詠へないで
あらうか。このあたりで固まつてしまつては將來性がなくなつてしまふ。

中指の先をかすかに煩にふれて百濟觀世音の半跏の御像

この『中指の先』などは餘りに小細工である。中指で充分であらう。

—(7 7)—

前號歌評（一・二）

末田　晃

創刊號の始歌は、忽忽の間の出詠であったか一般的にみて佳し作がなかった。今此處では其一の作品に就いて小評を試みたいとおもふ。

其一に擧る作者は、現在に於いて朝鮮歌壇に於ける前線役割を果してゐる人々であり、且つ亦代表的な位置にあることをとおもふ。もつとも これは至部の作者を云ふのではない。大體に於いてさうであるといふのであつてそれにしても作品がやや低調であることは誠に遺憾である。勿論これは各作者の眞の力量ではない。唄せずしてかく低調なる作歌にあたつたのではないかとおもふ。／

さて次に作品であるが其一のなかにあつて渡邊驥甲平氏の作は光つてゐる。戰場を驀走したところの生々しい現實的感動のなかに暗示的な迫力が漲つてゐることは萬だ好い。

中原に作戰起していくにちは心ほのぼのの夢のの如しも
梭線へ消えゆく兵の隊列があかとやすも

の二首をあげることが出來る。同想的感動が新しい感情によつて詠まれてゐる。其處に戎衣はまぎれなくしこと人に說きつつ更に思ほや峯唱きて戎衣はまぎれなくしこと人に說きつつ更に思ほや把握した妻材に對しては同感は出來るが、これではまだ常識的域を脫してゐない。更に表現態度に苦勞する必要があらう。

常岡一幸氏の作も異色があつた。この異色あるといふことは興味的に終つてし

まつては萬だ困る。所謂現下の傾向的なものに便乘して時代の袖にぶらさがつてゐることは、この時代を耐えて進むやうな意力が見られない。所謂事件を、材料をそれが興味的に且つ時局的であるからといつてとり入れるだけでは意味がないかかる作が興味的に且つ時局的であるからといつてとり入れるだけでは意味がない蟇峨の大き歴史をもたされればいやとやすけじに兵を動かす常岡氏にあつては、

は、民族的個人の心から來るところとある感情を表示してゐるのは大變いい。然し二寸まだとなれてゐない。他の作にもこの傾向が多分にあつた。大藏なる表現は非常によいが、少しく練り直して欲しい。

諸木々の若葉のさやぎひそかなる貉沼ひのみちを日間に出でゐ

は――姜島梨雨氏の作である。姜島氏としては非常に質實に確かな作となつてゐる氏のややもすれば少しく感易に落ち入り易い謦は見られない。所謂味のある作である。が、これではどうも少し煩はしい感心出來なかった。これは三、四句に難があるのであらう。氏の作としては一躍はどうも感心出來なかった。

今府劉一氏の作は質實ではあるが、ある明さが厚みを見せてゐる。この厚味といふのは簡單に表はされるものではない。しかし現時の時代の進行を理解して今日の高度を行かうと思ふならば、弱々しい表現では困るのであつて、これは自然剛酷にても同樣に言はれる。

港口を大道ゆくごとくだみらはず連絡船の巨體入り來ぬ

この厚味で健康さを注意してほしい。それでゐて緊密である。次の對馬より吹き寄る霧のうごくより牧の大晶しばしかくれぬもいい。其の他の作は少し安易である。今府氏の作に對しては、海印三郎氏の作は、著るしく感覺的である。氏の瑞々しい感覺的な作は果物の香ひのごとしと評されてゐた。この感氛が潛心された時には新しい作品への標輝となる、きものを示唆するであらう。かかる作をわれわれは期待したい。

時折犬がのろ〳〵と現れては消え
ひつそりとした邸宅の塀越しに
眞紅な薔薇が咲き揃ひ

その奥の方からは
戰況を告げるラヂオが鳴つてゐた

張鼓峰 回想

青　木　中

『進攻せずしてこの線を守れ』
その日の滿ソ國境張鼓峰は
重砲彈と爆彈に山容は崩れ
死傷限りなく士埃は兵らの體を埋めたり
しかれども　この線を越えず
ひたすら　この線を守り
敵をして遂に休戰の約を結ばしめたり
今日はその二週年の紀念日
われらは默禱してその日の英靈に感謝し
今日この日の覺悟を新にしたり

しかして　かへりみよ
世界の情勢一夜にして變轉するのとき
敵性國家は益々その敵性をあらはに
かゝる日にこそ　備へたるなれ……
聖戰第五年をむかへるわがみいくさは
敢然として東亞の新しき秩序のために
一路整然たる　皇國の大道を邁進す
然るになほ依然としてわが道をさへぎるものひそか
に昔日の線をたのむことなかれ

彼は全てを肯定し
喜々たる人間の死滅の底に
最も偉大な最も高いものを凝視す
さうだ僅かの餘白も殘されない

きりつめた彼のこゝろは
閉ぢた瞼を貫いて
やがて聽えるであらう
茫漠たる祖國への讃歌が

驟　雨

半圓形を推積したやうな
人道雲が崩れて
ザアツと落ちてくる
雨達の激印

搖曳する

窓ガラスにたゝかれて咲く
黟しい花々よ
あゝ燦めく
散華の壯麗さ

波濤のやうに
樹葉は狂奔する
萼の上には白い飛沫が露のやうに

城　山　昌　樹

或　る　日

北國の初夏の陽が輝く

白つぽい坂道には人影もなく

椎　名　徹

お下髮にとまりに來た

玉順はお下髮をそつとゆさぶつて
ーわたし何も惡くないのに
先生はわたしばかり憎みます
わたしばかりー

秋窓ひらく

秋とはなれり　夜はしづもりぬ
はしぢかく　書をひもどきて
萬葉びとの歌によみいる
あわただしき生活の後のひととき
こころ打たる　わが父祖の魂に
ひたむきに生き　ひたすらにうたひしを
われもまた　ひと筋に文學に生きなむ

落日の花

茫々と山なく

赤蜻蛉はポプラの梢をすいとくぐり
蒼空へ斜めに風と流れ
それつきりもどつては來なかつた

玉順は淋しさうに
山の頂ヘアカンベーをして
さて　それからしく〜泣きじやくるのであつた

増田榮一

なまなかの詩は作るまじ
召されなば　ペンを折り銃とりて國を守らむ
國のため悦びて死する覺悟あり
されど　いまわが手にはペンあるのみ
いのちあるかぎり　詩をかきはてむ
われのかく生くるしるしを
われのかくあるべき道を

江波恕治

盡きることのない麥畑の中で

ー(73)ー

詩を笑ふ者に花を贈れ

李　春　人

詩を笑ふ者に花を贈れ
花はランマンと泥濘に咲け

花悄然と泥濘に枯るゝも
詩人は笑ひを以て飢を退くべし

眞珠の粉が

佐井木　勘治

とある陵線の廳舍では遮ぎるものもなく風が吹くと
硝子戸はがたんがたん騷ぎちらし
雨が降るとみなは濕氣でごほんごほん咳をした
――といふよりも
しげつた青葉のひかりにあくびしたり
そこの小途を丘こえてチョゴリの娘がいつたり
たり
あひての仕事が下手でまつかにおこつて
それでも青葉をみてゆるしてやる氣になつたり

すればおもしろいので
ふたつとない下駄をふみやぶり
頭からごろんこをかぶり　血肉刺をつくつて
その木は庭にさえないと　みなはいふても
なまけ者のわたしはポプラを必死で植ゑた
日毎　雨はしんしんと降りしきり
夜毎　青葉は白い壁をうすいみどりにそめていつた
葉影からは　眞珠の粉がまろびいでかげりきらめき
あひながら

赤　蜻　蛉

川　口　清

赤蜻蛉が翅をぴんとはつて

校庭の隅に立たされてゐる玉順の

―（ 7 2 ）―

238　국민시가 國民詩歌

經濟學

森田良一

經濟學は詩である
價格等統制令や海運統制令など
南方權益への經濟的進出
それ等は常に火花を散らし
意志の情熱的な決斷を要求する

波濤を敏感に受ける舵器
過熱するエンヂン
そして帳簿や計算機さへも

詩の知性と眞實性を持つ
それは一匹の生態である

詩は詩以外の詩の中にある
經濟學は正にそれだ
砂漠の中のォアシスのやうに
健實な思索の清冽な流れは
眞實の詩となつて飛躍する

大漁讚歌

田原三郎

飛沫く波　鐵の肌
碧空に燦と躍る銀鱗
いわし　鰯　鰯の山
林立せる檣頭には
高く低く　翻る大漁旗

征かぬ身は銃後生産へ蓦ら
逞ましき哉黑潮へ挑む若人
雄々しき哉海の覇者
今日も亦北鮮の空を搖がす喊聲

毘盧峰にて　　　　　　　　南　村　桂　三

峻嶺の幾かさなりが重々し彼方に秋の陽の落ちゆきて

秋の陽は遠く靜けし金剛の峯のいくつかを染めて落ちゆく

夕闇のすでにこめたる山麓に灯見ゆるは溫井里ならむ

水平線に太陽出づる瞬間を燃ゆるあかさに雲は染れり

黎明の大金剛は新しき今日の一日を息づく如し

○

哈　爾　賓　　　　　　　　稲　田　千　勝

蒙古より砂風吹けば街上につむじ風舞ふ白都の大路

楡の枝ゆコバルト色の空ずかし伽藍のドーム落陽に映ゆ

別れきて降り立つ庭の敷石に月の光は青く凍れり

ヂンギスカンといふ驛に向ふ汽車煙を吐いて松花江の鐵橋を越える
スンガリー

遠き地にゐませば君がたまゆらの黑き眸のたゞに戀はるゝ

雪の降るアジアの春はふくらみしにれの小枝に日ざしゆれたり

○

初秋の澄みてかがよふ普天蔓眞白き雲の二つ動かず

津寛寺の菩提樹の下の百日紅白く乾ける砂に赤しも

幾重にも他の峰かげを重ねあひ山鮮かに暮れゆくところ

バカチの實まろぶ畑地を七面鳥するごき眼して追ひ迫り來ぬ或る日

灯も入れずしばしを部屋につかれ居りひとりの子ろに想ひ疲れて

三鶴千鶴子

○

秋空に爆音高く繁然と我が編隊機飛びて行くなり

男の子らの三人をわれも持ちにけりほこりをもちて健かに育てむ

わがつくる慰問袋に入れむとて幼き子らは一日文書く

クレヨンで何をかきしか幼兒も慰問袋に入れよとせがむ

吉田竹代

○

兩の手にをさなご引きてみごもりし吾も避難の訓練をうく

なまやさしく振舞ふ時局にあらざればモンペ部隊のかひぐしかる

敵機襲來に二人の吾子を引きよせてしばしを伏すもこのものかげに

避難所の草原に來て戯るる吾子よろこべこの大き國

國をあげて皇國を固めんこの時ぞ心雄々しく子にも對へり

炎熱を征き征く兵等思ふとき暑しとは言はず夫と語りぬ

吉原政治

○

自轉車の猛練習に傷つきしこの娘の足も時代を行く足

次の代を背負ふべく育つ子供等のその歌ごゑを身にしめて聞く

軍隊の下駄の緒製作

千足の下駄の緒作る奉仕にも驚かずなりし事思ひみつ

日露戰役當時の天幕も細く裂き兵の下駄の緒をわれらつくるも

○

小林惠子

軍服のたくましき兵は吾子抱きて殘し來し子の齡語りぬ

玄關に立ちて舉手して去り征きし兵の姿は忘られなくに

三度目の出征といふこの兵のとゝのへる態度には迫るものあり

世界の動きいよいよ嚴し朝々を迫る想ひに新聞讀むも

息づまる世界爭闘の中にして生ひ立つ吾子の間ふこと多き

頼ひなき世にし生れ來て幼吾子ぜいたくといふを知らで育つも

幸はこゝにありけり母と子がたゞ呆け遊ぶ浜のひとゝき

○

岩淵豊子

しつとりと諸葉におきし朝露を落して過ぎぬ雨氣ふくむ風

夕星のあかときさむくまたゝくを蚊帳越しに見ぬ秋に入る朝

斑碧のとさかふりたて七面鳥追ひ迫り來ぬ丘の畑道

―(68)―

242 국민시가 國民詩歌

秋づける空と思へり右側に百濟塔みてトロ下りつつ

放射狀幹線大路の眞砂土のきらきらと光るも既に秋なれ

十五分之一急勾配を下るときトロの人夫の面緊りをり

巾員二十五米幹線道路の埋立ての土に混れる百濟の瓦

李朝期の基礎栗石の下にして百濟の大き礎石埋れる

軍守里の發堀されし寺趾は又埋められて草靑みけり

切取りの人夫の中にうちまじり今日の獸襦はささげけるかも

〇

管制下のとぼしき灯圍みつつ各自に勵む夜々を經にけり

桐の葉のさやぎあららぐこの夕秋の戰地に想ひ捧ぐる

朝の日ざし座敷ゆ去ればひたひたとはだえ冷えゆく頃となりにし

家並ひとつ隔てし鋪道ゆく人の深夜の如き足音を聽く

秋さりて花を咲かせし緋ダリヤの緋の色澄みて陰影深かし

〇

靜かなる國はあらずと思ひつつ美しき茄子の漬物を食む

ほゝづきの色づく庭に親と子が防空壕の設計を語る

三木允子

佐々木かず子

─(6 7)─

蒙古にて

みちぞひの黑き土塀の家の前やせたる豚の眼するどき

戎衣きて立つわれならずしかれども兵の如くに心きびしく

草原の道にゆき逢へる兵のいくたりはトラックの上にて歡聲あげぬ

トラックにて貨物のごとく運ばる〲蒙古の民よやさしかりけり

片山　誠

○

この峯をかこむ山々に木は立てご赭き山肌はかくすすべなし

ここより見ゆる山腹陰の部落いくつねむれる如く薄靄の中

（桂陽山行）

高原を喘ぎてのぼる汽車にあり今日は勤めのことを思はず

汽車の窓より見上ぐれば山をおほひ咲くリラの花かもなびき波打つ

窓より入る五月の朝の風つめたし物書く卓の野薊の花

（陽德溫泉にて）

野村稢也

○

夜もすがらの雨と思ひしはあまり湯の溪川なしてせゝらげる音

夜は落つる風いまだある庭のうち月見草の花開き初めたり

大輪の白百合を三つ切りてさせばこの部屋に居ても匂ふその香は

梶原　太

—（66）—

久保田義夫

海濱のホテルに人を尋ね來て海を喜ぶ教員われは

入りつ日のかそけき海を眺めつつ一日のつかれいまだとれざる

夕涼む者等がい寝し坂道や灯かげまばらにて海に迫れり

○

野津辰郎

満洲より玉城仁君來る

不自由なる生活は云はず春楡の花散るさまをおもしろく語る

新妻と始むる生活は開拓村にしてぢかに國策に繋がるこの友

はたはたと椰子蔭に軍旗のなびく音聞ゆるが程爽しき朝なり（佛印進駐）

○

坂元重晴

南部佛印に皇軍きほひ進駐す此新聞に思はず聲あぐ

シンガボールに日章旗あがる夢にさめぬ此夢やがて現實となれ

一視同仁の大みいづ知らず幸薄く熱帶樹下にあえぐ國人

横暴な虎彪の群を退治しておりの羊を生かしませ神

金よ武器よとからさわぎすも一人だに命捧ぐるつはものなけむ

○

南海の波濤を越えて新しくすめらみくにの歴史を創る

待つにはあらず待ちゐしものの來たりしかば鬱然としてそれに對へり（直ちに英來りわが資產を凍結す）

順調に雨降りたれば甘藍の玉なす靑葉畑をおほふ

靑々と畑のうねに盛り上る甘藍の葉の階調は良し

道　久　良

○

大同興院生として各地を景與旅行す

炎々と燃え熾るときの堂塔の奥ふかきところに圭上おばしき（等圖にて）

おぼほしく空は曇りて居りたれば海鈍いろの光を反射す（大連近きところの黄海にて）

高はらは夏草の花咲き居つつすでに幽けき夕づく光（十月滿旅行）

庭済に朝の靑葉の映り居てしばしばゆらぐ事の淸しき

瀬　戸　由　雄

○

巷邊をゆきかふ人も歩をとめて心ねもごろにささぐる默禱

つつしみて我等ささぐる默禱のこのたまゆらの嚴しさぞよき

默禱をささぐる峠しゆきむかふ魂一點に寄るとぞおもふ

山　崎　光　利

—(64)—

今回本府望に國民總力朝鮮聯盟文化部の後援指導の下に發刊された本誌の出現に、よつて始めて、鞏然たる、半島詩歌藝術の公器たる機關がれわれに與へられることになつたわけである。

そこで、今後の問題は、半島在住の詩歌人が私利私情を捨てて、如何に本誌のために文藝報國の實を擧げるかといふことに懸つてくるのであつて、この新なる出發に際して、半島在住の詩歌人はその指導の階級に在ると、今から詩歌の道に學ばんとする者を問はず、全員が、半島在住の詩歌人であるといふことに目覺め、國のための建設的詩歌藝術の確立といふことを目標に、總力總起らの意氣をもつて、本誌をよりよきものに愛育する熱情をもたねばならないと思ふのである。

舊、或をかなぐり捨てて、國民的感激から湧き上がる情熱を、作詩、作歌の對照とせねばいけないと思ふのである。

詩歌が一般大衆に與へる影響の大なるを考へるとき、特にこの問題は戒心を、要することなのだ。

次に『國民詩歌』は如何に進むべきかといふことについて考へてみよう。

いふまでもなくこれは筆者の私見であるが、先づ第一に本誌は半島唯一の詩歌增の公器であるといふことを忘れてはいけない。また常に、半島詩歌增の最高指導機關であるといふことを忘れてはならない。指導性なく指導理念がないやうであつたならば、この物質雜時代にわざわざこんなものを發行しないでもいいのであつて、文藝報國の僕、常に新人の養成撫育の任を果たすだけの情熱が失つてはならない。そのためには、一般投稿者のために選者選制を採用し、適當な方法で殴名の選者を設け、毎月輪番に選を擔當してもらつて、作品揭載の責任を明らかにし、且寸評を供せて揭載することが必要でありうと思ふ。

次に、出來得れば經價の許す限り、今後毎年、年刊詩歌集を刊行してもらひたいとである。それにもうひとつの希望は、毎年滿人、歌人各一名に對し、詩人賞歌人賞を授與することにしてはどうかと思ふのである。が、このことは國民總力聯盟あたりでもしてもらつた方が突當かもしれない。然し、いづれにしてもこれらの施設は半島詩歌增の動きを活潑にすることだけは疑ふ餘地はないと思ふ…

先日の會合でも、上田忠男、田中初夫兩氏が『詩歌人が一緒に集つて、論議し研究するといふことはいいことだね』といふ意味のことを洩らしてゐたが、たしかに、そこには何等かの意味に於て效果がもたらされると思ふのであつて、今後も本誌を中心に二月に一回乃至三月に一回程度の集會を催すことも效果的であると同時に半島詩歌增の確立運動への拍車をかける一方法ともならう。

いま、われ〳〵詩歌人に與へられた使命は一篇でも、一首でも、いい詩、いい歌を作らねばならないといふことであつて、そのためには、半島に於ける斯道の唯一最高の機關であり公器であるところの『國民詩歌』といふ道場に於て、おほいに叩き合ひ、鞭まし合つて、作詩作歌の道を究め、練らねばいけないと思ふのである。そして、がつちりした、優れた作品で本誌を埋めることによつてよりよき半島詩歌增の確立がそこに期待出來ると思ふのである。いま〳〵詩歌人の群起をのぞむと共に、本誌への愛情の傾注と、認識ある協力とがねがつてやまない。

九、一三日書

―(63)―

半島詩歌壇の確立

美 島 梨 雨

去る九月二十一日『國民詩歌』創刊記念第一回會合が催され、『國民詩歌』を中心にいろいろな問題があらゆる角度から論議されたがその論議の主點は半島詩歌壇の强化に全半島詩歌人が奮起し協力奮鬪すべきだといふことでゞあつた。では從來の半島詩歌壇はどうであつたかといふことが問題になるが、從來とても詩歌共にそれ〴〵の同人雑誌に據つて、それ〴〵活動をつづけてはきたが、これが半島の詩歌發展の全貌であると示し得る機關はまだなかつたと言へよう。ところが

がら詩の世界に於いて感動が感傷の前提である場合が極めて多い。このことをわれ〳〵は考へねばなるまい、すべての感傷が單なる幻滅感からくる悲哀であるとするならば眞下飛泉の『こゝは御國を何百里』や月照の『六君のれわには何か惜しからむ薩摩の瀬戶に身は沈むとも』の悲壯感はどこからうまれてきたのであらう。勿論過渡な享樂の後に襲つてくる空虛ーさう云ふものを聞めんが爲なる安易なセンチメンタルは撲滅されねばならぬ、が悲憤、飛躍への渡場としての感傷は詩の歷史が示してゐる通りそこに何等國家的國民的危險はある筈がないのである。いつそ、その悲壯感により國民精神を鼓舞しだのである。感傷に內攝し感情の昻揚に溺れてしまふやうなことはもはや今日ゆるされてはならぬ問題であるが明日の希望と勇氣を意味する場合決してそこに不細工物はないのである。われ〳〵は感傷や失望を至純な希望へ奪かねばならぬ。詩人にとつて詩はその職分である。職業以上のものであらねばならぬ。なぜなら今日程國民としての詩人の理出を待望する時代は過去にをいてなかつたといつていゝからである。われ〳〵詩人は詩をかくことによつて自分の使命は勿論國民を啓蒙し國民文化の向上をはからねばならぬ。われ〳〵は詩をかくことによつて『みたみわれ〳〵いけるしるしありあめつちのさかゆるときにあへらくおもへば』の境地に到達しなければならぬ。それによつて始めて國家と共に生き國民として

の責任が詩人としての責任をも果されうるのである。われ〳〵詩人は詩をかくことを職分として考へねばならぬ。職分とせねばならぬ。

詩壇でも時局便乘が非難され嘲笑されてゐるやうである。それはよいことに違ひないが時局便乘を非難するにあたり國策貢獻（？）と時局便乘とをその根柢尙精神にをいて格段の相違があるのである。封建的『孤高の精神』は象牙の塔の中で窒息してしまはねばならぬ。國策貢獻を蔑ろに邪魔し（意識してゐるとは思はぬが）孤高の機神を專ら運中こそやがて時代の傍観者的存在に轉落するであらう。國策貢傳と時局便乘とは確然と區別されねばならぬ。詩人自身が區別しなければならぬ。

詩は今迄一部の人々にのみ理解されてきた。愛好されてきたといつてもよい。インテリゲンチヤその中でもごく少部分の人々によつて詩は疑眼してきたのである。相當の教養ある人でも『この頃の詩は解らないネ』といふ感想を洩らす。これは現代詩の把握しがたい性格を說明するものとも雨雪な言辭であらう。ここに國民詩の節奏多難な行路を私は思はずには居られないのである。

―(6 2)―

短歌以前に培ふ

瀬　戸　由　雄

『世界』とは、主體が朗々たるその瞳を瀏眼せしめる限りの時空への擴がりを意味する。私達は此の様な瞳を培ふことを思はねばならぬ。健かな瞳のみが、健かな世界を瑞前することが出來るであらう。それは生命の不斷の愛憬が將來するところのものであり、生命の不斷の愛憬に於て培ひ得るものは、夫々の生活の全體を背景とするものであらねばならない。

短歌世界の擴充は此の様にして、何よりも先づ私達の生活の全體に底礎せられるであらう。短歌世界に於ける諸多の論議が、『何を歌ふか?』、『如何に歌ふか?』を云謂してゐるのは、斯かる『如何に生きるか?』、『何を歌ふか?』の、より根源的な問ひの上に始めて可能となるのではないだらうか? 生活に根ざさぬ藝術の蒼白さ、瞳の稀りにも私達は數多く經驗し來つた。歌ふ『何を?』の世界は、健康な生活の窒ひ來つた健康な瞳のみが發見し得るであらう。短歌以前に培ふことは、とりもなほさず夫々の生活に於くことであらねばならない。不斷の生命の成長を可能にする。不斷の生命の仰長こそ濟世界の發見であり、歌ふ『何を?』の無限な開拓であるであらう。そこに生々しい感情にうるほされた言葉が、歌にまで結象しもすれば、歌が國民の生活を支へとした國民文藝としての位相を得來りもする。私達の生活は、國民としての生活を第一義とする認識の上に打建てられてゐるからである。私達の生活それ自體に於てこそ、私達の生活の全體に裏打ちされた新しい糟細美が培はれ、拓かれてゆくのではないだらうか?

國民詩に關聯して

城　山　昌　樹

國民詩は國民に希望をあたへねばならぬ。國民詩といふのはそれ以外のものではない。國民に希望をあたへるといふことは國民生活、そのものの眞のロマンチシズムを高揚し、國民の礎に訴へ鼓舞し激勵し國民精神を美しく高めることである。緊張を強ひるやうな役割が國民詩の役割であつてはならない。寧ろ緊張をほぐして然も感覺の弛緩させない──つまり情境的に民族と國家の意識の源泉たる同胞の親和や協同を強調するところに國民詩建設の意義があると思ふのである。であるから緊張をうたつても勤勞をうたつても侵畧在協同體を意識しての行爲でゞ

れぱそこに何等國民詩としての差別がない筈である。またかゝる以上人間の肉體の奧底に潜み巣食つてゐる享樂的情感を露はに揶揄するやうなデカダン的なものは生れる筈もないのである。この意味において萬葉の歌人がうたつた眞のうたもわれらに大きな示唆をあたへてくれるであらう。

國民詩が詩である以上感傷せねばならぬ場合も少くないに違ひない。もし感傷を否定するとすれば戀愛の原理である感動を一層なんで處理すべきであらうか。詩の性質によつては感傷以前、或は感傷以外のものでも處理しえよう。しかしな

—(6 1)—

田中　初夫

おもひしろ
黄金の　釵 もちたれば
嫁ぎし時にかざしけり
いま君がゆく長旅に
憶ひ代とて參らする

效崔國輔體
妾有黃金釵
嫁時爲首飾
今日贈君行
千重長相憶
　　　　　許蘭雪

待てども
待てども君のまさぬゆゑ
梅の木陰をはなるれば
ふさかさゝぎの鳴き出でゝ
鏡むなしく眉を描くかな

尾聯
有約郎何晚
忽聞枝上鵲
　　　　　李玉峯

わが臂に
わが臂に彫りしこの名の
墨も濃く讚るゝ君よ
江水は渇れ盡すとも
末つひに心變らじ

贈謳御史
贈兒臂上誰名
墨入冰膚字字明
寫史川原江水盡
此心終不負初盟
　　　　　蘭兒

わかれ
かたみに涙こぼしあひ
かたみに心傷ませつ
他人の別れは見馴れしを
今日は我身ぞ知らざりき

奉別巡相李公
荷淚眼看流淚眼
斷腸人對斷腸人
曾從屛裏窺常見
今日那知却若身
　　　　　桂月

―(60)―

すごいなあ。ぼくのつくつた飛行機だぜ。ぐりぐり
坊主のあらい呼吸。祖のはげしいいのちに育て。ま
たはるかな天涯をつらぬく彈道のきしりに育て。

あたしは從軍看護婦よ。きみの幼いくろかみもゆれ
て、まことに太虐の野邊に咲いて散る櫻の、なんと
さかんな氣配の漲れであらう。

春秋いくたびか、燃ゆべきものは、燃えつくし、鋭

く研かれたもののみ冷然とある銃後に、きみらはい
ま、緋繊に匂ふ花の幽かをおくらうとする。

ぐりぐり坊主よ。おかつぱよ。
聲たかくうたへ。荒鷲の歌。
黄土を征く戎衣に思をはせて、母の神なる大八洲の
あゝ、天壤靑きところ、なほも三尺を飛ばぬ機體の
ゴム糸を巻かうとするか。

わ が 泉

香 山 光 郎

わが園に泉あり
いと小さき
されご 澄めば
萬の物映る
晴れし宵なれば
星も月も宿す

わが園に閒なし
道行く人よ
立寄りて汲みたまへ

いと小さけれご
濁りてはあらず
喉潤したまへ

わが園の木陰に
隱れてあらん　われ
朝な夕な　眞夜中なれご
わが園に歩み入れて
泉汲みたまふ
君仰ぎて喜ばん

—（59）—

子供が五つにもなつたこの頃、山の中から町中の
家に移り住んで種々雑多な言葉の中に日毎の生活を
営みながら私は言葉といふものについて新しく考え
させられる。

耳に流れ入る言葉の多くは美しく装はれてあつて
も刺草のとげをもち、すこやかに語られても蕺草の
花であつたりして人の心のなぐさめにもなる言葉な
ごは夢の中の言葉のように求めがたい。

言葉の美しさも愛らしさもしよせんは人の心の愛
によつて咲きいづる花であるより他はない。愛ある

三尺をとぶ鷲

きりきりと　プロペラを巻く音。
それはいつか遠い世にも開いた血管のひぎきではな
いか。

ゴム糸の匂がするぞ。　いく千里はなれた土地の硝煙
の匂ではないか。

あの雲のむかふは戦場だよ。　ぐりぐり坊主が地表を
指さしていふ。

心にこそ温い言葉も咲き花のような言葉も匂ひいづ
る。

吾子よ。
私が幼いそなたに切に望まねばならぬのは『愛あ
る心』の成長であつたのだ。

吾子よ。
聰からず、みめうるはしからずとも心温く正しく
育てよ。

あゝ、そしてこの言葉は愚しき母が自分自身に云
ひきかせる言葉でもあるけれご。

上　田　忠　男

おかつばもいふ。　赤十字の看護婦さんもゐるね。

きみの手を離れて、三尺の空を剪るつばさをみたま
へ。

それを追ふ爪秀でた若鷹の、神意を宿す瞳。北狄、
西夷なにするものと、大地を踏んまへた神州の裔の
はばからぬ逞しさをのせて、あゝ、三尺のそれ以上
をとばぬ模型飛行機よ。

その手から乙女の胸へと移された緑の鞄

春は紺瑠璃に光る海を
夏は白いカモメの舞ふ海を
オレンジ實る小島から
出船入船賑はしい町の學校へと
毎朝ボン〳〵蒸氣で通つた頃は
装幀の美しい詩集と純白のレース糸と
華かな便箋に封筒も入れられてゐた

息吹きも凍る酷寒の頃

母 の 夢

少女の日に私はこんな話を讀んだ。
『容姿美しいお妃が母となる日を前にして窓に降る
雪を眺め乍ら縫物をしてゐた、誤つて針で指を刺し
たので血が滴り落ちて雪を紅に染めた。お妃はそれ
を見て生れ出る子供は雪のような肌とこの血のした
りのように紅い唇をもつた女の子であるようにと
祈つた。日を經てお妃は望通りの女の子を生むこと
が出來た……』

青年の住む京城に來て
日毎混雑する電車に揉まれ
太陽の直射に緑の皮膚は色褪せ
夕べの家路には牛肉の包みや 玉葱や 大根も書籍と同
居するやうになつた

嘗てのなめらかな皮膚は生活のしみが匂ひ
大根の尻尾もはみ出るやうになつたが
軌道に乗つた二人の生活を見守つて來たこの鞄には
もつと大きな喜びが 溢れるほど 入る様にもなつてゐ
る

柴 田 智 多 子

やがて私にも母になる日が來た。
さて何を願はう。みめかたちの美しさは望の外の
願ひであり、又聰い頭、これも思ひよらぬことならば
何を願はう。すくやかな頭、愛らしい言葉をこそ―
その頃私等は山の中に住んでゐて朝夕を夫とすご
すほかは一日中吾子と二人だけで物云ふことが多か
つたから吾子よ、きれいな言葉を、匂ひよき言葉を
語る者になれよと願ひをこめて語つた。

千年──雁は北へ還つて行つた

水はなにごともなげに澄みきつてゐたが
幾度　滴る血潮に染められたことであらう

落日のあまりにもあざやかな紅を映して
ながれはゆるやかな渦紋を描いてゐた

靜かな決意

安部一郎

不銹油に浮いた雨滴を劍尖に乗せて
私は航空地圖を辿る飛行士の指先を追ふ
新京──將軍廟
氣流の渦巻く興安嶺索岳爾齊山系
白樺の森は原始に覆はれ
また珍獸ハンダハンの棲むヤーラ湖を越え
茫漠の沙漠へ──戰場へ──

●

冒險は火と凝つて この空を明日は　晴天に結晶させよ
この機は民間機　この人は軍人ではない

國土を擧げての戰に
貴方がたも　私も　憑ふして　この夜
雨の飛行場の華かに輝く豪奢な待合室に
汗にまみれ　この地圖に息を殺す

明くる日　飛行士よ　機關士よ　また
いま整備に推進器を唸らせてゐる整備員よ
人を乗せぬ旅客機は　必ず　興安嶺を翔り
今──貴方らは　作戰命令に據り
我が部隊長の指揮下に入つたのだ
惡氣流を乗り越え
使命を遂げるであらう

緑の鞄

島居ふみ

銀座の飾窓で電飾に輝き

社用で上京した青年の胸に愛の表情を呼醒し

──(5 6)──

軍装の重みは桎梏となり
唇を沾さうにも唾液は乾び
亂脈な息使ひが縺れ揺れる腸に沁む
霞み勝ちな映像に眼を見開き
一途な想念の反芻に自らを鞭打ち
地殻を蹴つて軍靴を轟かせる

白轉車が自動車が電車が走り
街並は秋の陽射しに輝き
死闘を待つ敵兵の姿もない
行手には砲彈の炸裂もなければ

史

蒼白な死屍の累積する曠野を
還流して清冽な泉が湧いてゐた
硝煙　消えやらぬ殉忠の草原に
今宵　一莖の血花は手折られ

今　川　卓　三

荷馬車と人　人が通る

砲彈を道化た威嚇と化してしまふ
戦場に於て百萬の敵をのみ
かくて高揚された精神力は
耐えよ成し遂げよ
なんと惰性な逃避であらう
死は肉體の終焉であらうけれど
突如閃く死の幻影
切羽詰つた意識の裡に
今は何も見えない　何も聞えない

歴　日

吉　田　常　夫

蕭然として捧げられた祖國への神饌よ

硝煙が霽れた後には泥と石との家が殘されてゐた……
楊柳は春を知つてゐる

—（５５）—

征　戰

尼ヶ崎　豊

一途に敵陣目指し
歩武亂さず

兵ら征く
完全軍裝の重壓を双脚に受け交はしつつ
鐵帽の頂點を凝視め又凝視められつつ
聲もなく突進み突進む

硝烟は濛々と曠野に立罩め
跳彈は火花を散らして狷ひ狂ふ
生死の境
いま莊かな祖先の聲を聆く
勇士の血潮は躍り騰り

迫撃砲彈の炸裂に彈痕亂れ
戰友の生命一瞬に斷剪らるるとも
昇天の搖籠に銃劍の閃光を手向けて
悲壯の貌

軍靴の鋲は飽くまでも感傷を默殺し
花蕋の夢を蹂躙り
只管に進み邁く

あるひは天翔ける光芒となり
あるひは燃えさかる熖となり
嚙みしめし唇と決死の眥に
かたときも翳ることなきおほらかなる祖國への誓ひ

見よ
嚴しき軍律の下
個々の宿命は天に委ね
兵ら行動す
菅神の如く　鬼の如く

噫この烈しき祝祭の央
肇國の神の意を承け
兵ら尚も征く

半島の米産豫想二千五百萬石心朗らかにわれはききたり

汽車の窓ゆ見れば清しき早稲田並栗の林の峽におよべり

○

常　岡　一　幸

あへぎのぼるエンジンの音のあひ間にし汗をふきつゝ解説する乙女　（鎌谷）

せみしぐれ山にこもりて眞夏日の樹影黑々とかげさす石碑　（大詔奉碑）

御牢のくらき奥處をのぞきつゝさゝやく聲はいつか曇りつ　（千年）

たとへて言へば戰車の如きか驀進の後に新らしき秩序立つべし

いのちかけて信念に生くる日蓮の大き人格今にあらしめ

裝ひてつれ立ちあゆむををとめ等も皇軍の威武をしばし立ち見よ　（陸軍始觀兵式戰車隊行進）

○

末　田　晃

街道に歩哨はたてるいく日のきびしき衢にひとはいきほふ

大いなる軍の行動おこすときけふはたちまち佛印にあり

大洋をとほくわたりし長政の偉業はいつか地圖のうへにみむ

疲れつつわがこもる日のちまたには喇叭はきこゆ朝に夕に

行進の列曲りたるひとときを映寫のごとき空白がのこりぬ

穂を抽かむ稲葉ののびのきはまれるふかきみどりのいふべくもなし

今　府　劉　一

○

朝餉ととのふまでを海見ゆる丘に登りて兒と遊ぶかも

海見ゆる丘にし佇ちて幼なぶり抱ける吾子と船をかぞへつ

颱風のすでに止みたる公園に百日紅はこともなく咲けり

空の色のさだかに澄めば朝鮮のここより見ゆる對馬島山

とどろける疾風の中を梶子は白くたえだえに咲き居たりけり

關東より國土守るべく防人のはるばる來たる對馬山見ゆ

（八月初旬朝鮮地方に颱風來る）

天　久　卓　夫

○

敵の手に仆るるにあらず死にぎはに遺さむ生きのこゑを愛しむ

まなこすゑて妖しく睨む蝦蟇のごときもの白日にして　れに對へり

段々畠のいちばんうへの畠にて　種蒔きすすむ踊れるごとく

山の麓の棚田をくぎる幾條の細きながれに夕日のこれり

日　高　一　雄

○

生産力擴充皇軍の精鋭あますなくわが前にしてあるをたのまむ

南方の海を壓して默々と遂に及べる日本の力

（輝く日本の實力）

緑なす湫江の邊に立ち給ひ國見をせさす此のよき日かも

バルカンに戰火をさまりゆきしかば火は自ら東へ移る

その朝つゆじめりせる庭にゐて木の間ゆ見えし空の碧さよ

夜べおそくふりにし雨か木の間もる朝陽をうけてしめれる大地

伊藤田鶴

〇

清冽なる流れに體をうち晒しわが生生の殘滓を洗はう

ゆく途はよし暗くともわが内の光ともしてまよふことなく

あをき野は草ビロードの柔かさ臥せばしめりくる臉をあはす

わが耳にかへる谺と知るからに曠野にはおとさじわがつぶやきは

〇

南部佛印進駐に際ふ

海渡り神武のみ軍征きし代も阿岐と吉備との足場もたしし

神の代の神のみ軍すらだにも一向きに海を越ゆるなかりし

まつろはぬを神伐つさきに言向けて平和すこころは今日につぎつつ

あすの世界のはかられぬ世の氓にして默し働くみち示されたり

むさぼるがに時事講演に耳をかせざあはれプラスするいくばくもなー

つつがもちて籠りてありし幾日ぞもこころ朝田のみどりにふるふ

堀全

自が地位をかさにもの言ふ人に對ひあらがひしころは夢もちてゐき

○

前　川　勘　夫

百難を越え來しわれにあらねども今日のお召しに心勞はなし

眞夜中に來し令狀にむらぎものしばしさやぎしがやがてね入りぬ

滿洲事變以來思ひはこのことを去らざりき隊にあるかも十年の後

まんじゆしやげ眞紅に咲きて秋晴れのこの原の上を白雲去來す

里川のたぎつ瀨白き秋故に鮮女は着るも濃厚色の裳を　　　　（古都にて）

河水は石門をくぐりてゆたかなり昔宮女ら此處に遊びし

○

山　下　智

窓ひらけば烈しきかぜの吹きてくるビルのあはひの空は灼けつつ　（新京の夏）

終業の廊下暗きを華やかに滿系少女らもうちつれ通る

退けてわが炎熱をゆく途すがらいまだざはくめ印刷工場あり

大同學院、兵舍、測候所等を點在したるみどりのうへの夏灼くる天

高くしてきはまりあらぬ國都の空地につながらず天に斜す

○

藤　原　正　義

國おこる此のいきほひのいや榮に車駕チチハルにつき給ひけり

（皇帝陛下西北巡省恐賦）

古風なる感傷もちて蛇沒湖の稚き薄にこもる幾時

蛇沒湖の稚き薄を揃ひ刈る愛國班員旗ひるがへす

風吹けば光る薄を刈りてをり蛇沒湖の水遠く涸れゆきて

煙草の葉乾して香に立つ部落過ぎて稚き薄の光る蛇沒湖

煙草の花咲ける斜めの道くだり水は黄色き蛇沒湖に立つ

渡部　保

○

雲みれば秋の雲なり季のうつり及びて歴史またあたらしく

大いなる歴史つくらるる世にありてわれも在りしとおもふは高し

防空壕の構築なりたり夕あさくはやひそみなく蟋蟀のこゑ

うからゝを內地に行かしめ氣安しとおもひたりけるも二日三日の

寺田光春

○

つぎつぎに知己ら召されて日を經れどいづべをさして征くと聞かなく

對日包圍陣構成せられつつあるときが如く國はしづけし

東部戰線膠着するときオデッサの包圍が成ればやや愉しむ

思へば氣力おのづと衰へてわがもくろまんこともはかなく

岩坪巖

る極めて狭き視野に於てのみ見ようとしてゐる點に、今
日の多くの作家や批評家の不健全性があるのだと思ふ。

感情の錯誤

創刊號を見た内地の詩人から、朝鮮文の詩を少し入れ
たらどうかといふ意味の手紙が來たとのことである。内
地にゐる人達にとつては朝鮮についてこの程度の好奇心
しかもつてゐない人も相當多いのではないかと思はれる
朝鮮の文化の動向が、どの樣な方向に進みつつあるかと
いふ樣なことは、ほとんど理解してゐないのである。そ
れも無理からぬことであるが、これらの人達の感情的な
考へかたと、朝鮮に於ける文化の方向といふものは案外
對蹠的な場合さへあるといふことは、この際注意してお
く必要がある。このことは極めて些細なことであるけれ
でも、將來滿洲について、中華民國について、或はまた
佛印、タイについて、この樣な感情の錯誤といふものは
相當現れることだと思つてゐる。總て現地の實狀をほん
たうに知らない爲の無智による感情の錯誤である。我々
が内地の人達に望むものは、この樣な感情的希望にはあ
らずして、現地の實狀に對する智識と研究の爲に生れた
る希望であつてほしいと思ふ。この點に關聯して、創刊
號に掲載された　香山光郎氏の詩作品の如きも、或は内
地の人々でそれを正しく理解してくれた人は少いのでは

ないかと思ふのである。
いふまでもなく香山光郎氏は李光洙氏のことである。
襲に創氏して香山光郎と云つてゐるのであるが、モダン
日本社などから出てゐる著書には李光洙の名で出版され
てゐる樣だから其の方が氏としては通り易いのである。
私は國民詩歌編輯者の一人としてその何れの名でよべ
きかといふことには一寸まよつたのであるが、(本稿に
は氏の署名がなかつた）　一應本名によつて印刷したの
である。この作品なども、朝鮮の實狀を知らないものに
は稍理解し難いかも思ふのであるが、今日の朝鮮の進
みつつある方向を、これ位素直に、しかも藝術的な作品
として發表し得る人は、一寸他に並ぶべき人を求める
はむつかしいのではないかと思ふ。もつとわかり易く云
へば、朝鮮の作家にして、これだけの自信と香氣とを備
へてゐる作家は現在のところ見當りさうにも思へないの
である。これは、私が氏を内地の未知の方々に紹介する
言葉であるが、若し朝鮮人達がこれを讀むと、或は氣に
入らない人々があるかも知れない。若しその樣な方はよ
り自信があり香氣がある作品を本誌に寄せられむことを希
望する。私共は何も感情によつて物事を處理はしないの
である。たゞ朝鮮の爲によりよき作家の生れむことを希
望し、それらの人達によつて、『國民詩歌』が大いに利
用されむことを希つてゐるに過ぎない。

—（48）—

『土に蹄れ』の思想を織込んだ小説の流行だ、モーリアックの小説はしきりに讀まれてゐりジャン・ギャヴネズの『ロマン・アルピツシュ』の新版はこの方面で成功したものだ』

『若い世代がアンドレ・ジード一派の生半可な影響を敬遠し出したことは誰の目にもつくことだ、一方アンクブラのオーヴェルニュの地方文學、ジョゼフ・ド・ベスキドウー（ペタン元帥の友人）のガスコーニュ地方文學等傳統と歴史に根を下した郷土文學は明かに全盛である』

『もう一つの傾向は『詩歌復興』だ、ボール・クローデル・ヴェルアーレン・フランシス・ジャムおよび象徴派詩人、なかんづく一九一四年物故のシャルル・ベギー等の詩は盛んに讀まれてゐる。

これは未曾有の國難に際會したフランス國民が『愛國的精神の大いなる息吹きへの復蹄』をこひ願つてゐるためであらう』

『ベギーの作品は今次戰爭以來最も讀まれたものだし若い詩人達は『詩人集團誌』に據つて花々しい活動をしてゐる、この雜誌は戰爭中出征詩人たちが發刊した『ボエジー四〇年』が前身でそれが『ボエジー四一年』と改まり現在の名前になつたのである』

『政府も祖國復興途上における若い知性の奮起に期待

するところ極めて大きく『若きフランス』と呼ばれる文藝團體により果敢な知的藝術運動を奬勵してゐる。

この團體は青年局（厚生省内に含められる）に統制されあらゆる民衆藝術の振興を計るものであつて演劇、音樂、繪畫、彫刻、地方古美術、陶器、地方建築、金物藝術などを綜合して若い佛國民にフランス傳統の文化の眞意を徹底させようといふのだ』

この摘記によつてもわかる様に、敗戰後佛蘭西の文學界は、最近まで我々の想像してゐた以上に、建設的な精神のもとに行動してゐる様である。日本の若き知性も、いい加減に敗戰前のユダヤ的な佛蘭西の知性を思ひ切つてもらひたいものである。建設といふことは將來を豫測しての、事前に於ける整備であらねばならない。佛蘭西の様に、敗戰の後に整備に取りかゝるのでは、國家的な行動としては餘におそいのである。我々の今日しなければならないことは、絶對に不敗の日本國家たらしめ、また絶對に不敗の日本文化たらしめる爲の建設でなければならない。作品に於ける健全性といふことも、結局はこの様な建設に對する精神と意志とを内包する作家の態度のあり方といふことになるのだと思ふ。からいふ風に考へると、作品の價値といふことも、極めて廣い視野に於て見なければならないといふことになる。然るに、舊態依然た

— (47) —

任は追求せらるべきであると、我々としてもこの點をはつきり知つておく必要がある。然るに、藝術に關する限り佛蘭西の敗戰と佛蘭西文學の價値問題とは無關係であり佛蘭西文學は佛蘭西のの敗戰には無關係にして優れてゐるのだといふ樣な議論が今日の日本に於てなほ行はれてゐると云ふことをきけば、敗戰國佛蘭西の人達がかへつて笑ふであらう、しかし、私がいくらこんなことを云つても、結局は推測の域を出でないのであるが、九月二十三日朝日新聞所載の『ヴィシーにて伊藤特派員發』の佛蘭西文學界最近の情報は、參考となると思ふので、その一部をここに摘記して見る。

『〃フランスの作家に祖國の敗戰に責任があつた？これは一年近くもフランス大新聞、雜誌の文藝欄を賑はせてゐる重大な論爭だ、もちろんかやうな問題に決定的な論斷を下すのは尚早さいはねばならない、しかし佛文學界がかゝる重大問題をめぐつて目下深刻な内省の時期に直面してゐるのは事實である』

『ペタン元帥の『余はまづ道德の再建を諸子に望む』この最初の佛國民に與へたメッセージはよく文學の重要性を認めたものである、敗戰前後各地に分散した作家達

もクレルモン・フエラン、リョン、リモージュ等の各地で再刊されたパリの大新聞フィガロ紙、キャンディード紙、グランゴアール、ボーザール、アクシオン・フランセーズ紙等に據つて祖國の精神的復興を唱道し始めた』

モーラス、クローデル、ジロドーらの巨匠連、アンドレ・ビィーアンドレ・ルッツ―らの批評家、リュシアン・ロミエ、アンリー・ブフオー、アンドレ・ショーメ等の新聞記者達、彼等は舉つて國家の政治的再建を支持し、ペタン元帥の國家革新思想に徹底的に靈力熱烈な論陣を張つて民衆を指導してみる、他方アンドレ・モーアジュール・ロマン、ベルンスタンなどのユダヤ人乃至人民戰線派の作家達や、英米兩國に移住した連中はもうフランス知性に對する指導力を失つてしまつた』

『近來、フランス一般大衆は從來のフランス小說に倦きて、外國の作品に走る傾向が顯著になつた『風とともに去りぬ』や『レベッカ』のごとき外國の飜譯小說はフランスでも非常な評判を博したやうだ、だから冒險小說や探偵小說の類は新刊物が極めて少く、これに反し歷史的な古典ものゝ眞面目な書物は飛ぶやうに賣れ、これだけが恐らしく民衆に要求されてゐるといつても過言でない』

『佛文藝のもう一つの新傾向は政府の政策に追隨して

—(*46*)—

リズムと師弟關係が不用意の中に選定の基準を動かして
ゐた樣に見えたのであるか、あんなものが新しき日本文
化建設にどれだけの價値をもつてゐたかは相當疑はしい
のである。この點に於て、新しき日本文化建設に對する
價値といふことを特にこの際强調しておく次第である。

作品の健全性

作品の健全性といふことが、あらゆる方面に於て云は
れてゐる。私共の如く、早くよりそれを强調し、且つ實
行に努めて來た者にとつては、今更作品の健全性でもな
いのであるが、しかし、今日發表されてゐる多くの作品
に眼を通すと、これが健康な精神の所産であるかと思は
れる樣な作品が、事實に於ては極めて多いのである。口
では健全性を云ひながら、作品自體にそれと遊離してゐ
るのが、今日の短歌や詩作品に極めて多いといふ現狀は
どう說明したらいいのであらうか。それは、今日の多く
の作家達の精神的生活の貧困さに第一の原因があるのだ
と私は思ふ。かういふことを云へば、各々一かどの文化
人であると自負してゐる今日の多くの作家達は、何處に
その樣な貧困さがあるかと、自らの自信を强調される

であらうが、事實作品を見れば、作品の上では、普通の
社會人の常識の域にまでも達してゐない樣なものが多い
のだから致し方が無いのである。そして、その樣な人達
は大抵、極つた作品の藝術性といふことを强調する
藝術性とは何かぞそのことになると、社會的なものや時
代に超然として、もう一段高いところに、その藝術性は

あるといふ風に考へてゐるらしい末期佛蘭西の藝術作品
を思はしめる樣な考へかたである。文藝評論に於ても、
佛蘭西の敗戰によつて、末期佛蘭西文學の藝術的價値を
こやかく云ふ議論に贊成出來ないと云ふ樣な議論は、最
近數個月內地の一流雜誌の文藝評論に於ても大分散見し
た樣に思ふが、今日の歌壇の一部の人達の議論も諠じつ
めると大體この樣になるのではないかと思ふ。私は最初

から、その樣な議論には反對の立場を取つてゐるのであ
る、佛蘭西の作家にしても、自らの祖國を離れて、藝術
の弧高をさけぶ樣な作家は、健全なる藝術家の態度では
あり得ないと考へてゐた。その點に於て、前後十五年ば
かりの間、多くの佛蘭西の作家達は祖國に對し、間違つ
た道を歩んだ作家が多かつたのではないかと思ふ。その

―(45)―

機會であるから、思ひ切つて改革がなされねばならぬと思ふ。それについて大日本歌人會の幹事、評議員といふ様な人達も、自分自らは結社關係を離れて、公正なる行動をとつてもらはねばならない。即ち。幹事とか評議員といふのは、結社の代辨者ではなくして大日本歌人會を主體として、行動してもらはねば困るといふのである。歌壇人による文化翼賛の實が擧るか擧らないかは、歌壇人が結社的意識をどの程度遁竄し得るかにかかつてゐると私は思ふのである。

もう一つ大日本歌人會に希望したいことは、會員各自が、舊態依然たる個人的感情を放棄して、非常時下にある文化人らしき行動をとつてもらひたいと云ふことである。これについて、新たに生れた大日本歌人會の幹部又はそれに準ずべき立場にある人々にして、會報第一號には嚴然と、その立場に於て氏名を連ねてゐるにかゝはらず、大日本歌人會に對し、極めて個人的感情的な意圖に出でた作品乃至言を發表してゐる者の居ることである。若し新に生れた大日本歌人會に對し、この人達の發表してゐるが如き不滿があるなれば、先づ最初に、はつきりと自らの名を連ぬることを辭退すべきである。然る後に、もつことはつきりと云ふべきである。日本の歌壇は、この様な人達の五人や十人が居ても居なくても、文化的行動をなすことには少しも差支が無いと私は思ふのである。今日は、だまつて日本の爲になる様な仕事をする人間が必要なのであつて、個人的な感情なんかで動く人間を排除すべき時である。大日本歌人會員の一人として會員各位の自重を希望しておきたい。

もう一つ、事業方面に於て希望しておきたいことは、歌壇關係に於ける作品又は文章にして、日本文化建設の爲に價値あるものに對して、歌人會としてそれを表彰するといふことである。前の歌人協會に於ける協會賞の如く權威の無いものではなくして、新日本文化の建設といふ風な一つの目的を有し、私議にあらずして、公開的な審議を經て、眞に價値あるものを表彰するといふことは、この際、手近にして、且つ意義のあることであると思ふ前協會に於ける協會賞は、選定の視界が小さく、文化的な價値といふ様なことがほとんど考慮されてゐなかつたのが最大の缺陷であり、結果に於ては、短歌のマンネ责

—(4 4)—

時　評

道　久　良

大日本歌人會成立

新に大日本歌人會が成立し、文化新體制に即應すべき
歌壇の統一體が出來たことはよろこばしいことである。

我々は、この會が、從來のあらゆる歌壇的諸弊にとらは
れることなく、短歌を通じて、日本文化推進の爲に、活
動されむことを希つてやまない。それについて、私見を
少しく述べさせてもらふことにする。

先づ會員の選定についてであるが、私の如く中央をは
なれて遠隔の地にあるものには、第一回會員選定されし
その間の事情については、ほとんど聞知することなく、
たゞ會報第一號に掲載されし會員名簿のみを參考として
これに關聯して、從來の結社組織に重點がおかれ過ぎてゐる
云ふならば、從來の結社組織に重點がおかれ過ぎてゐる
傾が多過ぎはしないかと思ふ。考へ樣によつては、今日
の日本歌壇は結社といふことを頭におかずしては成り立

たないかも知れないけれども、そんなものを超越するこ
ろに、新日本文化建設の道は展けるべきものだと私は
考へてゐるのであつて、朝鮮に於ては、今日まで存在し
てゐたあらゆる結社を解散して、新に國民詩歌聯盟（こ
れは國民總力朝鮮聯盟の慫慂により近く名稱を變更しな
ければならないことになつてはゐるが）を結成したので
ある。新に生れた大日本歌人會も、今日までの如く結社
を基礎とせずして、一日本國民としての歌人を基礎とし
て、構成し、活動するにあらざれば、ほんたうの文化的
活動はなし得ないのではないかと私は考へてゐる。また
これに關聯して、短歌雜誌の統合といふことも問題にな
つて來る。内地に於ては大日本歌人會をして自治的に短
歌雜誌の統合をなさしめるといふ樣な噂も傳つてゐるが
かういふ場合にこそ、從來の結社意識是正には最もいい

―(4 3)―

のではないかと思はれる、時事詠に表はれたところの表
現は殆んど同じやうな形態のものが多く事變を取扱つた
ものにはニュースを聞いたもの、ニュース映畫によつた
ものなど相當あるが實地を見てゐないわれわれはより深
いより眞實に近いものを求むべきであつてそれはなかな
か困難なことであるが、これとてもその取扱ひやうによ
つては優れたものが生れるので既にその數は夥しい數と
なつてゐるのであるが、何れの場合にも自己の觀察と理
念による作品に批制的な鑑賞を試みそしてこの時代に於
ける日本人思想の方向を明らかにすべきであると思ふ。
そしてより大きくより深く凝視したところから生れたも
のであつて懲しい

峰村國一氏
○大いなる時のうつろひを思ふべしまさやかなれよわが
をさめたち

戸塚道治氏
○風のごと過ぎゆきしさき自動車に汪精衛の頬しろかり
き

などのもつものは素直に然も印象にのこるよいもので
あるといへよう。我々は今の時代に於て時事的なるもの

のみを取上げてゆくことを目標とするものではないが今
の時代を離れて生れ出づる文藝はないのであるから、こ
のことはしつかりと念じて置かなければならぬと思ふ。
短歌研究は全國的な綜合的なものであつて各結社の歌
人の作品が相當掲載されるのであるが私はいつもその餘
りよい感じを受けないものを時々見受るのである。私の
狹量かも知れない、またそれ等の人は一歩高いところを
行つてゐるのかも知れないが、相當の地位にあり最も指
導的に作歌すべき者が淡淡として自己の意慾のままに作
したるものを發表して、後進者をあやまらしむるやうな
ことがあつてはならぬと思ふ。
（このことはよく指導性のない短歌結社に於て見受け
ることである）

歌人はいかに進むべきか、詩人はいかに進むべきかそ
の思想の確立をなさしめる爲に眞によき指導性ある詩歌
を希求するものは私だけではないと思ふ、ここにかねて
私の思つてゐる詩歌の指導性に就て愚見を述べた次第で
ある。詩は私にとつて門外のものであるが國民詩歌の創
刊によつて半島文化の指針の一端を見得たよろこび、詩
の發見によつて書いたのであるが十分でないのでまた次
の機會に補足したいと思ふ。

―（42）―

ざるべし

○英雄を讚美する心の何バーセントは英雄のもてる悲劇のゆゑか

獨ソ戰の突發によつて一瞬全世界人が感じたであらうこころの驚き、そしてこの戰の進むところ、その結果を思はせられたのである、この種の歌は非常に多いのであつてこの作者をここにあげることは本意ではないが作者はその結果を思ひつつここに悲劇を歌つてゐるが、この作品から受けるものは何であらうか、私にはどうも繰りのつかないものに思はれてならないのである、作意は判るにしても歌の内容、表現に於て何となく理解出來ないところが多い。この作品からなるほどと讀者をひきつけるものがあるであらうか、こうした歌は一般にもよく理解されるものでなければならぬと思ふ。分散したような氣がしてならないのである。作者の自己滿足に終つてゐるのではなかろうか。

　道　久　良　氏

　　事變第五年

○東亞の秩序南に伸ぶる必然か太平洋の波濤は高し

○太平洋の波濤を越えて南に伸びねばやまぬわが新秩序

○昨日までは大衆の注意を引かざりしウクライナに今戰火は及ぶ

○いかなる書籍にも穀倉といふ字にて書かれあり歐露の穀倉は小麥を產す

・・・・・
○かちがらすわが菜園に遊びをりこの鳥を驚かすもの一つなし

この作品は無條件によく判るのである。そしてこの作品の底を流れてゐる思想がはつきりとしてゐる、國民詩歌の作品どもに誰にもよく判り讀む者に十分な理解を與へ平明のうちにも一つの力のある指標をもつてゐるのである。福田氏の作品に比して確に指導性をもつてゐると思ふのである。

　松本松五郎　氏

　　獨ソ衝突

○二日目に赤軍降伏六萬餘と『虞美人草』の劇映畫化と

○浦潮港に援ソ物資の入らむ噂貿易風の彼岸より大陸より

の二首に就ても福田氏に希望したようなことが云へる

○稜線へ消え行く兵の隊列があかときの夢に入りてやま
すも

○鹽噴きて戎衣はま白くなりしこと人に説きつつ更に思
ほゆ

常岡一幸氏

○ゆきてはやかへすすべなき國のさだめ擔ふ大臣に信念
はあれ

以上の作品は本誌の代表的なるものといつてよい斯る
作品はいづれも時代的にゆるがぬ信念のもとに詠まれた
ものであつて初心着の見習つてよい秀れたものである時
事詠の外に目につくものをあげて見るこ

美島梨雨氏

○雨はれて朝しづかなる山の樹林さやぐこもせす息づく
ごとし

今府劉一氏

○港口を大道ゆくごとくためらはず連絡船の巨體入り來
ぬ（釜山にて）

海印三郎氏

○道に近き豆畑なかの巨石群は伽藍莊嚴を極めし寺址か

（慶州夏日）

岩坪巖氏

○越えて來し低山並の果て遠くまぎれぬ海のいろをなつ
かしむ

○

私の云はむとする短歌の指導性について更にいま一つ
附け加へて見たいと思ふ、短歌研究八月號を繰りつつ右
のような考へのもとに先づその時事詠について目につ
た二三について鑑賞をすすめて見るこ

福田榮一氏

悲劇

○獨ソ戰の割切れぬもののなかにすらナポレオン街道と
いふ語がありぬ

○ナポレオンが殘せるものを思ひをれば悲劇の街道とナ
ポレオン法典

○ヒトラーに悲劇がいまだあらざれば劇などをみる面白
さなし

○ヒトラーの機械化戰には例ふれば浪花節趣味などあら

ー（40）ー

越えてゆかねばならぬ時代の胸壁を攀ぢ　天來につき
かかるはげしいいのちに肖て　　ぼくの　肌衣はひよう
くゝと風を巻いてゐるのだ。
さうだ。きみはこのやうな神話をきいたことがあるか
あゝ　日章旗さへもスフでつくられるけふのあつたこ
とを。

この詩のもつものも等しく秀れたものであつて香山氏
の『朝』とともに立派に指導性をもつてゐる佳品である
今川卓三の　　『旅の感懷』、尼ケ崎豐氏の『驛頭譜』
などもすぐれたよいものである、半島詩壇の方向はこれ
等の人達によつて善導され一般民衆に與へられるところ
の感化も大きいと思ふのである。

○

さて短歌に於ては道久良氏の赤土荅生の十六首、今日
の朝鮮の地位を思ひ、日本の半島の歷史に思ひを致しつ
つ、萬葉集の額田王の作品を見つつ　歌はれたもの現代
人を懷古の情にひきすりつつ自覺を與へ、その方向を示
されたものとして光つてゐる、蓋しこの作品が內地歌人
の覺醒を促すものともなるであらうと期待すると同時に

われわれもこの歌の底を流れてゐるものを摑み得て大陸
文化の發展に寄與しなければならぬと思ふ。その數首を
あげることとする。

道久　良　氏
赤土荅生（しやくごさうせい）

○大陸の御經營の御爲にみ命は邊土の土に神去りましし
○百濟亡びて大陸の經營は頓挫せり千三百年の時流れた
り
○恍惚とわれは見てをり千年の昔に父祖の見入りけむも
の
○この子等の育ちゆく日ぞ茫漠と若きいのちは赤土をお
ほふ

末　田　晃　氏
扶餘神宮御造營

○たたかへる時代にありてしづかなるみ山に汗たる勤勞
奉仕隊
○やがて足ふまれぬ神域の山なかに缺けたる瓦類いくた
びかひろふ

渡　邊　陽　平　氏

―(3 9)―

父と子ら拝みぬ
『すめらみこといやさか』と

ところは高麗
新羅百済の裔
朝なく〲かくありき　今は

この詩のもつ高氣、清純、朝鮮の代表的詩人香山光郎
氏（舊姓李光洙氏）のこの作品に接して私は何とも云は
れない感に打たれたのであつた。ここに我々の思想の方面
がある半島人の精神生活の方向が示されてゐる。黎明に
拝する朝のいのり、この詩のもつ内容は實に大きく、ひ
ろくそして深く滾滾としてつがない香氣をもつてゐる。
朝鮮に於て斯る日本的なる清純、高雅なる詩を容易に作
す者は氏を措いてないと思はれる。朝鮮がもつ詩人とし
て誇り得る存在であると云へよう。

上田忠男氏の
　臣道
方向はきまつた。さあこの厚い胸と太い脛を使つて呉
れ。

さうだ。いま輝しい歴史の大道を縫ふてぼくの肋にま
とふスフの肌衣はひらひらとはためく旗となり滾々と
天にかはす風脈となるのだ。

それらの風の流れは澎湃と一點に息づまりやみがたい
方面へつんざけようとする。

それらの精神の流れは蕭々と東洋を越え緯度を越えひ
とりの裔の光榮をうたはふとする。
たとへば秋冬をきみだれる濃青のごとく。
たとへば大陸に深く軌跡を刻む鐡體のごとく。

けふのやうにあすもまたあらねばならぬ。
ひそかにかかる感激を臣道とたのみ　ひしひしと押迫
せる巨大な力動を背に負ふてぼくは叫けぶ　耐へよ耐
へよ日本のスフのごとく。

かつてこの布に顔あからめた國民の抒情のうたごえに
汚された道をいまきびしい國家の意志が行く、しかも
新しい怒りの方位へ　地殻のつくる起伏につれて忠誠
をうけつぐものの激情の歌は行く。

—（38）—

實である。

○

日本精神乃ち東亞の盟主日本人としての思想と生活を善導するものは凡ゆる文化施設と文化人のもつ思想こその實行に俟つものが多いのであるが文人は幸ひにしてその作品を比較的自由に發表して世に訴へることが出來るのでここに我々は從來の或は過去の文化人と異つたものすなはち積極的に文化人の進むべき道を考へなければならないのである、詩や短歌のもつ思想は各人各樣であり優秀なる作品のみを希求することは困難であるが少くとも相當の經歷を有する者は思想的に餘程しつかりした作品を發表しなければならないと思ふ、自己滿足のためにのみ文藝に親しむ時代は過ぎたのである。歌人は短歌を通じ詩人はその詩を通じて思想的に指導性ある作品を發表すべき秋であると切實に思はれるのである。

○

朝鮮に於ける文化方面の一翼として文藝の擔當する役割は益々重大さを加へ來つて今春來この方面の大乘的統合が行はれたことは洵に喜ばしいことである。半島に於て文人の進むべき方面は既に決定されてゐるのである、本誌國民詩歌のもつ使命も牛島二千四百萬人の心の糧として牛島の土に芽ざす詩を歌ひ高唱し一般人の思想善導と烈々たる愛國心の熱情によつて志氣を鼓吹し潑剌たる生氣を吹き込まねばならぬ汗愛の中に咲き出づる文藝作品こそわれわれの希求してやまぬものである、國民詩歌創刊號に現れたる作品に就て右のような見地からその鑑賞をすすめて見ると詩に於て

　香山光郎氏の

　　朝

　いざ朝の祈り
　老いし父と幼子ら
　並び立つ　大廟の前
　二拜　二拍手
　小さき手は鳴りぬ

　朝

　日出づるところは
　大君ゐます宮居
　腰屈めて

―(3 7)―

指導性詩歌に就いて

日 高 一 雄

文藝作品のもつ内容について述ぶればそれだけでも相當なものとなるので全般的なものはしばらく措くとして詩歌の場合について考へて見るとその内容は自己の意慾によつて發表される場合がもつとも多く從つてそれが他におよばす影響つまり他人によつて鑑賞され或は批評されることを考慮に入れて作成されることは自己意識の發表を鈍らせるものがあり、そうなつてはならないとも云へるが、この自己滿足と一般の受ける思想のいづれにも優れたものが乃ち、秀れたものといはれ作品として完全なものであるとすれば詩も歌もしつかりとした思想のもとに作成せられ自己の表現すると共に他に與へる影響も善いものでなければならないのである。各自の作詩作歌態度はいろいろであつてこれを一律にするわけに

ゆかないが、日本の歌、日本の詩のもつ傳統に時代性を加へつつその進歩を求めるのが正道であると思ふのである自己本位でなければならぬ、主觀を強調する考へ方は動もすればその文學性を失ふ危險がある、時代を離れる詩なり短歌の傳統より孤立して（本當の孤立はあり得ないのであるが）作詩作歌の道はないのであつてわれわれはわれわれの祖先よりうけついだ日本的思想の下に志してゆかねばならぬ、今日に於ける詩又短歌文學は支那事變を一つの契機として從來の低調を一變して思想的に大きな飛躍をしたのである。乃ち日本精神の鼓吹、大東亞共榮圏の確立といふ大業の前に大陸を大洋を我等の思想の中に入れなければならぬことになつたのである、ここに發した詩作思想は從來の作風を一擲せしめるに十分であつたと同時に從來の作風にあき足らぬ思想をも注入したことは事

—(36)—

するならば容易に無用となるものであると考へ主張してゐる人が少くない。別言すれば此の形式を以て一つの桎梏であり鐵鎖であるやうに考へてゐるのである。しかし此の考へが單なる妄想に過ぎぬといふことは、此らの考への底に短歌制作の技術、一般に藝術制作の技術に對する淺薄な無思慮が存することを洞察するならば、直ちに明かとなるであらう。制約と云へば、シ・ラ・に徴するまでもなく、表現を擔ふ『言葉』そのものが既に制作に際しての大きな惱みを孕んでゐるのである。しかしながら藝術家の苦心といふものはその制約桎梏を超越しながらそれを自己の自由の世界に引き入れ、いはゞ禍を轉じて福とするところにあるのである。『技神に入る』境に於いて始めて眞の藝術が生れて來る。吾々は短歌論史短歌批評史を辿つてゆくとき、曾ての歌論家批評家の眼が實に此の『技神に入る』體の技術に向つて動いてゐることを感覺するのであるが、彼等に於いては輿へられた形式は單に桎梏ではなくまさに超克せられるべきそれであり、形式に素材を嵌み込むことが中心點ではなくまさに形式との調和統一に於いて表現せらるべき 求現形體（註※）を表現形體（註※）にもたらす技術に重點が求められたのである（註※）。

しかしながら實に長い間短歌はたゞ固定と宿命の道を歩いて來た。その道が余りに長くそして一筋であつたために人には短歌をその道の上に於いてのみ理解し承認し、その道と異つたもう一つの道の上に立つことも又それが此の上に立つて短歌を見ることもようしないのである。だが此のもう一つの道こそ短歌を新しい時代の新しい短歌たらしめる唯一の、少くとも最も純正な時代の新しい短歌そして吾々は短歌内容の固定と宿命とを主として日本の場合形式への反逆は最早第二義第三義のことである。此のいはゆる風土的性格に歸することが出來るであらう。しかし日々、否時々刻々、移りゆく時代、拓けゆく世界――小宇宙的日本が大宇宙的日本に展成してゆく時、日本短歌が大陸短歌へ、更に世界短歌へ伸展してゆく時、吾々は今新しい短歌の出發を紀念し底礎しようとしてゐるのである。

大陸短歌、こゝに吾々は此の時代の新しい短歌を謳ふべく立ち上らねばならない。

註※金原省吾氏『東洋象象論』（河出書房刊藝術論第一卷所收）に依る。
※※詳説は別の機會にゆづる。
附記『新しい短歌』といふのをただ時事短歌とのみ解してゐる人は不幸である。

――康德八年四月二十三日稿――

からざるものであるといふ宿命観と必然性一点張りの主張とが潜んでゐるのであるが、このことは云ひもなほさす渡邊氏も云つてゐる如き昨日迄の短歌観を固執しそれを最早如何ともすべからざる絶對と視ることに外ならない。從つて短歌革新論の急鋒を『歴史の固定と宿命』観によつてのみ妨げようとするのである。しかしそのもつ弱體性も今や明らかである。『弱少な三十一文字短歌』といふ言葉はそれ自ら偏見と肆意を表明してゐるやうなものである。

私の信ずるところによれば此の三十一文字こそ短歌を諸他の文藝から區別しそれ獨自の存在たらしめる徴標である。いはゆる『新短歌』と『自由律俳句』とを人々は如何なる點に於いて色別し、又それらと自由詩とどの點に於いて辯別するのであらうか。試みに『新短歌』を見よ、そこには却て言葉の放埒と肆意と散文性とがあるではないか。短歌的内容といひ、俳句的精神といふ、此のこと自體が既に抽象的産物であり又歴史的所産であつて、こゝに吾々は却ていはゆる新短歌、自由律俳句の限界を見るものである。曾て和歌の先驗性を説いた岡山氏

は今又『現代短歌』（河出書房刊）に於いて此のことを張調し、短歌のもつ五七五七七の機構とその機構がもつ性格、それと日本人の呼吸生理、更に土と血との傳統・これらの關係を説いて定型否定論に答へてゐる。しかし此の部分に於ける岡山氏の叙述は辯解じみてはゐないが幾分浪漫的であり情緒的である。それだけに説得性は相對的であるが、吾々は五七五七七の定型をたゞそれが千数百年來さうあつたといふ理由のみで固執してゐるのでない。吾々は前初にいはゆる傳統的の短歌的精神、内容・短歌観に狭量と不健康さを指摘し、先づ短歌観そのものを革新し短歌人の制作意識を高揚し、短歌の世界を擴大し新たに開拓しようとするのである。新しい時代の短歌を作らうとするのである。形式が之に耐え得るか否か、短歌人は此の形式に新しい生命を吹き込むことが出來るか否か、問題は將來に於いて正しく批判せられるであらう。吾々はいはゞ捨石であり試金石なのである。

そして世には尚此の五七五七七の形式を以て短歌を制約し言葉を强壓し、短歌的内容、精神にとつて全く無用の、従つて古いものへの素朴な愛著心をさへ理性的に脱

過去は歴史的必然性ともいふべき力を以て現在のみならす將來に働きかけるのではあるが、しかしながら此の逆も亦可能なのであり、實際今日の世界は正しく此の事を證明して餘りある。從つて單に一方的に歷史的必然性、傳統の力のみを強調しそれを恰も絕對的なものであるかの如く說くことは主觀的偏見であるこの批難を免れないであらう。私の信ずるところでは此の人間世界に於いて

A：B＝C：D 或は B：A＝C：D とふやうな比例式はなかなか成り立ち得ないものである。

のみならず此の定型否定論がかの散文的短歌作品とも關聯を保ち、技術的能力とも相互り又日本的焦燥とも關聯を保つてゐることは注意しておく必要があらう。定型否定論が槍玉にあげたのは、短歌革新論と共に（試みに）作られつゝあつた又ある作品の多くを人々は散文的短歌と名付け、短歌革新論とその實踐との乖離乃至不出來を攻擊しはじめた。彼等はいはゞ新しく生れたばかりの嬰兒を前にし、その兩親をも評定することによつてその嬰兒の現在のみならず將來をも評定したのである。そして現にしつゝある。嬰兒も三年たてばそれ特有の素質を現はしはじめる。しかしまだ兒供で

あり未成年の未成年である。大人はこれを守り育て他日の成熟を期さねばならぬ。

いさゝか警囈を語り過ぎた。しかしともあれ、新しき短歌觀に立つ新しい短歌は生成しつゝあると主張しなければならない。吾々が短歌史上に於いて果すべき責任は正に此の短歌の生成を哺育し強健にし成人とすることにある。その爲に先づわれわれは日本的焦燥を、性急な成功を望む心を捨てなくてはならない。新しい創造の成果はたゞ耐忍と不斷の努力との後に獲得せられるであらう。

さて第二に吾々は技術上の諸他の困難を克服し超克し就中言葉と形式とを眞に吾々の有としなければならぬ。言葉の混亂と不統一、表現の肆意性、これは何もひとり短歌に於いてのみの問題ではない。しかし何よりも短歌はこの難關を踏み越えるべき必要に迫られてゐる。そして此の超克がやがて新しい短歌の出生であり樹立であるいはゆる散文的短歌が短歌藝術作品として不滿足なものであつたことは、短歌革新論が觀念的で抽象的でありそれ故に短歌の歷史と傳統を無視したものであると云ふことにはならない。此の見解の中には歷史は最早動かすべ

事實であらう。從つてこの傳統的な短歌内容を否定する
ことは、同時に傳統的な短歌形式をも否定せざるを得な
いのが當然であらうと思ふ。

そして氏は最後に、心境、咏嘆を生命とする短歌の短
歌らしい抒情性を短歌の中心生命と主張し、短歌こそ最
も純粹な藝術であると強調する既成歌人達は正にこの故
に『時として大きな社會的變動に遭遇し、荒々しい現實
に直面したときに、到底弱少な三十一文字短歌ではこの
現實に 立向ふことが 出來ないので、瘞攣的に『短歌革
新』を呼び、短歌的韻律を無視した『散文的』短歌を作
るのである』と述べ『私は眞の短歌革新は、一口にいへ
ば現代の大多數の 國民大衆に愛し 親まれるやうな方向
に、即ち言葉を換へていへば、短歌を歌壇的短歌から國
民的短歌に解放することによつてのみ期待出來るのだと
信じてゐる』と結んでゐる。

以上要するに渡邊氏の所説には短歌革新に對する代表
的な見解が含まれてをり、 吾々は 岡山氏と共にこれら
の見解が相當に根強く且つ廣汎であり、實のところ勇氣
と忍耐とをもたないところから發するものであることを
認めなければならない。つまり人々は定型の否定を主張

し、次に散文的短歌と揶揄し、 第三に『傳統的な短歌の
優婉な魅力』に引かされて後戻りする、と批評する。此
の中第二の散文的短歌とは主として技術的な能力の不足
と構想の不十分に由るものであつて云ふべき限りではな
く、 第三の批評は既に岡山氏も 試みてゐるところであ
り、新しい創造に際し起り得る困難と苦痛とに耐え得な
い者も最早吾々の論外とするところである。

さて第一の定型否定の傾向は依然有力なやうである。
此の否定の根據は先に渡邊氏の云つてゐるやうな觀點、
つまり類推の合理性にあるものこもう一つ技術的な操作
に關するものとがあるやうである。一體渡邊氏の所説の
如き、別言すれば短歌内容と形式とは相即的の不可分關係
にあり、形式Aに對し内容は常にBであり、Bに對しA
はいはゞ歴史的に絶對的なものであつた、だから此の關
係は今後も絶對侵すべからざる鐵則である、從つて今若
しBが變容しDとなるならば當然的且つ必然的にAはC
とならなければならず、又AがCとなつて始めてBは完全
にDとなり得る、といふやうな觀點は甚た常識的であり
素朴なものであると云はねばならぬ。過去といふも
のが單なる過去ではなく歴史を形成する過去である限り

大陸短歌覺え書

藤 原 正 義

『この社會的に大きな事件に遭遇しての發作的症狀と
して、最近では昭和十三年に現はれた岡山巖氏の『短歌革
新論』が顯著であらう』と渡邊順三氏は述べてゐる（吉
田精一編展望、現代日本文學に收められてゐる論文『現
代短歌』）。この社會的に大きな事件と云ふのは云ふま
でもなく、滿洲事變を發端として支那事變につゞき更に
今日に及び又將來にも及ばうとしてゐる、非常時日本の
正に歷史的な激動と變貌さを意味してゐる。

こころで岡山氏の所論に對する渡邊氏の見解乃至批評
は、發作的症狀といふ言葉に對しても推量せられるやう
に、わるく云へば嘲笑的揶揄的であり、よく云つてみて
も甚だ否定的である。勿論渡邊氏といへども岡山氏の功
業を認めその所論の現代短歌並びに現代歌人に對する強
い影響を認めてゐないわけではない。『歌壇の舊派化を

救へ』（昭和十三年六月）以來岡山氏がいはゞ爆彈的に
投じて來た短歌革新論を簡描した後、渡邊氏は云つてゐ
る。

――短歌の題材、用語を擴大して、從來の短歌の世界
に取られなかつた新らしい現實面を歌はねばならぬと主
張しながら、一方では短歌の定型は『日本的性格』とし
て、『打つても蹴つても壞れないものである』といひ短
歌の傳統的形式を固く守つて不滅のものとするところに
岡山氏の革新論の性格が見られるのである。

――私の信ずるところでは岡山氏が『日本的性格』と
して不滅の生命をもつものと信ぜられる短歌形式は、い
ふまでもなく傳統的な短歌的內容＝古雅、優婉などと不
可分の關係にあるものである。少なくともさういふ傳統
的な世界を最も調和した形式として存在してゐることは

羽院口傳）。平懷體は此上人の風骨にこそ（詠歌大概抄）。近くは西行があとを學ぶべし。そのやうは別の事にあ
らず。たゞ詞をかざらずして、ふつ〳〵といひたるがきゝよきなり。但しこれらは、此道の堪能にて、いひいで
たるやうを、今のよの人あしざまにとりなして、一定平懷にかたはらいたき事有りぬべし（愚秘抄）

5、實朝　人麿以來の歌人（子規）萬葉的。

千載集十八　新古今九十四　十三代集一四二　（内玉葉集五五）

續後撰十三　新勅撰二十五　續古今八　新後撰六　續千載三　續後拾遺四　風雅七　新續古今四　新後
撰拾遺二　新千載三　新拾遺二　玉葉十一　計九三　續後撰は後家撰、歌調平明。新勅撰は定家撰。玉葉集は爲兼。

6、爲兼　金葉和歌集撰者。『爲兼卿の風はいたくかはりて、其調ゆたかに打上りたらすめづらしからんとかまへら
れたるからさかしだちてにくいけしたるものの、しかも賤しき姿なれば其の頃もさかく譏ることにて（歴代和歌勅
考）。爲兼は一期の間、つひにたづ足をもふまぬ歌を好まれし（淸巖茶話）。後述。

7、了俊　詠歌の姿、かゝる心むけをば、俊賴の歌ざまを本と學ぶなり。（了後辨要抄）

以上好忠、俊賴、俊成、西行、實朝、爲兼、了俊の系列に於いて好忠、西行、實朝は歌壇からは遊離的で、この
點俊成などとは反對である。好忠は悲劇的、西行は超越的にして歌壇を指導し、實朝は片隅に咲いた花のや
うであつた。中世の歌論書を見ても實朝は當代の歌人に充分認められてゐたとは言ひ難い。けれども好忠は俊賴に
生き、俊賴は、俊成、了俊に生き。而して凡ては爲兼に瀦宗した。その關係は玉葉集撰出の歌數によつて知られる
が、なほ俊成、西行に就いては『心をさきとして詞をほしきまゝにする時、同時をもよみ、先達のよまぬ詞をもは
づかる所なくよゆる事は、人道皇太后宮丈夫俊成、哀極入道中納言、西行、慈鎭和尙などまで殊おぼし（爲兼卿和
歌抄）』と言ふ言葉に自己樣式の系列的意識が見られる。（未完）

參　考　書
1、ヴァリテⅡ　ボール、ヴァレリー　安土正夫、寺田透共譯　2、歷史的世界　高坂正顯　3、構想力の論理
三木淸　4、無明抄　鴨長明

—（30）—

成に立ち向つた詩人がなしとしない。かゝる顯著な個人様式の形成は、古今集などの如く時代的様式は顯著でありな

から個人的様式には稀薄であつたのと違つで全く個性的自覺に他ならなかつた。今假にかゝる傾向を有する歌人の名

を舉げ、これに多小の說明を加へることとする。

1、曾根好忠　通稱曾丹。寬和元年二月十三日圓融院の子の日の御遊が船岡で催された際、召もないのにのこのこと現

はれ、自分はこゝに集つてゐる歌人に決して劣らないと放言して去らず、ために衣の領をとつて引き出された話は

有名。長能に『狂惑ノヤツ也』と罵倒さる。歌風＝實感的、自由奔放、不調和。拾遺集九　後拾遺九　金葉集六　詞

花十七　新古今十六　以下三八首　計八十九首

2、源俊賴　金葉集の撰者。基俊の古典主義に對して自由主義（歌風）歌すがたに二様によめり。うるはしくやさしき

様もこゝに多く見ゆ。又もみもみと人はえよみおほせぬ様なる姿もあり。（後鳥羽院口傳）基俊ハ俊賴ヲバ蚊虻ノ

人トテ、サハイイトモ（無名抄）（歌數）＝金葉集三五、詞花十一　千載五二　新古今十一　十三代集九二　計二〇一首

金葉集＝他の勅撰集の二十卷に對して十卷、歌數少なく異端的、抒情性なく詞を中心とする感覺的主義。金

葉は又わざとをかしからんとて輕々なる歌多かり（無名抄）。詞華集＝十卷、金葉集と同質。詞華集は……ざれ歌ざ

まの多く侍るなり。（古來風體抄）。　顯輔撰。

3、俊成　定家の父。千載集の撰者。幽玄調の創始者。千載集が古今集の二十卷に復したことに重大な意味がある。

即ち俊成は古今集復興の歌人であつた。金葉詞華集にざれ歌があり、客觀的、感覺的な叙景歌があつたことはつま

り古今的な抒情性の喪失を意味するものである。俊成の古今復興はつまり和歌に於ける抒情性の復興であつた。金

葉詞華集に於ける客觀性と古今的な抒情性が止揚されてここに餘情的幽玄が成立すると思はれるのであるが、その

精細に就いては後述することにする。俊成は基俊の弟子でありなから師の敵手俊賴の歌を五十二首も千載集に採つ

てゐる。基俊の二十七首に比べれば思ひ半ばにすぐるものがあらう。無名抄にすれば俊成は俊賴を許して『賴賴は

思ひりたらぬくまもな、一かたならすすぐるが、ちからもおよばぬなり』と言つと云ふことである。詞華一　千載

三十六　新古今七十三　新勅撰三十四　其他訓風そ四百首

4、西行　生得歌人とおぼゆ。これによりてむぼろげの人のまねびなどすべき歌にあらず。不可說の上手なり（後鳥

が時として當代の人間から冷笑を以て迎へられるのもまた故なしとしない。

かゝる傳統と創造の問題は矢張り歌學に於いても重要な關心事であつた。長明の無名抄（近代歌體の事の條）によれば俊成以來の幽玄調が擡頭し始めた時ですらかくの非難があつたらしいのである。即ち『中比の人の歌の體を執する人は、今の世の歌をば、すゞろごとのやうに思ひて、やゝ遙摩宗などいふ異名をつけて、そしりあざける。又この比やうを好む人は、中比の體をば『俗にちかし、見所なしと嫌』ひ、その論爭は宗論のたぐひに異ならぬ有樣であつた。かゝる問題に關して長明は慨ね次のやうな立場から幽玄の體を擁護してゐる。

2、藝術の普遍性。中古の流れを汲む人の歌にしろ、今様すがたの歌にしろ、いゝ歌は良く惡い歌は惡いこと

1、和歌の類型性。歌は古より久しい間そのさまが一つであつたから、風情も詞も盡きて了ひ、花を雲に、月を氷に紅葉を錦に粉ふ趣向は古くなつて必然的に新しい趣向を求めざるを得なくなつたこと

3、新しいものも傳統を擔ふこと

（イ）新しいからとて惡い筈がない。昔に違へまいとするのは愚かな小國人の根精だ。

（ロ）古今集の歌にしろ様々の體があり、如何なる歌の體もその範圍を出づるを得ない。中古の姿が古今から生じた如く幽玄の體も古今から出た。

長明の言ふ所によつても明かなやうに、新しい價値の自己形成は、反抗的姿態を探りつゝも尚既成の價値を地盤としてゐる。然もそもそも價値に新しい價値も古い價値もあるのではない、たゞ我々が古代的なものや新奇なものやに價値があると思ひ込む傾向を持つてゐるだけの話だらう。古いものが永遠に新しく生きる所に古典的作品の價値がある譯だ。

二、創造的中世歌人の系列

以上の懷念で中世歌人を眺めて見ると中世歌人の特殊な姿態が浮び上つて來る。和歌の歴史はつねに傳統的、古典的であり、ある作家は何時も一人の批評家を用意してゐる。

けれどもかゝる傳統的中世歌人の系列の間隙から逃れ出でて、その詩人的才能を資として創造的なるものの自己形

—（28）—

眼前の體に就いて

―中世に於ける寫生主義―

久保田義夫

一、新古

新しいものと古いものとの相剋は何時の世にもあるもので、新しいものが與へる生命の自覺はなんとしても人には喜ばしいものである。同じく文藝に於いても新しい樣式が古い樣式を克復する。藝術の樣式の中で最も普遍的なものはロマンチシズムとクラシズムの樣式である。樣式に就いては美學などでも色々論ぜられてゐるが、いづれも暫定的なものたるを失はないばかりか、各樣式の特質概念を逑べたてる場合には、無限にして徒勢なる羅列に終る嫌ひがあ、るけれども、大體に於いて前者は創造的なものが蘆徴の如く燃え出づる原始的混沌であり、後者は前者の整理統合である。クラシズムはロマンチシズムの後に來り、自然のまゝの所産を合理的な慨念に則つて變革する。ヴァレリイはこれを『自己の裡に一人の批評家を擁し、これを自己の勞作に新しく與らせる作家が古典派である』と云ふ風に規定してゐる。この批評家を擁する點から理性的な形式尊重と技巧主義を生み、製作上の約定を生む。詩語や和歌に於ける制禁の詞はその最も極まれるものであるが、一人の批評家は彼に規範と法則を指示する點に於いて規範と法則を支持する傳統を保持する。そこで傳統に於ける尙古主義と言ふものを考へみると、新しいものに價値があると考へることの背反で、古いものに價値がある風のもまた一種の人間性である。新しいものが斬新な生の自覺を與へると同じく權威的けられた價値が圓滿にして安定的な調和を與へる。藝術家の使命が新しい樣式の創造にあるとしても　古典主義的世界に於けると同じく、我々の尙古性は時として新奇なものを否定せんとする。時代に先行する天才

ために難澁するくらゐである。つまり遂にその現象に追はれてゐるのである。しかしその現象といふものは、てんでんばらばらの理論や精神に基礎づけられたものではないと思ふ。若しさうだとすれば、わたし達は絶えずわたし達の精神活動の形式をそれに即應して變化してゆかねばならなくなる。日本の理想といふものはそんなものではないと思ふ。それに對する文化的政策に出でた現象が起らねばならず、すでに起つてゐるのであるが、その現象の基礎をなす理論や精神と國民文化の永遠な理想とが一致してゐなければならぬといふ意味に於て、日本の理想は、上述した通り日本の總理大臣の宣言のなかにも、南洋の島々に生れ、そこに住む人々の生活のなかにもあるべきものであると思はざるを得ないのである。

文學には、文學それ自身の精神なり理想があるとする理論があるのであるが、それに對してわたしは絶えず抵抗を感じてゐる。さういふ理論は技術から編み出された形式主義なので、そんなものに文學の永遠なものが包攝されるのではない。文學に生活がなければならないとするわたしの持論よりすれば文學はつねに國民文學となるので、日本の文學はそれがどのやうな風貌をしてをつても内包するところに日本人の生活とその心情とがあるべきなのである。この文章の劈頭で今日の文學が國民的心情を表現するに未だ自覺した姿になつてゐないといふやうなことを云つたが、自覺した姿にならねばならぬことが肝要なのである。そのためには、何者も文學には文學それ自身の精神なり理想なりがあるとする迷忘を打破すべきで、直接に國民としての生活を表現してゆくべきであると思ふ。そこでは日本の理想或は運命といふものが高調されずには止まない筈である。文學と生活とが別々に離れてゐないところに文學の永遠があると思ふ。

反省によつて、自己の現狀を、そこから最上な狀態へ向上させようとする精神である。如何にしてそのような精神が

人に附與されるのであるか。それは、人は眞に人を愛することによつて、總ての不正なものを打破し、最上な狀態だ

り得るからである。人はこのやうな理想によつて進化し、價値をもつたのであると思ふ。理想は、眞に人を愛する人

に附與されてあるものなのである。そのやうな人が人々の間でどのやうに生きてをるかといふことは、最も肝要なこと

なのである。このことはいままで記したあらゆることばのなかに語られてゐる筈である。わたしは理想とは自己批判

―反省によるものだとしたのであるが、それは科學といふもの或は又現實といふものの失はれることを恐れたからで

あるのみならず、そのことのなかに既に人々の間に處る態度を示してゐるのである。人は空間ばかりに住んでゐるの

ではなく、いなむしろ、深く省察すれば人は必ずや時間に住まねばならなくなるのである。即ち眞に人を愛するこ

は、時間に住む人に就いてそれがいはれることになる。從つて理想もまた運命の如く時間に於て成立し、活きてをる

のである。自己がその狀態を最上な狀態へ向上させようとするのは、未來をかく生きむとする努力である。その努力

が人の向上はざるべからざる眞理をもつならば、その努力は人々の夢をゆり醒ます輿論となり指導者となるのであら

う。さうしてその努力は既に未來に永生し空間を超える。身はたとへ武藏野の露と消えゆくとも、その念ずるところ

を永劫にとどめようとする。人は人々の間にあつて空間を超えた犧牲の生活をもつことによつてその理想を實現して

ゐるのである。

日本の理想は、日本の内閣總理大臣の宣言のなかにも、南洋の島々に生れ、そこに住む人々の生活のなかにもある

べきである。しかもその理想はただひとつである。人類は愛によつて祝福されねばならぬからである。東亞共榮圈の

確立といふことも、ここに基礎の置かれてあることを思ふのである。日本の理想については、究局、右の極めて單純

且つ幼稚な數行しかわたしは語り得ないのである。むろん行政的、軍事的、經濟的な政策に出でた現象といふもの

は、數限りないくらゐで、概して云へばそれは技術的なものであるが、その現象を追ふとすれば、その時間を見出す

文 學 の 永 遠

天 久 卓 夫

いつの時代でも理想をもたない人は、その人自らその生活を無駄にしてゐるのであるが、その生存の価値を主張して不思議とせぬのは、總ての人の生活を享樂的に・物的に認識してゐるからである。今日、そのやうな人々は緊迫した時代に生き、さうして、國民として生きてゆくべき方向を指示されながら、却つてそれがために氣力を失ひ、なすべきことにことごとく迷はねばならぬ。國民として生きてゆくべき方向を指示しなければならぬ地位を附與されてゐるもののなかにも、この迷へる羊がゐないこともない。日本のゆかうとする方向さへ見えぬまでに文盲となつてゐるのである。日本のゆかうとする方向が高くかかげられれば、かかげられるほどそのやうな人々の呼吸は、日本の呼吸するところと齟齬するかも知れぬ。何故わたしがこのやうなことを、あらたまつて云はねばならぬかといへば、日本は今、贖古の大理想に邁進しつつある。特に詩歌の分野に於ては現實的、或は自然主義と稱すべき物的歌が牢固として拔けず、他方、シュールレアリズム風の廢頽詩に趨くものもまた少くないのである。わたしの眼は、しかし餘りにも僻目であるかも知れぬ。けれども、このやうなさきにこそわたし自身、よりふかく日本の理想を究明し、よつてもつて日本の一國民としての自覺を高めようとする努力をもつべきであらうと思ふ。

理想とは何であるかといふことを、わたしは次のやうに考へる。理想とは、自己を僞瞞しない自己批判──きびしい

である。

われわれが、わが日本民族の文化傳統のなかからわれわれが探し求め、われわれが創造すべき基となるべきものは幾つかあり又幾つかある筈なのである。しかして、もつとも重要なるものは感情の純潔さであつた。眞實の美のために生きぬく勇氣であり。未だ曾て其の他のものに自己の勇氣を失はなかつたといふ純粹さでなければならない。それから純粹の美のためにより以上に自己の生きる道がないと言ふ悲壯な決意である。實踐である。

かかる態度が如何に明かに表現されたものは、實に短歌のみちであつた。『萬葉集』が一種な沈痛なひびきを有してゐることは、萬葉時代に於ける革新のたたかひの影響を深くうけてゐるからである。しかも、かかる政治的な悲劇のなかにあつて、純粹性をあくまで失はなかつたことは何を意味するのであらうか。

20　茜さす紫野行き標野行き野守は見ずや君が袖振る
　　皇太子の答へませる御歌　　明日香の宮に天の下知らしめし天皇　謚して天武天皇と日す
21　紫のにほへる妹を憎くあらば人妻ゆゑに吾戀ひめやも

天皇蒲生野に遊獵し給ひし時額田の王の作れる歌

非常に美しい情的精神が詠まれてゐる。ここに大化改新のうちに流れる日本の詩精神のひびきを高く表はしてゐるしかも政治的表現はすこしもみられない。大きい人間の苦惱と革新的の政治のなかにあつて、この詩的表現は靜かに考へてみると、われわれ作歌者に大きい示唆を與へるものである。この作などは餘り有名であり解釋も必要でない程であるが、自己の藝術として更に味はしてみることが肝要であらう。もつとも、右の御作にあつては沈痛なひびきが表面には表はされてゐないが、內面的に深くただよふものがあることは、おのづからにしてふれることが出來よう。そして、僕は萬葉集にあるところのわれわれの現在に近い感動を持つて作られたところの幾つかの作品を次ぎに歡迎して、作歌のみちが、單なる飾り、戲れに過ぎないものであるなら、さういふものを生き拔くことによつて人間的に高められたものに至ることは考へられないことが明かにされることを信ずる。藝術の世界といふものは從屬的でないから。――

ふところの『ゆとり』を與へるのであつて、科學物質といふ方面にのみ重大なる點を強調して物資の乏しい現在、炭がない、米がないと云ふやうな誇張的な言葉が餘りに行きすぎると、それは全くのところ『物の奴隷』になる危險はもつともなことではあるまいか。このことに就いては、二千六百年の奉祝會から頒たれた歷代天皇の御製集といふべき『列聖珠藻』なる本に謹載せられてゐる、明治天皇の御製

いかならむ　ときもきもうつせみの人の心よゆたかなるらむ

の御作をあげて、菊地、三宅岡太郎氏が文學の正しい抒情を說いてゐることは全く同感である。亦、高橋廣江氏は言つてゐる。

エラスムスに『狂氣禮讃』といふ言葉がある。聖パウロがあのやうな聖者になつたのは、彼が前身において數奇な運命の持主であり、多くの愚行を經驗したからである。『狂氣』とあるのは、ロマンチックな表現に過ぎない。良識が求道者の姿でないことは、明かである。

またヴアレリイは言つてゐる、『人口減少の原因は明かである。それは明敏な理智だ。多數の將來を豫見する配偶者は、未來に對して關心のない佳民となる。われわれは理智を失ふか、或は民族を失ふかである』と。この虛空に向つて喜を聞いてゐる知性は恐ろしい。これは知性と呼ばれるものであつて良識ではない。良識が對他的、對人的性質のものであるのに對し、この知性は獨自の道を步いた人が竟に到達した過去の文化の囚人にして、彼等の生命の力を凅ませた。このやうな文化を超克して行がうとするところに、われ等の新しい創造の前途がわれ等の前に開かれる。二十世紀のフランス文學に於ける良識や知性、それがフランス人を彼等自らの文化の囚人にして、彼等の生命の力を凅ませた。このやうな文化を超克して行がうとするところに、われ等の新しい創造の前途がわれ等の前に開かれる。創造は常に闘爭である。そしてわれ等の創造は、外的なあらゆる障害を越えて行く、それに進行を阻止されない。それに順應しつつ己を失はない抒情のその發展の方向になくてはならないと私は思ふ。――抒情こそは生命の原動力であるからである。

抒情的生命にあつてこそ、それは一つの精神の高さを表はしたものでなくてはならない。われわれ日本人の感情のかかる高さの表出が『萬葉集』にあることを確かに悟るべきであらう。これこそ、永久的生命と言はれる。時代的解釋によつて決して左右されるものでないことが分るのであつて、萬葉集の抒情が幼稚である等と云ふのは困つたもの

を伴ぶことを免れない。是が古典に對して或る人々が興味を感じなく理由にも反て現在とも離れがちになる人々の心を惹く所以ともなるであらう。然し是は何れも成心を挾んで現前の事象に對する結果であつて、古典の價値は此の如き一時的感情によつて動かされない所に存しなければならぬ。其は何であるか。即ち其が常に諸作の典型となり淵源となり得ることである。隨つて多くの場合前代に於ける最高の文學に屬することとなるのである。桑木嚴翼。「これにあつて、桑木博士は古典には『古代』と『典型』の二意義を認めてゐるのである。しかて、更に『永久の生命』なる屬性を具へるものとしてゐる。

これが屬性であるか本質的なものであるかは大きい問題であるが、ある作品がある時代に於て最高の域に達した文學たるのみならず、其時代に於て活躍し更に長く後世に影響すべき不朽の生命を有するところに、古典の現代的意義といふものがある。これが妥當な解釋であらう。であるから、古典の生命といふものが獨り古代にのみ存在するものでないとすれば、其の意義は又其の時代と共に多少變遷する所が生するのは當然であり、實際或る時代の解釋を以て永久の意義のあるやうに見ることの危險は、桑木博士も說いてゐるところである。亦『萬葉集』のごとき偉大なる古典にあつては殊にこの點が著るしいとせねばならない。右のごとき古典的解釋にあつても、永久的な存在を云爲することは出來るが、問題は更に根本的なものに存するのではなからうか。

短歌に於ては殊にこの感が深いのである。何故ならば、短歌は抒情性に強く根ざしてゐるからである。抒情と言へば、往々にして俗世間に關係を有することを避けたがるといふことを考へてゐるやうではあるが、これは眞違つてゐる。この抒情文學が、政治の褒貶にも拘らず發展して來たのはかうした傾向によるとされてゐるが、勿論これは文學の非社會的な一面のみを誇張したものであつて、決して全面を觀たものではない。が作歌にあつてはこの抒情の純粹性が殊に重要視されるのである。

萬葉集の作品が何時も上層階級のものでなかつたことは極めて注目すべきである。それは常に純粹性を有してゐる作品が廣く集錄されてゐる。しかして草莽のさけびが大多數である。

永久的生命といふものは古典の時代的解釋如何ではなくして、實にこの純粹なる抒情の泉でなくてはならない。この非社會的な一面のみを誇張したものであつて、決して全面を觀たものではない。が作歌にあつてはこの抒情の純粹性が殊に重要視されるのである。

萬葉集の作品が何時も上層階級のものでなかつたことは極めて注目すべきである。それは常に純粹性を有してゐる作品が廣く集錄されてゐる。しかして草莽のさけびが大多數である。

永久的生命といふものは古典の時代的解釋如何ではなくして、實にこの純粹なる抒情の泉でなくてはならない。このとに此の現下の非常時局にあつては、民心を沮喪させないことが絕對に必要であることは言ふまでもない。これは言

ろの生きた生活によつて、われわれは體溫的なものにふれるのであつて大きい理論でも何でもないわけである。まし
て歴史に敎訓を求めやうとする態度にあつては、歴史に於ける右のやうな缺陷を充分考へてほしいものである。であ
るから、歴史は一つの生命的連續であり、社會存在の生命的連續が歴史であらねばならない。人間性能と情操を無視
したところの機械的觀であつては、到底時代的現實といふものを把握することはむつかしい。このところにわが民族
の傳統の强力的なものがある。歴史主義と言ふものが、單に徒らに理論的なものであり、暗記的なものである以上、
歴史に對して勢ひ親しさが持たれないのは當然であらう。

しかしながら、ここに深く考へておきたいことは、『萬葉集』の如きは、ある意味に於て古典的存在であると言へ
る時にあたつて、古典的文學が歴史的立場に於て取りあげられることも當然であらう。が、それも所謂單なる歴史主
義的に解釋して能事足れりとしてゐる場合である。僕は、單に時代的に於ての意味價値を認めることは、優れた藝術
作品を遇することにならないと述べた。

古典といふものが時代的に切離されては意味がないと言ふものがあるが、勿論その背景を形づくるところの時代的意
義といふものは極めて大切であるが、時代を超えたところに生命を持つてゐる作品があるといふことを考へなければ
ならないであらう。『萬葉集』のごときは最も好き例である。これは幾度も言つて來てむしろ煩はしい位であるが、
『萬葉集』は萬葉時代にあつてこそ大きい意義がある。現代にあつては、その時代性も大いに異なり、觀照も從つて
これに伴ふものとするものの言である。これは、『萬葉集』が、わが國の文學にあつて特異性を有し、且つその源流
をなすといふことを知らないものであることは當然であるが、更に問題は古典といふことに及んで來るのである。卽
ち古典の現代的意義である。

『萬葉集』の存在が時代を超えたところの永久的生命を有してゐることは、卽ち萬葉集が現代に於ても大きい輝や
きを表はしてゐるといふことになるので、ここに古典の大きい現代的意義があるわけである。これは、決して歴史主義と言
ふものではない。傳統と言ひたいのである。では古典とはどういふ意義を有するかと言へば、『……先づ最も本來的
の意味は古代の典型的書籍といふことであらう。そして之から推して其の類に伍せられさうなものを後世或は現代に
於て求めて行くことが出來るが、其の場合には一面に典型的と見ると共に、最早現在の活動を離れて居るといふ聯想

―（20）―

290　국민시가 國民詩歌

つてゐるのである。

このことに就いて面白い挿話的な例を言ふと、中村吉治氏は次のやうな意味を述べてゐる。

紙が足りない。木綿が着られない。さうして米も節約しなければならぬと言つた日常生活上に非常時が直面してく
ると、今更乍ら紙や木綿の有難さが身に沁みることになり、生活必需品の生産や需給關係など考へてみたこともない
人達にも大なり小なりの反省を促してゐるやうである。勿論正しい歴史的反省はいつでも必要だが、特に今のやうな場合にはさういへるが、同
きりに行はれるやうである。勿論正しい歴史的反省はいつでも必要だが、特に今のやうな場合にはさういへるが、同
時に差し迫つた感情から單純に回顧的感慨を飛び出し易い。それが深く進められてゆけばいいけれども、さう落着い
てもゐないから見當違ひに終ることも多いのである。見當違ひの歴史的回顧や感慨などは、個人的にどこまればさに
かく、時には個人の地位によつて現實の政策と結びついたりして、笑つてすまされないことにもなる。昔はかうだつ
たといふ歌の、老人の氣焔のうちはいいが、それが具體的な政策に入つて來ることもないではない。節米問題のとき
にもそれが少し見られた。米といふ最も重大な問題だつたから、幸ひその決定は愼重であり、營養者の側からの研究
や節約はどの程度に可能かといふ根據も計算されて七分搗の原則が成立したやうで、我々としても安心してそれに從
つてゐるのであるが、その決定までに現はれた意見の中には時に奇妙なものがあつた。昔の日本人は玄米や半搗米を
食つてゐたのだから──今それに還るのは當然だといふ意見、──かういふ意見はもう野次に類するものになつて來るの
である。昔の時代ではさういふことがあつたことは疑ひない事實であるにせよ、同時にさういふ時代にはその米の
炊き方も異つてゐると、副食物の狀態もすつと變つてゐたといふ問題もあるし、勞働の性質が違つてゐて二度食が一
般だつたといふことさへもあるのであり、さういふすべての點が問題にされつつ昔の食事及びその食事の結果の體質
營養狀態一般といふものまで究明された上で、それが現在に如何に適用され得るかといふのでなければ、複雜に結合
されてゐる生活現象の此の一つだけの現象をもつて昔はかうだつたといふのでは、結果に於いて野次以上のものにな
り得ない。米食の問題に關しては、流石に當事者の間にさういふ意見が出たり、それによつて問題の解決が左右され
たりすることは世上いくらも現はれるのである。

これは日常生活に於ける親しさをもたれる歴史的感情ではある。かかる親しい感覺の間に於いて培はれてきたとこ

──（ 1 9 ）──

短歌の歴史主義に於ても同樣である。われわれは何のために短歌をつくつてゐるか。何が目的で短歌のみちを歩いてゐるのであるか。三十一文字の形式のなかにあつて、更にこの嶮しい時代を敢て短歌をつくつてゐるのは、何ういふわけであらうか。

それは一つの娛樂であるとひとは言ふ。よろしい。それは娛樂であつてもいいだらう。が、娛樂が娛樂として終るのであつたら誠に寂しいと感じないであらうか。この寂しさを感じないやうでは、自己の生命に直接つながつてゐるといふ作歌のみちを悟らないものであつて、如何にして自分は生きてゐるかといふ意味を知らざるものである。それは趣味といふものを藝術の分野にまで持ちこんでくるものの言動であらねばならない。即ち、われわれは人生的な深い意慾に基いて作歌するのでなければ、娛樂のために飯を食つてゐるのだと言ふことと少しもかはらないのである。では、われわれが更に進んで作歌の苦勞してゆくとき―短歌發展の相を歷史のうへに捉へようとして、しかして短歌作品の發展の系列を考へ、各作品の發展段階の一齣一齣としてそれぞれに意味を認め、その役割を明らかにしやうとする考方を基調としてゐる研究がある。しかして亦、それぞれの作品の有する斯樣な一齣としての意味を歷史的價値と呼び、不遍安當的なる所謂藝術的價値といふやうなものがなく、それは結局歷史的價値に外ならないとし、藝術は前のものと後のものが緊密に結付き、後のものは必ず前のものに貢つて居るのであるけれどもしかし亦同時に、各時代の歷史的價値は夫々に役割を果たしてゐるといふことによつて、夫々に完結したもので、互に價値比較の不可能な平等なものと考へてゐるのである。過去に榮えたといふことは、それが將來亦は現在の學問に與へる影響とは無關係にそれだけで獨立の價値があると考へるのであるが、しかしそれでは、相對主義の無限の深淵の中に落込んでしまふと言はれるのが當然であらう。

實際われわれは、眞の傳統なくしては歷史を考へることは出來ないといふのである。歷史と云ふものは單なる保存の學ではなく未來への實踐の學であると言ひたい。歷史はそれ自體が自己目的ではなくして未來に働くために於てのみ價値があるとされるのである。從來の短歌の所謂歷史主義といふものが唯物史觀に基いてゐたことは、根本的なる誤りであることを言ひたい。マルキシズムの考方は歷史の必然性を基とするところに、典型的に表はされてゐるのであるから。尙、これは國家主義的な考へ方にも從來の自由主義的な所謂科學的頭にも、さういふものに至る根は備は

―（ 18 ）―

歴史主義と傳統はここに於て分明される。それは非常に機微なつながりではあるが、――『萬葉集』が異なる短歌集の錄ではない。優れたる藝術作品ではあるが、藝術性を超えて深い大きいものを有してゐなければならない。それは何を意味してゐるかと言ふと、永遠性の象徵的生命の源泉であり、傳統性の母胎的存在といふことであらう。歴史的觀照のみによつて、かかる生命的な血のつながりになれ得ないのである。これが現時の社會に於ける大きい命題である。では、われわれはこの傳統の力を如何にして生かすべきであらうか。一切の創造及び破壞は突如として到來してゐることを考へれば、輕々しくその行動を表はすことは出來ない。が、われわれはただ一つのことは言へる。この創造破壞によつて、わが民族の傳統的なるものは一層新鮮に、一層深遠に奔注せしめることであり、他方は傳統的なるものを混亂覆滅せしめて、これを除去することである。

それは『一切の社會的變化は傳統的なるものそのものに於けるそれであるかぎり退步的、反動的である。この創造破壞によつて、わが民族の傳統的なるものは一層新鮮に、言葉の正しき意味に於て進步的である。これに反して單に傳統的なるものの除去乃至混亂であるかぎり退步的、反動的である。こ

れに反して單に傳統的なるものの除去乃至混亂であるかぎり退步的、反動的である。何故ならば、傳統、即ち所謂社會的生命は歴史的社會が生きてゐることを證明する。傳統の實質的內容が不斷に再構成されつつあることによつて歴史的社會が持續するのであり、最も健全なる歴史的社會は愈々新しく蘇るところものでなければならぬ。

過去を過去としてそれぞれに意味を認め、歴史はそれ自體が自己目的であるとするやうな所謂歴史主義の危機に就いては、眞の大きい傳統の力によつて打破せねばならないのである。考へかたによつては、歴史主義と傳統とは非常に微妙な間柄のやうではあるが、過去のものはいづれもそれぞれに意味のあるもの、價值のあるものであつたといふことは、傳統といふものと全く離反的態度である。われわれの歴史的觀照といふものはかかる歴史主義であつてはならない。僅か、歴史主義と傳統が微妙なるつながりといふのは、歴史といふものが、一つの生命的連續であり、社會存在の生命的連續が歴史であるといふ生命觀的歴史の立場を考へてゐる結果に他ならない。

――（ 17 ）――

である。大小の出來事の若干数、代表的人物のシルエット、有名な都市、民族移動や戦爭の Piece de resistance 産業制度や政權などといふ黑麵麭、美術品や書籍などのデザートを漫然羅列したメニュー、それを目擊しただけで充分滿足してしまふのである。齋藤晌＝かかる現象をながめて尤もらしく現實を云爲してゐるのであつたら全くたはいのないことであらう。

これで優れた藝術作品なんて生れるわけはない。目に見えるものだけを信じてゐたのでは、現實といふものは横を向いてゐるだけである。しかして大切なことは、現實を把握する態度にあつては生の現象のひとつひとつの表現ではなくして、それ等の底にあつて之れが中核をなし指導をなすものに突きあたることが必要であることは、明かにされてくる。それによつて、現實の紛雜や不合理が整頓されてゆくにつれて、把握せんとするもののすがたが現はれてくる。

實際に於て現實と言ひ、傳統といふものが科學的に描き出されるものではない。それが描くやうに見える直線や曲線は軌跡の假象みたいなものであらう。そして把握された世界といふものは一見非現實的におもはれるかも知れないが、かかる境地といふものは從つて不盡の斷層的に現實へのつながりがあるわけで、實にしばしば象徴的風貌を帶びてゐるものである。これが眞實の藝術作品であると言へやう。傳統の如きものも、この渺渺とした感じのもとに直覺的にくる一つの核心的なものとも言へるかも知れない。

であるから、傳統といふすがたも肉體的の如きものであつて、自己のからだを鏡面にうつすやうには、これだと容易に把握出來るであらうか。如何に優れた偉大なる作品を示されたとしても、それに直面した感動がなかつたならばすべては空でなければならない。亦、傳統といふものが靜止してゐるとおもつては大きな錯覺である。が、ここに永遠性といふ問題と混同してはならない。傳統はこれが自覺された時に始めて働きとして眞の意義を有つといふことは──傳統は各個人がみづから發見すべきものであるといふことである。

—（ 16 ）—

短歌に於ける傳統とは、實にかかる態度を言ふことについて、少しも大袈裟に考へる身振りをする必要はない。傳統に於ける普通の解釋によれば、われわれ民族あるひは家族の如くに共通の血緣によつて過去から現在につながつてゐるものが、（作品にあつても同樣である）時代を隔てて同一の社會的環境に生きるものに於いて形成され、傳承されながらも、然かもそれが常にそれらのはたらく圈内に生活する人々に對して魂の故郷となり、人間的な成長の糧となり、如何に生くべきかを敎へることに役立つと共に未來に對しても當然傳ふべきもの、否必ずしも傳へざるべからざるものを言ふのである。であるから傳統といふものは決して抽象的な觀念ではない。そして、生活から飛離れた特異的なものでもない。それかと言つて、それはすべての社會的習俗を意味するのではなく、更に先人によつて殘されたすべてのものではない。

傳統──では傳統に對して何もこれは學問や藝術が奉仕せねばならないものだと言ふことはない。本當に言へば、藝術なり學問、すべては現實の自己表現といふ事實である。さうした表現をくぐらずに、所謂無媒介的に現實は把握出來るものではないであらう。そこで偉大なる作品といふものは、常にわれわれの現實の努力に媒介となつてくれる傳統の力を有してゐると言ふ。われわれが如何に聰明であり强力的に現實を把握したとおもつてみても、未だ目に見えないものにこそ一層多く實在的であるといふことが分らない。それだけに現實は愈々深くなつてゐる。畢竟、現實の自己表現といふ意味も、單なる歷史的なものに壓倒されてしまつてゐることが多い。否われわれを凝視すれば、すでにそこに歷史的現實につつまれてしまつたことだけを知るにすぎない。

一體われわれは何を眺めてゐるのであらうか。何を把握せんとしてゐるのであらうか。

『一人々々の人間は自己を眺めてその生活、その體驗、その戀愛、その憶ひ出、その野心、その迷信、その主義、その小さい家庭や狹い交遊に煩はされた喜怒哀樂を以て一切中の一切であるかのやうに思つてゐる。彼はひとたび歷史家や記錄係の目を通じて自己の屬する社會を眺めるとき、いはば他人のテーブルの上に並んだ皿數を數へて喜ぶの

藤原定家の歌が、直ちにわれわれの胸にふれることがなく、萬葉の歌の表現が素朴であり、實に簡明な普通の言葉であることは明瞭である。が、後に殘る印象が動的な陰影を作すことは、おのづからにして現實の感情に徹してゐるといふより他はない。此處に作者の思想が何であるか？といふことは考へられない。即ち、直覺的に來るものは、作者の體温をしみじみと感じることである。あくまでも、眞劒なる現實の表現であらう。それから彼方に―われわれの感情の體温をしみじみと感じることである。現實の正しい把握的描寫表現だけではなしに、現實の底に、そして彼方に―われわれの感情のさざ波のゆれ動いてゆく象徵的なものに誘つてくれるのである。この現實表現の秘密とも言はれる作歌心境は、單に言葉の遊戯に終始してゐるものにとつては、おそらく甚だ退屈なものであるかも知れない。―と同樣に退屈するものは文學を探す讀者だけであらう。

われわれが、何々主義といふ藝術上の流派、主張に對して附せられた名稱のもとに論議を重ねるといふこと、それ自體すでに必要のない時代であり、亦、さういふ主張については幾らも時代的變遷によつて解消せられる一つの傾向と言つてよいであらう。それよりも、現實への疲れない關心、その中にある人間の生活への希望を失はぬ關心の追求が、最も重要なる藝術的態度と言ふべきであらう。であるから、藝術上に於ける何々主義等の優劣論の如きは、前述したやうにそれ自體として大きな意義は無いのであつて。大切なことはそれが本當に於いてリアリテイであるかである。それかと言つて、我が民族的息吹きを忘れたものの世界的環境であつては勿論駄目である。

すべて、更にわれわれ民族自身から出れたところの思考を立ててゆくべきであり、眞實のすがたを失はない態度でなければならない。これはやがては、この人生の現實を措いて何をそもそも出發點とし、何を目的として生きぬくかといふ態度の標態として言つて眞違ひではない。それらが發展しては現實を超出する方向を取ることにもなるが、還つてくるところはやはり現實の外はないといふことは、萬葉集の優れた作品について、一つの象徵的な動きを示すと言つたことに他ならないのである。

―（１１）―

らない。然らば、萬葉集の素材的なる感情表現とは如何なるものであらうか。これは今更に僕が苦勞して引例を見つ
けるまでもなく、すでに先達の親切なる敎へを素直にうける方がよいであらう。

白砂の月も夜寒に風さえて誰にこころもなかりのひと聲（定家）
朝にゆく雁の鳴くねは吾が如くもの念へかも聲のかなしき（萬葉）
折しもあれ雲のいづくに入る月のそらさへをしき東雲のみち（定家）
ひむがしの野にかぎろひの立つ見えてかへりみすれば月かたぶきぬ（萬葉）
寺ふかき紅葉の色にあこたえてからくれなゐを拂ふこがらし（定家）
時雨のあめ間なくな降りそくれなゐにほへる山の散らまく惜しも（萬葉）
おろかなる露や草葉にぬくたまを今はせきあへぬ初時雨かな（定家）
うらさぶる情さまねしひさかたの天のしぐれの流らふ見れば（萬葉）

＝萬葉短歌聲調論。齋藤茂吉＝

定家は、藤原定家のことであり、萬葉集の歌と竝べてみれば、その各の聲調のありさまが如何にも截然と分れてる
る。亦、齋藤茂吉氏の言によれば、この『萬葉調』といふ感じを受けるのには修練が必要であると言つてゐる。そし
てこれは直覺的な感じとも言ふ。所謂『萬葉調』の特質などといふことを、音韻學的に、或は實驗心理學的に、細か
く分析して百分率などを以て結論を附け、その結論が導き出すところの『萬葉調』の特色などといふやうなものより
も、直覺的に來る感じが餘程確かであり、且つ迅速的にくるといふことは一見甚だ非科學的であるが、われわれはこ
の點にこころをひそめて考へなければならないであらう。

短歌の歴史主義と傳統 ＝二＝

末　田　　晃

短歌の藝術性を云爲するにあたつて、われわれは『古今集』と『萬葉集』の比較によつてその濃度性をしばしば聞かされてゐる。『古今集』の表面的技巧—言葉の織りなす綾よばれるもの—が、詩的表現力を示したものであるといふ著るしい誤謬のうへに立つてゐるのである。所謂その言葉の表現といふものは、把握したところの内容とか意味によるものではなく、空想的感覺を表現するだけの外的な手法でしかあり得ないといふ遊びに對して、藝術的ゆたかな作であるといふことは全く笑至なことであらう。

藝術的作品といふものは、眞の素材的感動によつて表現されるものであり、その表現力の根本的な現實に立脚し徹することによつて、われわれに力強く迫るものは『萬葉集』の作品であることを、ふたたび主張しておきたい。これは一つの文學的勢力として對立すべき性質のものでもなく、必然的に本來の使命として大いなる國民文學の一成員をすて包含さるべきものであるといふ重要なる發展を有してゐるからである。このところを深く注意したい。

眞の國民文學の生誕といふことに對して、現時種々論議されてゐるやうであるが、短歌にあつてはすでに『萬葉集』の存在が、遠き時代にあつてそれを表示してゐるのであり、その意味に於ても、萬葉集の素朴的なるものが如何に、われわれにとつて常に瑞々しいものであるかが分るであらう。しかして、この瑞々しい健康的なるものは、國民詩歌としても大きい要素を形成してをり、盡くることのない現實の正しい表現からして生れてくる感動でなくてはな

—（12）—

以上の意味に於て、朝鮮に於ても、我々半島在住の作家は、日本の國民文學樹立の機運に應じ、日本の國民の一員として、國民文學樹立の爲に努力しなくてはならないのである。我々の生活は日本國民としての生活に、その理念を見出してゐるのであつて、半島の傳統的生活がそのまゝ、日本の國民生活とはなり得ないのである。半島の民族的傳統生活を一應脱皮して、皇國臣民生活に入ることによつて、始めて國民文學樹立に參加するといふことが言ひ得るのである。所で、文學は言語による生活表現の實踐であるから、半島の國民文學は先づ言語問題を解決してからでなくてはならないのである。然しこの問題の解答は簡單である。國語の使用である。半島の國民文學は國語で書かれねばならないのである。國語で書かれない國民文學は存在しないのである。諺文で書かれた國民文學などといふものはないのである。朝鮮語で書かれた場合、それは朝鮮の民族文學の性格をもつてゐるけれども、日本の國民文學としての性格は持つてゐないのである。私の様な內地人の場合は單純であるが、朝鮮人の場合はこの點について、例へ、國語の習熟に不慣れな點はあらうとも、根本の理念が定まつてゐる以上、積極的に國語によつて執筆すべきであらう。語感語法の問題、語彙の問題等で苦しむことも多いと思ふが、それは今の作家の過渡期に負はされた運命であると諦觀しなければなるまい。さうして、二代三代の子孫の中に、その繼承し大成するものを豫想すべきであらう。

このためには、半島に在住する內地人は積極的に協力しなくてはならない。日本的な國民生活の浸潤に、國語使用の習熟に、出來るだけの協力をすべきである。半島側も協力を求めて協同すべきである。さうして、半島の風土や、古き傳統に於て、國民文學樹立に役立ち得るものを發見し、之を取上げてゆかなくてはならないのである。若し出來れば、傳統の民族文學をして、日本の文學の一要素たらしめる變貌を與へる爲に努力すべきである。

（筆者は國民總力朝鮮聯盟文化部參事）

見出すのである。國民生活の主體は依然として、本來の日本國民の生活の傳統の基調の上にある。この調に和應する

もののみが、新しく参加するもののを意義を見出されるのである。

本來の日本國民の傳統は、文學に於て、所謂國文學である。國文學の傳統こそは、國民文學の基調である。日本文

學の古典の中に、國民文學の性格が顯現してゐるのである。この古典の精神を離れて國民文學は存在しないのである

勿論、時代の變遷によつて、歴史的な變異が傳統の上にも加へられる。然し、その變貌を貫いて、その現象の背後に

存在を主張するノエマ的存在としての國文學の傳統は嚴として存するのである。西歐的な文學の精神が明治以後に於

て日本の文學に大きな影響を與へたのは事實である。然し、我々はその西歐的影響下の日本文學の中に、やはり太古

より脈々と流れる日本文學の根本精神の存することを否定することは出來ない。それは、國民生活の根強い傳統が我

々を支配し、文學の中にも働いてゐるのである。この強力な文學的傳統の精神が國民文學の成立の基調である。

我々は明治以後の文學史に於て次の様な事實に成立した古典を顧みることなく、或はむしろ、強ひて之から離脱しようとして、古

に急なあまりに、我々の生活の上に成立した古典を顧みることなく、或はむしろ、強ひて之から離脱しようとして、古

典を見失つてゐたのである。これは文學を一應、世界的視野の中に置いて考へることに役立つた様に見えた。然し、

それはなほ、日本的なものの埒外に多くは出てゐないのである。日本人的な世界觀、人世觀の中に文學は組立てら

れて行つたのである。さうして、文學の精神は、氣付くと氣付かざるにかゝはらず、古典の精神に復歸しつゝある

支那事變によつて、それが一層促進させられたことは事實である。近來に於ける澎湃たる古典の再認識の運動は、世

界文學を狙つてゐた明治以後の日本文學が、國民文學としての自覺を持ち、國民としての文學の創造に邁進しようと

する、いはゞ一種のルネツサンスであると考へられよう。

―(10)―

何なる概念になつて規定されねばならないでありうか。

いふまでもなく、國民とは、國家の保護の下に生活する人民である。國民文學は國家の意志を反映しなければなら

ぬこども、從つて論のない處であらう。國家が目的こする處と、國民文學が、文學こして實踐する目的こは窮極に於

て同一でなくてはならない筈である。國家は一つの意志を有つてゐるが、國民はその意志の一表現である。かくして國民生活が

その實現は、國民の國民的生活こして表現せられるのである。文學もこの生活を意味し、その意味に於て國民文學の成立

文學の基底こなる。このことは、文學が國民生活によつて規定せられる面を意味し、その意味に於て國民文學の成立

を示すものである。國民生活は、その國民のあらゆる生活の統一を要求する。政治的にも、經濟的にも、藝術的にも

各々の面に於て活動する人間的な活動の全一的な綜合は取も直さず、我々の生活である。この統一ある生活の、國家

的な觀點よりされる統一こそは、國民文學の成立する中心點でなくてはならない。

國民の生活は風土の制約を受けるであらう。文明の發達の程度による制約も受けるであらう。これらの制約の中に

築き上げる一つの傳統が我々の國民生活の基調こなつてゐるのである。この意味で、明治以後に於ては、民族の生活

こ國民の生活は一致し、國民生活の統一點は民族の傳統の上に置かれてゐたのである、明治以後の帝國版圖

の增大は、國民生活の內包を、本來の日本民族の傳統のみでなく、新附の民族の生活によつて豐富にした。從つて、この

新しい附加物は、本來の日本民族の傳統以外のその民族の生活の傳統を含んでゐるのである。然して、ここに、國民

生活は、民族生活こ乖離し、國民生活それ自體の觀點よりする統一が明瞭にされたのである。然し、この事は、附加

された民族の新しい傳統に本來の日本民族の傳統と對等に併立して國民生活の內包を增大することではない。附加

れた新しい傳統は、我々の國民生活の內包を豐富にするこいふ於に於て、その國民的統一の規範內に於てその位置を

國民的な區別を超えて、全人類に共通する大きなものが國民的な基礎の上に初めて築かれるといふことは多くの論者によつて論ぜられてゐる。それも然りであらう。昨日までの世界の政治狀勢はその理論を現實的に支持したのである。然るに、支那事變以後その狀勢は全く一變した。今や世界はいくつかの指導者を中心とするブロック國家群に分割されつゝある。さうして、文化の內容がこの狀勢を反映して全く變貌しつゝあるのである。日本は極東に於て、東亞共榮圈の指導者として一つの文化ブロックを構成しつゝある。この狀態の中に於て、世界主義文學の顚落は當然でなければなるまい。戰爭は文化の性質を決定してゐるのである。かくして、國民文學は文學者ばかりでなく、國民一般の關心事となつたのである。

國民文學は我々にとつては、日本國民としての文學である。これは日本といふ國家を前提とするのである。日本民族を前提とするのではない、日本の民族文學といふものは、日本の國民文學よりも狹義に解さなくてはならないであらう、國民文學といふ聲が生れて、民族文學といふ聲が生じなかつたのは、その兩者の內容の差の時局的な關連によるのである、それは日本國民として、東亞共榮圈ブロックの指導者としての立場に於て、他のブロックのものと對立する觀念としての文學でなくてはならないのである。それは大體に於て、日本の民族文學と相重なる領域を持つであらう、明治以前の國民文學はそのまゝ民族文學であり得たのであるが、今日、日本の版圖は舊來の日本民族の範圍を超えて、遙かに廣く擴張され、兩者が合致する單純な狀態を超えたのである、かうして、國民文學は、我國に於ては單純なる民族文學ではなくなつたのである。

日本國民としての文學は民族としての文學を超えたのであるが、それは民族文學を否定したのではない、日本民族の文學は日本國民の文學の中樞であることに於て依然として、日本文學の中心である、然らば日本の國民文學とは如

國民文學序論

田中初夫

　國民文學について論ぜられることは既に多かつたのである。然し、結論を得られないまゝに、ジヤナリスト達が次の問題に急いだ爲、國民文學といふ名稱は、も早や忘れ去られたかの感がないでもないのである。こゝに再びこれを繰返すのは『國民詩歌』が、國民といふ言葉を用ひ、國民詩歌の建設を目的としてゐるといふことに因縁を求めたのである。

　國民といふ意識が旺盛になつたのは、極く最近である。勿論、日本國民といふ意味で從來用ひ慣れて來てはゐるのであるが、國民といふ最近の意識は、世界主義的思想の反撥的な勃興でもあり、支那事變の永續的遂行によつて自覺させられる國家意識の反映でもあるのである。極く最近まで、文學の上で、世界主義は我國の主動的な潮流をなしてゐたのである。明治以後の長い間の歐米文學崇拜の影響が、革新的な國家の進展に後れて世界主義を謳歌してゐたとき、文學の外部より、國家の必然的な要請として、國民的なものが一般の承認の中に登場したのである。だが、この當然に對して色々の説明が必要であらう。

　我々が國民的といふ場合には論なく、日本人的なことである。日本人が日本人としての文學活動をすることは當然のことである。世界主義的文學が窮極の目的とするところは、

―(7)―

目 次

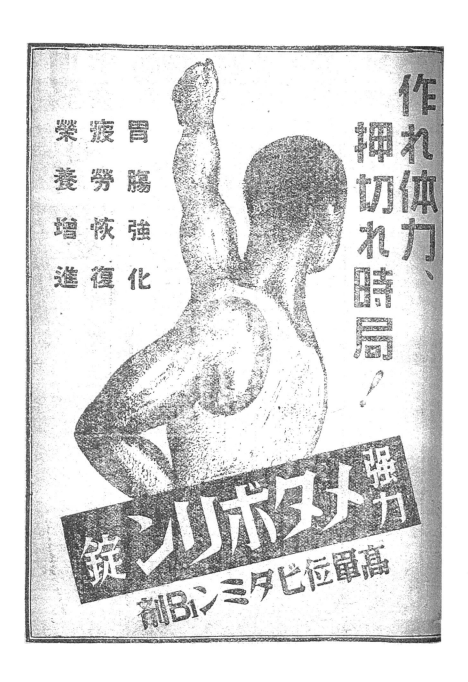

胃腸榮養

とうかわ

職場の結核

今日は國を興げて、健康で働くべきときですが、能率を上げたい一心から過勞に陷り、抵抗力の減退から結核に罹る危險が非常に多いので、勞務者や事務家の健康が憂慮されてゐます。

過勞防止 VBとグルタチオンを

農富に合むわかもとは、疲勞素を速かに解消して過勞を防止し、強力な三消化酵素の複合效果で、榮養を昂め抗病力を增强して、常に勤勞者の健康を護ります。

適應症

急慢性胃腸病、結核
腳氣、姙產婦榮養に ――

藥價 低廉

二十五日分一圓六十錢
（地方により協定價あり）

國民詩歌

十月號

國民詩歌發行所

國民詩歌

十月號

역자 소개

엄인경(嚴仁卿) | 고려대학교 일본연구센터 HK교수. 일본고전문학/ 한일비교문화론 전공.
주요 논저에 『일본 중세 은자사상과 문학』(저서, 역사공간, 2013), 『몽중문답』(역서, 학고방, 2013), 『마지막 회전』(역서, 학고방, 2014), 『재조일본인과 식민지 조선의 문화 1』(공편저, 역락, 2014), 「일제강점기 재조일본인의 '향토' 담론과 조선 민요론」(『일본언어문화』제28집, 2014.9) 등이 있으며, 최근 식민지기 한반도에서 널리 창작된 일본 고전시가 장르에 관하여 연구하고 있다.

정병호(鄭炳浩) | 고려대학교 일어일문학과 교수. 일본근현대문학 / 한일비교문화론 전공.
주요 논저에 『동아시아의 일본어잡지 유통과 식민지문학』(편저, 역락, 2014), 『강 동쪽의 기담』(역서, 문학동네, 2014), 『요오꼬, 아내와의 침거』(역서, 창비, 2013), 『동아시아 문학의 실상과 허상』(공편저, 보고사, 2013), 「<일본문학> 연구에서 <일본어 문학> 연구로 – 식민지 일본어 문학 연구를 통해 본 일본현대문학 연구의 지향점」(『일본학보』제100집, 2014.8) 등이 있으며, 최근 일제강점기 한반도 일본어 문학에 관하여 연구하고 있다.

일제강점기 일본어 시가 자료 번역집 ②
國民詩歌 —九四一年 十月號

초판 인쇄 2015년 4월 22일
초판 발행 2015년 4월 29일

역 자 엄인경·정병호
펴낸이 이대현
편 집 권분옥·이소희·오정대
펴낸곳 도서출판 역락
주 소 서울시 서초구 동광로 46길 6-6 문창빌딩 2층
전 화 02-3409-2060(편집부), 2058(영업부)
팩 스 02-3409-2059
등 록 1999년 4월 19일 제303-2002-000014호.
이메일 youkrack@hanmail.net

정 가 20,000원
ISBN 979-11-5686-178-2 94830
      979-11-5686-176-8(세트)

이 도서의 국립중앙도서관 출판예정도서목록(CIP)은 서지정보유통지원시스템 홈페이지(http://seoji.nl.go.kr)와 국가자료공동목록시스템(http://www.nl.go.kr/kolisnet)에서 이용하실 수 있습니다.(CIP제어번호: CIP2015010884)